아름다운 삶을 위한
마음의 치유

아름다운 삶을 위한
마음의 치유

초판 1쇄 인쇄일_2012년 11월 23일
초판 1쇄 발행일_2012년 11월 30일

지은이_제행
펴낸이_최길주

펴낸곳_도서출판 BG북갤러리
등록일자_2003년 11월 5일(제318-2003-00130호)
주소_서울시 영등포구 국회대로 72길 6 아크로폴리스 406호
전화_02)761-7005(代) | 팩스_02)761-7995
홈페이지_http://www.bookgallery.co.kr
E-mail_cgjpower@yahoo.co.kr

ⓒ 제행, 2012

ISBN 978-89-6495-042-5   03810

이 도서의 국립중앙도서관 출판시도서목록(CIP)은 e-CIP홈페이지(http://www.nl.go.kr/ecip)
와 국가자료공동목록시스템(http://www.nl.go.kr/kolisnet)에서 이용하실 수 있습니다.(CIP제
어번호 : CIP2012005335)

아름다운 삶을 위한
마음의 치유

제행 지음

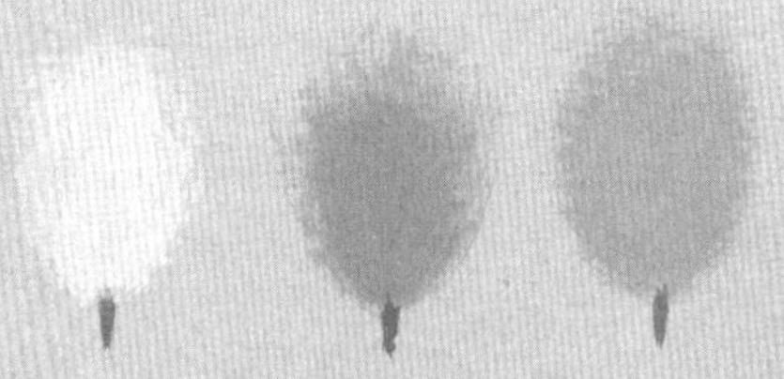

BG 북갤러리

머리말

'마음이 아프면 몸도 아프다' 는 말이 있다.
그래서 의사들은 현대의 병 70%가 마음에서 온다고 말하기도 한다.

우리가 살아가다 보면 별의별 일들이 다 일어난다. 어느 날 갑자기 불의의 사고를 당해 장애인이 되는가 하면, 평상시 건강하게 활동하던 사람이 병이 나서 병원을 찾아가 건강을 다시 회복하기도 한다.

그러나 병원을 찾아갔지만 병의 원인을 찾아내지 못해 치료를 받지 못하고 힘들게 생활하고 있는 경우도 우리는 가끔 볼 수 있다. 이때 의사들은 보통 신경성 위장병이라고 하는 식으로, 신경성 무슨 무슨 병이라고 진단을 한다. 이렇게 쉽게 진단을 내리지만 본인들은 원인 모를 고통에 시달리게 된다.

우리가 길거리를 가다보면 이상한 행동을 하며 혼자서 웃고, 울고, 때로는 혼자서 누구와 대화하듯이 말을 하기도 하고, 노래를 부르다가 지나가는 사람들에게 "안녕하세요?" 하고 인사를 하는 사람을 가끔 볼 수 있다.

우리는 흔히 이런 사람들을 정신이상자 또는 머리가 돌았다고 말한다. 이런 사람들의 보호자를 만나보면 대개가 어느 날부턴가 갑자기 이상해졌다고 한다. 그리고 병원에 가보면 원인을 찾아 내지 못하고 정신분열 또는 우울증, 조울증 등 여러 가지 병명으로 진단을 하기도 한다.

이렇게 정신이상자로 취급받고 정신병동에 갇혀 있는 환자들 중에는 빙의(신들린 병)된 자가 생각보다 많다는 사실이다.

이상한 행동을 할 때는 반드시 그 원인이 있다. 원인이 없는 병은 없으며, 다만 그 원인을 찾아내지 못할 뿐이다.

마음에서 오는 모든 병, 즉 마음이 불안하고 어떤 공포증이 있거나 불면증이 있다면 반드시 그 원인을 찾아내어 치유하여야 한다.

그리고 살아가면서 힘들고 어떤 일이 풀리지 않고 잘못되면 우리는 팔자타령을 곧잘 한다.

대관절 그놈의 팔자란 무엇일까?

당신이 팔자를 고칠 수 있다면 행복하게 잘 살아갈 수 있을까?

병을 치료하려면 병의 원인을 알아야 하듯이 팔자를 고치려면 당신의 팔자를 알아야 고칠 수 있다.

운명의 흐름에 맞서 우리가 할 수 있는 일은 그 운명의 흐름을 알아야 하고, 그 흐름을 알기 위해서는 전생을 알아내어야 한다.

이렇게 전생과 현생과 미래는 연결되어 있다.

그래서 죽음은 하나의 경계일 뿐이라고 말한다. 생의 끝자락과 또 다른 생의 시작이 되는 그 사이의 경계 말이다.

그래서 당신의 팔자를 제대로 알려면 당신의 전생을 알아야 현재의 당신을 이해할 수 있다.

이렇게 상담하면서 또 공부하면서 배우고 느낀 이야기들이 뭇사람들에게 조금이라도 보탬이 되었으면 하는 마음에서 이 책을 쓰기로 하였다.

여러분들과 함께 공감할 수 있고, 또 조금이라도 보탬이 될 수 있다면 크나큰 보람으로 생각될 것 같다.

필자에게 애정과 우정을 가지고 바라봐 주신 많은 분들에게 감사드리며, 이 책으로 필자와 인연을 맺게 해준 당신에게 행운이 함께하시길 기원합니다.

임진년 입추절
의정부 비룡정사 주지 제행 張英會 합장

차례

제3장_ 무당

제4장_ 어떻게 하면 잘 살아갈 수 있을까?

제1장

마음의 치유

심인성질환의 원인과 치유

살아가다 보면 즐거울 때도 있고, 슬프고 괴로워할 때도 있다. 그런가 하면 원하는바 목표를 달성하여 만족할 때도 있고, 살기가 힘들어 좌절하며 온갖 시련을 겪기도 한다.

이렇게 살아가면서 우리는 자신도 모르게 만족하며 즐거운 마음이 마음속에 각인되어 잠재된다. 하지만 반대로 좌절하고 시련을 겪으면 슬퍼하는 마음이 마음속에 각인되어 잠재되기도 한다.

마음속에 각인되어 잠재된 생각들이 어느 날 문뜩 떠오르면, 우리는 즐거웠던 생각이 떠오를 땐 자신도 모르는 사이에 기분이 좋아지고, 반대로 슬픈 기억이 떠올를 땐 마음이 가라앉는다.

그렇지만 때로는 그 원인을 알 수 없이 마음이 불안하고 머리가 아픈 것 같다거나 혹은 배가 아픈 것 같고 안절부절못할 때가 있다.

마음의 병(病), 즉 심인성질환은 이렇게 마음속에 각인되었던 일들이 자기도 모르는 사이에 나타나 우리를 괴롭힌다. 분명 그 원인이 있을 터이지만 그 원인을 알 수 없어 우리는 괴롭고 힘들어한다.

이렇듯 정신질환들은 심리적인 원인에 의해서 발생한다. 심리적인 원인은 지난날 자기도 모르는 사이에 각인되었던 사건들이 잠재되었다가 나타나는 것이다.

정신질환의 치료는 그 심리적인 원인을 찾아내는 것이 핵심과제이다. 그 원인만 밝혀지면 치료할 수 있다.

그러나 그 원인을 찾아내지 못하니 치유하지 못하고 정신질환으로 고통 받으며 살아간다. 이런 마음이 심해지면 때로는 자살을 생각하게 되고, 실제로 자살한 경우도 많이 있다.

그리고 병원을 찾아가 진찰을 받아보아도 아무런 이상이 없으나 본인은 고통에 시달리는 경우가 있다. 이런 경우도 모두 그 원인이 있기 마련이다. 반드시 그 원인을 찾아 해결해야 한다.

마음의 병은 당사자 본인은 물론 온 가족들까지도 마음 편안한 날 없이 살아가게 한다. 마음의 병은 반드시 그 원인을 찾아내어 치유하여야 한다.

정신분석학의 창의자인 프로이트(1856~1939)도 그 심리적인 원인을 찾아내기 위해서 처음에는 최면술을 이용했다.

그렇지만 프로이트 자신이 최면을 잘 걸지를 못했고 또한 모든 환자들이 다 최면술에 걸리는 것이 아니므로 후에는 자유 연상법을 활용하여 정신분석을 하였다.

정신분석학이란 인간정신의 잠재된 의식을 탐구하는 학문이다. 잠재된 의식이란 자기도 모르는 사이에 이루어진 행동을 말한다.

마음의 병, 즉 불안, 신경증, 우울증, 정신분열증 등의 원인이 잠재된 의식에 숨어있다는 것이다.

그래서 최면이란 의식의 세계에서 잠재된 의식의 세계로 문(門)을 여는 작업이라고 하기도 한다.

아무튼 결론적으로 마음의 병, 정신질환은 잠재의식에서 자기도 모르는 사이에 행동이나 말로써 표현되는 것이다.

그것의 치유는 잠재된 원인을 밝혀내는 일이 우선이다.

필자는 지금까지 상담하고 마음을 치유해 오면서 그 원인은 다음의 세 가지 중에서 찾을 수 있다고 본다.

첫 번째로, 우리가 살아오면서 마음의 병이 생길 수 있는데, 이렇게 마음의 병이 생겼다면 치유 방법 또한 살아오는 과정 속에서 그 원인을 찾아 치유해야 한다는 점이다. 정신질환의 뿌리는 어려서 받은 마음의 상처가 풀리지 않고 세월이 갈수록 마음속에 깊숙이 응어리진 것이므로, 이것을 풀지 못하면 죽을 때까지 본인을 괴롭히는, 원인을 모르는 마음의 병이 되는 것이다.

두 번째로, 우리가 인정하고 싶지는 않지만 마음의 병이 지금까지 살아오는 과정 속에서 찾을 수 없다면, 이는 전생으로부터 잠재된 의식으로서 마음의 병의 원인이 될 수도 있다는 점이다. 이것의 치유방법 또한 전생으로 유도하여 그 원인을 찾아 치유해야 한다.

　세 번째로, 지금까지 살아온 과정 속에서나 또는 전생에서도 그 원인을 찾을 수 없다면, 이는 '빙의 현상'이라는 점이다. 빙의란 죽은 사람의 영혼이 살아있는 사람의 몸 안으로 들어오는 현상으로, 우리는 이를 신병, 또는 귀신 병, 귀신 붙은 병, 혹은 무병(巫病), 다중인격장애, 정신분열 등으로 다양하게 부르고 있다. 이는 곧 죽은 영가(靈魂)가 구천을 헤매다가 살아있는 사람에게 들어오는 현상을 말한다. 그렇다면 어떻게 해야 할까? 해답은 그 영가를 찾아 퇴마를 해야 할 것이다.

　필자는 그동안 많은 상담을 해오면서 마음의 병, 즉 정신질환인 우울증, 불안증, 공포증, 공항장애 등의 모든 병들엔 그 원인이 있다고 보며, 그 원인은 앞에서 서술한 지난날 과거로부터, 또는 전생으로부터, 또는 빙의 현상으로 등 이렇게 세 가지 중에서 원인을 찾을 수 있다고 생각한다. 그 치유방법은 바로 근본적인 원인을 찾아내는 일이다.

　프로이트도 "자유롭게 흐르는 생각, 혹은 연상의 흐름을 말하게 되면 잠재된 의식이 드러나고 갈등이 풀리며 치료가 된다. 이는 잠재된 의식의 연상과정 중에 저절로 치료가 이루어지기 때문에 대부분 자세히 논리적으로 설명할 수 없는 것이 자유 연상법 치료라고 말할 수 있다"라고 표현했다.

　《도정신치료입문(道精神治療入門)》의 저자인 소암 이동식 박사도 그 책에서 "아무리 심한 정신병 환자라도 자기감정을 표현하고 그 감정을 자각하는 순간, 그 증상이 사라지는 것을 목격했다"고 하였다.

여기서 우리는 심인성질환 치료의 핵심은 마음의 병의 원인을 찾아내는 것이 중요하다는 것을 알 수 있다.

이런 증상의 원인을 찾고 또한 치유하는 데 필자는 주로 최면요법(催眠療法)을 활용하고 있다. 최면에서는 지난 과거로 이동해 가는 것을 연령퇴행이라고 하며, 또 전생으로 찾아가는 것을 전생퇴행 또는 전생여행이라고 말하기도 한다. 이 요법은 최면으로 깊숙이 유도하여 자기의 몸 안에 들어와 있는 영가를 찾아내고, 그 영가에 대한 모든 정보를 밝혀내고 내보낼(退魔) 수 있는 치유법이다. 물론 심인성질환의 원인인 지난날 과거로부터, 또는 전생으로부터, 또는 빙의 현상으로부터 등, 이렇게 세 가지 원인 중에서 찾아내어 치유한다.

그럼 지금부터 최면을 활용하여 심인성질환의 원인을 찾아내고 치유한 사례를 곁들여서 이야기해 보려고 한다.

이번에는 학문적인 딱딱한 내용이 아닌 편안하게 읽고 이해할 수 있게 풀어 썼으니 가벼운 마음으로 책장을 넘겼으면 한다.

삶이 그대를 속일지라도

_푸시킨

삶이 그대를 속일지라도
슬퍼하거나 노하지 말라
슬픈 날엔 참고 견디라
즐거운 날이 오고야 말리니

마음은 미래를 바라느니
현재는 한없이 우울한 것
모든 것 하염없이 사라지나
지나가버린 것 그리움 되리니

삶이 그대를 속일지라도
노하거나 서러워하지 말라
절망의 나날 참고 견디면
기쁨의 날 반드시 찾아오리라

마음은 미래에 살고
현재는 언제나 슬픈 법
모든 것은 한 순간 사라지지만
가버린 것은 마음에 소중하리라

삶이 그대를 속일지라도
슬퍼하거나 노하지 말라
우울한 날들을 견디며 믿으라
기쁨의 날이 오리니

마음은 미래에 사는 것
현재는 슬픈 것
모든 것은 순간적인 것, 지나가는
것이니
그리고 지나가는 것은 훗날 소중하
게 되리니

삶이 그대를 속일지라도
슬퍼하거나 노하지 말라
설움의 날을 참고 견디면
기쁨의 날이 오고야 말리니.

최면요법
(催眠療法)

최면요법이란 최면술을 통하여 병을 치료하는 방법을 말한다.

최면이란 일정한 암시 조작으로 암시를 쉽게 받아드릴 수 있게 피암시성을 높이는 작업이며, 이는 정신집중과 암시작용에 의한 것이라고 말할 수 있다.

최면의 목적은 피험자에게 이익을 주려고 하는 데 목적이 있으며, 오늘날의 최면은 의학적, 심리학적 분야에서 발전을 거듭하여 세계보건기구에서도 최면요법을 치료의 한 방법으로 인정하고 있다.

그 활용범위는 심신의 건강, 금연, 금주, 학업성적 향상, 운동선수들의 기록갱신, 또는 집중력 증가 등 각종 공포증의 소거 또는 나쁜 습관을 개선하는 데 활용되기도 하며, 자신감을 고취시키고 성격을 개선하며, 건강증진의 일환으로 다이어트, 즉 체중감량을 하는 데도 활용한다. 정신단련으로는 명상훈련 등을, 의학적으로는 최면마취 등을 하기도 하는데 그 활용범위는 무궁무진하다.

또한 오늘날 최면은 경찰수사에도 활용되고 있는데 특히 정신질환의 치료로 많이 활용하여 우리나라에도 정신과 의사들이 최면술을 치료의 한 방법으로 이용하는 경우가 많으며, 그 수 또한 날로 늘어나는 실정이다.

필자는 종교인으로서 최면을 활용하여 최면요법 또는 전생요법으로 상담자들의 고통을 덜어주기도 하지만, 특히 빙의된 자들의 그 원인과 증상을 밝혀내고 퇴마하는 데 아주 유용하게 이용하고 있다.

최면이란 한편으로 의식에서 무의식, 즉 잠재의식으로 통로를 여는 작업이라고 말하기도 한다. 최면을 통하여 잠재된 의식의 통로를 열어놓고 그 잠재된 정보들을 활용하는 것이다. 즉, 잃어버린 기억들을 되살려 낸다고 할 수 있다.

그래서 어렸을 적에 집을 잃어버리고 고아가 된 사람의 집과 부모를 찾아 주기도 하며, 또는 뺑소니 사고라든가, 납치 사건들의 목격자에게 차량번호를 기억해 내게 하여 사건을 해결하는 데 있어서 경찰수사로도 활용하는 것이다. 이와 함께 정신질환의 원인을 찾아내는 데 최면술이 크게 기여한다.

미래를 연구하는 선진국 과학자들은 미래를 예측하는 데도 최면 중에 일어난 상상력, 즉 최면 속에서 100년 후의 세계, 또는 200년 후의 세계로 가 본다. 그래서 그때 인류는 어떻게 변화하고 또 우리 인간들은 어떤 생활을 하고 있는지에 많은 관심을 가지고 관찰한다고 한다.

근래에 필자도 심리학자인 마이클 뉴턴이 저술한 책《영혼들의 여행》,《영혼들의 운명》1, 2권을 읽고 크게 감동을 받은 바 있다.

그 책의 내용을 여기에 모두 소개할 수는 없지만 대략 설명하면 최면 속에서 우리가 죽은 후의 영혼이 되어가는 세계와 그 영혼들이 다시 태어나는 그런 윤회의 이야기들을 최면을 통하여 밝혀내는 사례들을 담은 책이다.

필자도 상담을 하면서 앞으로 다가올 미래가 궁금하여 찾아온 상담자들에게 3년 후, 또는 5년 후로 가보라고 유도한 경험이 있으며, 또한 상담에 필요하다면 그렇게 하기도 한다.

지금까지는, 최면 속에서 보았던 전생에 대해서 외국에서는 확인 작업을 하여 비디오테이프로 출시되는 것을 보기도 했지만, 아직 미래가 확인된 그런 책을 보지는 못했다. 다만 필자가 공부할 때 심리학박사인 은사님께서 "심리적으로 자기가 원하는바 그대로 이루어지는 것 같더라"라고 하시는 말씀을 기억하고 있다.

결론적으로 말하자면 최면 속에서 보았던 미래가 앞으로 우리가 살아갈 예측이 맞다, 틀리다 하는 갑론을박을 떠나서 체험자들은 하나같이 큰 교훈을 얻는다고 한다.

왜냐하면 최면 중에 보았던 미래가 자기 뜻대로 잘 이루어 진 체험자들은 보다 더 자신감을 가지고 지금 하는 일을 추진하며 열심히 살아갈 것이고, 또한 반대로 미래가 자기 뜻대로 이루어지지 않는 체험자들은 지금 추진하고 있는 일들을 보다 더 세심히 살피며 준비를 소홀히 하지 않는다는 것이다. 우리는 성공에서 교훈을 얻을 수 있지만, 실패에서도 얼마든지 큰 교훈을 얻을 수 있기 때문이다.

아무튼 앞으로 다가올 미래 체험에 대해서는 우리가 앞으로 풀어 가야 할 숙제로 남겨두자.

최면은 이렇게 많은 분야에서 활용되고 있으며 그 활용가치 또한 크다.

최면요법에서는 즐거운 마음을 앵커링(Anchoring)하여 마음이 울적할 때, 그 울적한 마음을 소거하는 데 활용하기도 한다.

또한 공포증을 소거하는 방법으로도 공포를 느낀 순간을 최면 속에서 떠오르게 하여 주관적인 것을 객관적으로 바라보게 한다든가 또는 다른 여러 가지 기법들을 사용하여 소거시킨다.

결론적으로 말하자면 우리는 흔히 마음이 세상을 움직인다고 말하지만 실제로 마음을 움직이는 것은 마음속에 잠재된 잠재의식이다. 그렇기 때문에 잠재의식을 바로 잡아야 자기의 의식을 바꿀 수 있는 것이다. 바꾸어 말하자면 잠재의식을 바로 해야 운명을 바꿀 수 있다는 말이다.

최면요법 치료의 원리는 바로 이 잠재된 의식을 바꾸어 주는 것이다. 최면요법은 사람을 깊은 최면으로 유도, 잠재된 의식의 통로를 열어서 심인성질환의 원인이나 잘못된 습관, 즉 청소년들의 인터넷 중독, 편식, 발표 공포, 시험 공포 등과 성인들의 흡연, 주벽, 도박, 비만의 원인인 잘못된 음식 먹는 습관 등의 그 잠재된 원인을 찾아내고, 그 잠재된 원인을 올바르게 바꾸어 주는 것이다.

그럼 지금부터 지난날 상담했던 사례들을 참고로 소개해 본다.

결혼을 못한 여자

(남자 공포증)

이 이야기부터 한 번 해보자.

며칠 전 뉴스에 ○○화가가 금가루로 그린 달마도라 하여 여러 사람들이 많은 금액을 주고 구입했다. 그런데 그 달마도가 금가루로 그린 그림이 아니라 금색물감으로 그린 그림으로 밝혀져 많은 사람들이 피해를 보았다.

그 뒤 그 화가는 몇몇 사람에게는 금가루로 덧칠해 주기도 했다는 것이다.

뉴스에 따르면, 인터뷰한 기자에게 그 화가는 "그림이 중요하지 금가루로 그렸는지 물감으로 그렸는지가 뭐가 그리 중요한가?" 하는 변명을 늘어놓았다.

문제는 금으로 그린 그림이라고 사람들을 속여 한 점에 몇 백만 원씩 고가로 판매한 것이다. 또한 피해자들이 많은 만큼 그 피해액이 너무 커 사회문제가 되고 뉴스거리가 되는 점이다.

여기서 필자가 하고 싶은 말은 뉴스에 나오는 사기 사건을 이야기하려는 것이 아니다. 다만 그 달마도를 구입한 사람들 중 한 사람의 인터뷰 내용이다. 그 내용을 보면 "결혼을 못한 자식이 있는데, 그 달마도를 집 안에 걸어두면 자식이 결혼을 한다고 해서 몇 백만 원이나 하는 큰돈을 들여서 구입했다"는 것이다.

아마 대부분의 구입자들이 비슷한 이유에서 구입했을 것이다.

물론 자식을 어떻게 해서든 결혼을 시키려는 그 부모님 마음을 이해하지 못하는 것이 아니다. 누구라도 자식이 잘 될 수만 있다면 아마 그보다 더한 일도 했을 것이다.

그렇지만 자식이 결혼을 못하고 있다면 분명 그 이유 또한 있을 것이다. 그렇다면 그 원인을 찾아서 해결해야 올바른 방법이 아니겠는가?

예를 들어 만약 육체에 병이 들었다면 종합검진을 받아보고, 병을 찾아 병을 치료할 수 있는 처방을 해야 하지 않겠는가?

그런데 어리석은지 귀가 얇은지 그런 속임수에 쉽게 넘어가고 만다. 이는 지난날의 '복부인'들처럼 돈 자랑을 하는 것도 아닐진대 돈으로 모든 일을 해결하려는 발상이 참으로 한심스럽게 생각되었다.

그 뉴스를 보면서 마치 지난날 상담했던 사례 중에서 생각나는 내용이 있어 여기에 소개한다.

몇 년 전 어느 날, 사십대 중반의 여성이 찾아왔다.

상담내용은 '아직 결혼을 못했는데, 언제쯤 결혼을 할 수 있겠는지, 아니면 자기는 결혼을 하지 못하고 이대로 혼자 살아갈 팔자인가' 가 궁금해서 찾아왔다는 것이다.

물론 사주를 보면 결혼을 못할 팔자인지 혹은 결혼이 늦어질 팔자인지를 알 수 있다.

일부 여자들은 남편 궁이 막혀 결혼이 성사될 듯하다가도 어긋나고 하여 결혼이 미루어지는 경우도 있다.

제4장 '어떻게 하면 잘 살아갈 수가 있을까?' 에서 이야기하겠지만 만약 여자가 남편 궁이 막혀서 결혼이 성사가 안 된 경우라면 그 막힌 남편 궁을 뚫으면 될 것이 아닌가?

다시 본론으로 들어가자.

그 여자의 사주를 감정해 보니 결혼을 하지 못할 별다른 문제는 없어 보여 별문제 없다고 이야기해 주었더니 다음과 같이 말했다.

사실은 자기가 건설회사에 다니는데 남자들의 유혹도 적지 않단다. 또 때로는 남자를 만나 데이트하며 밥도 먹고 가끔은 술자리도 함께하며 지내기도 하지만, 그렇게 교제를 하다가도 손을 잡는다거나 신체적인 접촉이 있으면 자기도 모르는 사이에 그 남자가 싫어지고, 피하게 된다는 것이다.

이 이야기를 듣고 나서 필자는, 직감적으로 이것은 심인성질환이겠

구나 하는 느낌이 왔다. 그래서 최면 심리상담을 권했고 예약 날짜와
시간을 잡았다.

약속한 날 찾아온 그 여자는 피로한 기색이 역력했으며 심리적으로
도 불안해 보였다.

차를 한잔씩 마시면서 이런저런 이야기들을 나누다 보니 마음도 편
안해지고 긴장이 풀리는 것 같아 그를 깊은 최면 속으로 유도하여 연
령퇴행을 해 가면서 그 원인을 찾아 갔다.

그러던 중 그는 갑자기 큰소리로 울기 시작했다. 그리고 공포와 불
안감에 떨고 있었다.

조금 여유를 두고 안정을 시킨 뒤,

"그때가 몇 살 때입니까?"

"16세입니다."

"그곳이 어디인가요?"

"산모퉁이를 돌아 집으로 가는 길입니다."

"그런데 무슨 일이 있는가요?"

"밤이 늦어 주위가 어둡고 깜깜한데 갑자기 사내가 나타나서 나를
껴안으려고 해서……."

"그래서 어떻게 합니까?"

"소리를 치며 동네로 도망을 갑니다."

"자, 이제 마음을 편안히 하고 심호흡을 하십시오."

이렇게 그를 안정시키고 나서 최면요법으로 치유를 했다.

그 여자가 결혼을 못하게 된 원인은 최면 속에서 보았듯이 밤늦게 귀가하면서 남자들에게 당했던 일들이 마음속에 각인되어 잠재되면서 바로 남자들에 대한 두려움, 즉 남자 공포증으로 작용했던 것이다.

그렇기 때문에 통상적으로 남자와 밥을 먹고, 술을 마시거나 차를 마시고, 대화를 할 때는 별다른 문제가 없었던 것이 남자와 신체적인 접촉이 이루어 졌을 때는 거부반응이 나타났던 것이다.

결국 그는 최면 속에서 그 원인을 찾아내고 잠재의식의 패턴을 바꾸어 놓음으로써 치유가 되었다.

이렇게 심리적인 원인을 찾아내고, 그 원인이 밝혀지면 거의 치유가 된다. 누차 말하지만 상담은 이렇듯 학문적이어야지 미신적이면 안 된다. 어떤 사람이 달마도나 부작(符籍 ; 부적)을 지니고 나서 어떤 소망이 이루어 졌다면 그것은 우연의 일치이거나 강한 믿음에서 오는 것이다.

혼자서는 엘리베이터도 못 타요

(폐소공포증)

3, 4년 전 어느 날 한 여성으로부터 전화가 걸려왔다.

경기도 동두천이라고 하면서 서울에서 최면 상담을 했었는데, 자기는 최면에 들어가지 않더라는 것이다. 한의원이었는데 최면암시를 주었지만 최면에 들어가지 않으니까, 당신은 최면에 걸리지 않는 체질이라고 하여 최면 상담을 받아보지 못했다는 것이다.

그래서 "그때 예행연습을 한 번 했으니 아마 다음에는 최면이 잘 걸릴 수도 있겠네요" 하니, 그러면 다음에 찾아오겠다는 예약을 하고 전화를 끊었다.

상담 날짜에 찾아온 여인은 50대 초반이었다.

"무슨 일로 최면 상담을 받으려고 하셨습니까?"

"혼자서는 두렵고 가슴이 두근거리고 하여 엘리베이터를 못 타고, 여러 사람이 함께 타면 두근거리는 마음을 겨우 진정시키며 탈 수 있다”는 것이다.

이런저런 대화를 나누며 긴장을 풀어주고 마음이 편안해지는 것 같아 그를 깊은 최면으로 유도하여 연령퇴행을 해 나갔다.

그러던 중 그가 갑자기 공포에 떨며 울기 시작했다. 울음이 그치기를 잠깐 기다렸다가,

“거기가 어딘가요?”

“화장실에 갇혀 있어요.”

“몇 살 때입니까?”

“초등학교 1학년입니다.”

“쉬는 시간에 화장실에 들어왔다가 나가려고 하는데 밖에서 문이 잠겨 나갈 수가 없습니다.”

그는 여전히 공포에 떨고 있었다.

“자, 이제 심호흡을 하십시오. 그리고 마음을 편안히 하세요. 이제 그 광경을 객관적으로 바라보십시오. 마치 다른 사람이, 아니면 친구가 화장실에 갇혀 있다고 생각해 봅니다. 그리고 본인이 그 광경을 구경하는 마음으로 바라보십시오.”

“……”

“어때요. 마음이 많이 편안해지는가요?”

“네.”

“좋습니다. 그 편안한 마음을 유지하십시오. 지금부터 제가 열에서 하나까지 숫자를 거꾸로 세어 내려 가겠습니다. 숫자가 하나씩 줄어들수록 몸과 마음이 더욱더 편안해 질 것입니다.”

"자, 심호흡을 하십시오."

"열, 아홉, 여덟, …… 하나."

"어때요. 편안하시지요?"

"네, 많이 편안해졌어요."

"좋습니다. 당신은 친구의 장난으로 잠시 동안 화장실에 갇혀있었던 것입니다. 그렇지만 이제는 아무렇지도 않습니다. 그렇지요?"

"네."

"좋습니다. 편안한 마음으로 심호흡을 하십시오."

그리고 여기서,

"이제는 혼자서도 편안하게 엘리베이터를 잘 탈 수 있습니다"라는 후최면암시를 주고 나서 각성을 시켰다.

두 번째 방문했을 때 "엘리베이터를 혼자서 타보았는가?" 하는 물음에 아직도 많이 불안하다는 것이다.

그래서 두 번째 최면 상담에서는 최면 속에서 엘리베이터를 타는 가상 연습을 시키고 나서 필자와 함께 가까운 백화점으로 가서 엘리베이터를 타 보기로 했다.

혼자서도 타보고 그리고 상담을 마쳤다.

그 뒤 연락을 해 보았더니 많이 좋아졌다는 대답을 들었다.

지금은 소식이 없지만 아마 혼자서도 엘리베이터를 잘 탈 수 있을 것이다.

이렇듯 최면은 심인성질환의 심리적인 원인을 찾는 데 요긴하게 쓰인다.

이 여인은 초등학교 1학년 때 남자 아이들의 장난으로 시골 학교 재래식화장실에 갖혀 심한 공포와 두려움을 느꼈고, 그 일이 훗날 자기도 모르는 사이에 폐소공포증(閉所恐怖症)이 되어 혼자서는 좁은 공간에 있기가 어려웠던 것이다.

이와 유사한 사례들은 허다하다. 이런 폐소공포증 환자들이 지금까지 살아온 현생에서 그 원인을 찾을 수 없다면 전생으로 퇴행하여 그 원인을 찾는 경우가 있다.

어떤 폐소공포증 환자는 전생에서 광에 갖혀 두려움에 떨고 있는 자신을 떠올리기도 한다.

옛날에는 잘못을 하면 광에 가두어 두기도 했다. 또한 그 시절에는 쥐도 많고 하니 밤이면 쥐들이 기어 다니며 나무를 갉아먹는 소리가 나기도 하고, 밖에서는 다른 짐승들 소리도 들리고 하니 어둠 속에서 얼마나 두렵고 공포에 떨었겠는가?

이렇듯 그 원인을 현재 살아온 지난 과거에서 찾을 수 없다면 전생퇴행을 하여 전생에서 찾아낼 수 있다.

항시 마음이 불안하고
우울증으로 시달리는 여자

정해년(丁亥年)이 다 저물어가는 양력 12월 말경쯤으로 생각된다. 제주도에서 사는 동생으로부터 한 통의 전화가 왔다.

시간이 되면 제주도에 한 번 내려왔으면 한다는 내용이었다.

그래서 연초 연휴기간 중에 제주도에 내려가기로 약속을 잡았다.

한 해를 보내는 아쉬움과 새해를 맞이하는 설렘으로 비행기를 타고 가는 동안 내내 만감이 교차하며 생각이 많았다.

그러나 비행기는 어느새 제주 국제공항에 착륙했고 비행장 밖으로 나왔을 때는 필자를 안내할 차편이 있어 편안하게 약속장소로 이동할 수 있었다.

저녁 식사와 더불어 마련된 자리에서 동생은 나를 만나기로 한 사람을 소개했고, 우리는 서로 통성명을 하며 인사를 나누고, 자연스럽게 대화는 서로의 관심사로 흘러가고 있었다.

필자와 만난 분은 침술치료를 하면서 주로 사상체질과 사상체질에 맞는 음식을 연구, 분류하여 체질 식을 많은 환자들에게 권하며 도움을 주고 계시는 분이다. 그는 그 계통에서는 전국적으로 입소문이 나 있어 환자가 전국 각지에서 모여들고 있다.

그분에게 사상체질 검사를 한 번 받으려면 한두 달 전에 예약을 하여야 할 정도라니 가히 짐작이 갈 것이다.

그렇게 바쁜 분이 필자를 보자는 이유는 두 가지 내용으로 요약할 수 있다.

하나는 환자가 찾아와 진맥을 하면 병명이 나타나야 치료에 들어가는데, 병명이 나타나지 않는 경우가 있다는 것이다.

또 다른 하나는 지난날 최면을 배우려고 했는데 가르치는 선생으로부터 "최면을 유도할 수 있는 적합한 음성이 아니다"라는 이유로 그만두었다는 것이다.

여기에 대한 필자의 첫 번째의 답은 앞에서 기술했던 심인성질환의 원인에 관한 세 가지 경우를 자세히 말해 주었고, 두 번째 대답으로는 최면을 유도하는 데 음성보다는 발음을 정확히 하여 천천히 피최면자가 충분히 내용을 알아들을 수 있게 유도하면 된다고 말해 주었다.

그러고 나서 "아마 선생님의 명성에 눌려 선생을 가르치기에는 실력이 좀 부족했던 것 같습니다" 하고 웃으며 말해 주었다.

이렇게 대화는 계속되었고, 결론은 필자가 일주일에 한 번씩 제주도에 내려가 공부를 하기로 하였다.

이렇게 제주도와 인연을 맺게 해준 동생에게도 이 지면을 빌려 감사의 말을 전하고 싶다.

그렇게 제주도와 인연이 맺어졌고, 필자는 매주 일회씩 제주도에 가게 되었다. 그리고 자연스럽게 연결되어 많은 상담을 했다. 그때 상담을 했던 사례 중에서 하나를 소개한다는 것이 사설이 많이 길어진 것 같다.

그 당시 최면 상담을 받고 싶다는 사람은 사십대 중반의 여성으로 공무원이었으며, 마음이 불안하고 우울증으로 정신과 진료를 받고 있는지가 3년 정도 된다고 했다.

그를 깊은 최면으로 유도하여 연령퇴행을 해 가면서 그 원인을 찾아가는데 그가 갑자기 울음을 터트리며 불안해한다.

그를 안정시켜 가면서 진정되기를 기다렸다가,

"그때가 몇 살이지요?"

"초등학교 6학년입니다."

"지금 무슨 일이 있는가요?"

"어머니가, (서럽게 울면서) 어머니가 고통스러워하며 몸부림을 치고 있어요."

"거기가 어디인가요?"

"병원입니다."

"그 뒤 어머니께서 어떻게 되신가요?"

"돌아가셨어요."

"마음을 편안히 하고 심호흡을 하십시오. 숨을 깊이 들이 마시고, 천천히 내 쉽니다.”

(이렇게 마음을 안정시킨 뒤 어머니를 만날 수 있게 진행해 나갔다.)

“몸과 마음을 편안히 하십시오. 이제 어머니를 만나러 가겠습니다. 자, 주위에 어머니께서 어디에 계신지 찾아보십시오.”

(잠시 후)

“어머니께서 어디에 계신가요?”

“관 속에 누워 있어요.”

“그럼 어머니의 모습을 보십시오. 모습이 어떻게 보이신가요.”

“편안해 보여요.”

“네, 좋습니다. 그럼 이제 어머니께서 무슨 말씀을 하실 거예요. 무슨 말씀을 하시는지 한 번 들어 보십시오.”

(잠시 후)

“어머니께서 무슨 말씀을 하신가요?”

“어머니께서 ‘나는 괜찮다. 걱정하지 마라. 그리고 동생을 부탁한다’ 고 하십니다.”

“네 좋습니다. 이제 마음을 편안히 하십시오.”

이렇게 원인을 찾아내고 치유와 더불어 후최면암시를 준 뒤 본인이 전생 체험을 원했지만 두 자매가 너무나 많이 울어 코가 막히고 호흡이 답답하여 더 이상의 유도가 불가능하므로 각성을 시켰다.

마음이 항상 불안해하는 우울증의 원인은 바로 어머니께서 사망하기 직전에 병원에서 몸부림치며 고통스러워할 때, 그것을 지켜보고 있던 환자는 어린 나이에 불안에 떨었다. 그리고 그 광경이 마음속에 각인되고 잠재해 있었기 때문에 본인도 모르게 불안해 했으며, 그것이 자기도 모르게 불안해 하는 우울증으로 시달리게 됐던 원인이었다.

최면 중 어머니가 병원에서 죽기 전에 몸부림치는 모습을 지켜보았던, 당시 초등학교 6학년이었던 본인은 무서움과 두려움에 떨며 엉엉목 놓아 울었다.

이런 원인을 찾아내지 못하고 풀지 못하면 오래도록 본인을 괴롭게 하는 것이다.

어머니께서 사망하시기 2, 3개월 전에 지금 같이 온 동생을 출산했다. 사실은 임신 중에 암 진단을 받고 병원에서는 산모와 태아 두 사람의 생명이 다 위험하다며 낙태를 시키고 암 치료받기를 권했었다. 하지만 그 어머니는 출산을 고집했고, 출산 후에 사망했다. 그러했으니 그 고통이 얼마나 심했겠는가?

그 뒤 상담 때문에 찾아온 동생 친구로부터 많이 좋아졌다는 소식을 들을 수 있었다.

무릎이 아파요
(지난 과거에 아팠던 기억이 잠재된 사례)

_여, 당시 56세

최근(庚寅年 初)에 있었던 일이다.

모텔을 경영하고 있는 보살이 모텔을 팔고 싶은데 매매가 잘 이루어지지 않는다면서 찾아왔다.

매매성사 예방을 하기 위해서 모텔에 들렀는데, 보살은 무릎에 파스를 붙이고 찜질팩을 하고 있었다.

"무릎이 어떻게 많이 아프신가요?" 하고 물으니, "많이 아프다"는 것이다. 그래서 "병원에는 가 보았느냐?"는 물음에, "병원에도 가 엑스레이 촬영도 하고 진찰을 받아 보았지만 별다른 이상이 없다"고 한다.

그리고 한의원에도 찾아가 침이라도 맞아보려고 했지만 무릎에는 이상이 없다면서 오히려 "당신이 의사야!"라며 면박만 당했다고 했다.

그러면 언제 시간이 있을 때 정사(精舍)에 한 번 찾아오라는 말을 남기고 돌아왔다. 언뜻 스치는 예감으로 병원에서도 별다른 이상이 없다면 혹시 빙의 증상이 아닌가 하는 생각이 들었기 때문이었다.

그리고 며칠 후에 그 보살이 찾아왔다.

그를 깊은 최면으로 유도하여 원인을 찾아 가는데, 그는 뜻밖에도 이십 년 전쯤에 남편과 함께 자가용 승용차를 타고 가다가 접촉사고가 났을 때를 떠올렸다.

"무릎을 한 번 보세요."

"무릎이 까맣게 멍이 들었어요."

"그래, 무릎이 어떤가요?"

"몹시 아파요."

"그 뒤 어떻게 하는가요?"

"무릎이 새 까맣게 멍이 들고 아프지만 참아가며 싸움을 말리고 있어요."

"누가 싸우고 있나요?"

"네, 남편과 접촉사고를 낸 운전수가 큰 소리를 내며 서로 잘했다고 싸우고 있어요."

"그 뒤 어떻게 되는가요?"

"나는 무릎이 아프지만 싸움을 말리고자 다치지 않았다고 하면서 차도 손상된 부분이 없으니 그냥 가자고 남편에게 말하고 있어요."

"그 뒤 어떻게 되는가요?"

"싸움을 말리고 가고 있어요."

"무릎은 어떤가요?"

“몹시 아프지만 말도 못하고 참고 있어요.”

(여기서 최면요법에 의하여 치유를 하고 나서)

“자, 이제 무릎이 좀 어떤가요?”

“아프지 않아요.”

“이제 최면에서 깨어나도 무릎은 다시는 아프지 않을 것입니다”라고 한 후 최면 암시를 준 뒤 각성을 시켰다.

그 후로 지금도 가끔 보살이 찾아오며, 그렇게 치유를 한 지가 몇 개월이 지났지만 무릎이 아프지 않고 아무런 이상이 없다고 한다.

이런 경우도 지난 날 사고로 다쳤던 무릎의 통증이 세월이 지난 뒤 그 통증은 없어졌지만, 마음속에 각인되어 잠재해 있기 때문에 자기도 모르는 사이에 무릎이 아프다고 느끼는 것이다.

이런 경우는 허다하다. 예를 들어서 어렸을 적에 물가에 놀러갔다가 물에 빠져 죽을 뻔한 사고가 난 뒤 물이 무서워지고, 물에 대한 공포가 생길 수 있으며, 또 높은 곳에서 떨어지고 크게 놀래면 고소공포증이 될 수도 있다.

이렇듯 심인성질환인 우울, 불안, 공포증은 지난 과거의 어떤 사건이나 사고로 인하여 마음속에 각인되고 잠재되면 자기도 모르는 사이에 우울하고, 불안하며, 공포증을 느끼게 된다.

가슴이 아프고 답답하다
(전생으로부터 오는 사례)

바로 며칠 전에 경남 진해에서 반가운 손님이 찾아왔다.

찾아온 손님은 최 거사로, 필자에게 역학과 최면을 공부한 뒤 다른 사업에 몰두하느라 오랫동안 공부를 놓고 있다가 이번에 다시 사주상담을 시작하면서 시간을 내어 찾아오게 된 것이다.

그런 그가 자기 전생을 보고 싶다고 한다. 또 한편으로는 공부했던 최면유도 과정을 복습할 수 있는 기회를 가질 겸해서다. 그래서 그를 깊은 최면으로 유도하면서,

"현생에 가장 영향을 많이 끼친 전생으로 가라"고 유도했다.

그는 일본인으로 이름은 나미꼬라고 했다. 그리고 나이는 21세로 기생이었으며, 시대는 임진왜란 때로 싸움터로 나갈 일본인 장교들의 송별파티를 해 주는 장면을 떠 올렸고, 그 장교 중에는 자기가 사랑하는 사람도 끼어 있어서 마음이 무거웠다.

그 뒤 5년 후로 가라고 했을 때는 그 장교의 무덤 앞에 서 있는 모습을 떠올렸으며, 다시 5년 후로 가라고 유도했을 때는 아무 말이 없었다. 여기서 느낌이 이상해서, 다시 그 삶에서 죽음을 맞이할 때로 가라고 했을 때, 칼에 가슴이 찔려 죽어가는 모습을 떠올렸다.

“그때 나이가 몇 살인가요?”

“35세입니다.”

“자살한 건가요?”

“아니요. 가슴에 칼을 맞고 죽습니다.”

(여기서 심인성질환이 의심스러워)

“평상시에 혹시 가슴이 아프지 않았는가요?”

“네, 항시 가슴이 답답하고 아픈 것 같은 증세를 느낍니다.”

(여기서 최면요법에 의해 치유를 하고 나서)

“가슴을 한 번 느껴보십시오. 어떤가요?”

“편안해진 것 같습니다.”

“좋습니다. 그 생을 마감하면서 그 생에서 배운 것이 있다면 말해보십시오.”

“무사는 되지 마라.”

“잘 알겠습니다. 수고하셨습니다” 하고 나서 각성을 시켰다.

각성 후 최 거사는 그렇지 않아도 평상시에 가슴이 답답하고 아픈 것 같은 증세를 자주 느꼈었는데, 이제는 편안하다고 하면서 그 원인을 알 것 같다며 반기는 모습이었다. 그리고 전생에서 자기가 좋아했던 장교는 현재 자기 부인인 것 같다는 느낌이 들었다고 한다.

이번 경우는 처음부터 치유를 목적으로 했던 것은 아니었지만 전생을 유도하면서 칼에 가슴이 찔려 죽은 모습을 보고 순간적으로 평상시에 가슴이 아플 수도 있겠구나 하는 생각이 떠올라서 물어보았던 것이 적중을 했고, 치유를 해 줄 수 있었다.

이런 것이 바로 많은 경험에서 나오는 프로정신이 아니겠는가?

이 책에서는 일일이 다 소개를 못했지만 원인을 모르는 병중에는 이렇게 전생으로부터 잠재되어 오는 경우가 있다.

평상시에 손발이 차갑고 한여름 더위에도 찬물에 손을 담그기가 싫었다는 어떤 손님은 병원에서도 그 원인을 밝혀내지 못하고 고생을 했었는데, 전생에 눈밭에서 얼어 죽은 모습을 보고 나서 자기가 찬 것을 싫어했던 것이 이해가 간다고 했다. 그리고 전생 체험 후 그런 증세가 많이 좋아졌다. 이렇게 그 원인이 밝혀지면 치유가 된다.

원인을 모르는 병, 즉 심인성질환인 우울, 불안, 공포증 등에는 전생으로부터 오는 경우가 있으며, 앞의 사례에서와 같이 전생을 통하여 그 원인이 밝혀지면 치유가 된다.

프로이트의
간질발작의 치유

정신분석의 창시자 프로이트(Sigmund Freud)가 간질발작을 일으키는 여자아이를 극적으로 치료한 사례가 있어 여기에 소개한다.

여자아이가 간질처럼 몸을 떨며 발작을 일으켰다.

프로이트는 여자아이에게 최면을 걸었다.

아이는 갑자기 발작을 일으켰다.

발작이 진정되기를 기다렸다가 아이에게 물었다.

"지금 무슨 생각이 떠오르는지 나에게 말해줄래?"

아이는 개에게 놀랐던 장면을 얘기했다.

사나운 개가 거품을 물고 달려들면서 혼비백산했던 기억이었다.

증세는 개에게 놀랐던 사건 후에 생겼었다.

프로이트는 아이를 안정시키고 개의 기억을 소멸시키는 치료를 했다.

아이는 좋아졌다.

놀란 기억이 발작의 원인이었다.

앞 문항은 이무석 박사의 《정신분석에로의 초대》에서 발췌했다.

필자도 4, 5년 전에 제주도에서 간질발작을 일으키는 환자를 대면할 기회가 있었다. 프로이트가 치료한 환자와 유사한 경우였다.

그때 제주도에서 만난 청년은 당시 삼십 대 중반으로 미용기술을 가지고 미용실에서 근무하고 있었지만 간질발작 때문에 직장도 그만 두어야 했고, 이혼도 했으며, 지금은 고향인 제주도를 떠나 생활하고 있다.

그 청년이 발작을 일으킨 처음 시기는 중학교 때로, 동기는 흰 뱀이 자기에게 달려들면서 쓰러졌으며, 그 후로 발작이 시작되었다.

그때 제주도에서 처음 만났을 때 그 청년은 매우 불안해하는 모습이었고, 3회에 걸쳐 상담을 했다. 상담 후에는 많이 편안해 하는 모습이 지금도 기억난다.

그때 필자는 3회에 걸쳐 그를 최면상태로 유도했었다.

1회 때는 최면상태에서 흰 뱀을 보았을 때 까무러칠 정도로 무서워했다.

2회 때는 최면상태에서 흰 뱀을 손으로 만져보고 싶어 손을 내밀었다가 뱀이 달려들어 혼비백산했다.

3회 때는 그 흰 뱀을 죽은 삼촌이 자기의 주머니에 집어넣고 떠나갔다.

환자가 어렸을 적에 유난히 좋아하고 따랐다는 삼촌이 과음하고 교통사고로 사망했다는 이야기를 처음 면담했을 때 들었기 때문에 최면상태에서 그 죽은 삼촌을 만나게 했던 것이다.

그때 최면상태에서 만난 삼촌은 자기와는 무관하다고 냉정하게 말하고 사라졌다. 생각 끝에 3회 때는 그 삼촌을 다시 불러냈었고, 그때 그 삼촌이 그 흰 뱀을 가지고 사라지면서 조카(환자)에게 다시는 따라오지 말라는 말을 남겼다.

그리고 최면에서 각성시켰다.

이후 많은 아쉬움이 남았지만 더 이상은 제주도에 지체할 수 없어 의정부 정사(精舍)로 돌아왔다. 그 당시 마음속으로는 원인을 밝혀 해결했으므로 좋아졌겠지 하는 생각을 했었다.

그리고 그 후 청년의 어머니께서 의정부 정사(精舍)로 한 번 찾아와서 청년의 안부를 물었더니 발작증세가 많이 좋아졌다는 말을 했다.

그 뒤로도 끈기와 인내심을 가지고 환자나 보호자가 중도에 포기하지 않고 몇 차례 더 상담을 했더라면 좋았을 텐데 하는 마음이 아직도 남아 있다.

대부분의 환자들은 수년을 고통에 시달려 왔으면서도 치료를 할 때는 당장 한 번에 좋아지기를 바라는 것 같다. 물론 그들의 마음이 이해되지 않는 것은 아니다. 그들은 필자를 만나기 이전에도 많은 노력을 해왔다는 것을 잘 알고 있다. 그리고 그 사이에 경제적으로도 많은 지출을 했다는 것도 잘 안다.

간질발작은 선천적으로 오는 경우와 후천적으로 나타나는 경우가 있다. 여기서 선천적으로 오는 경우는 30% 정도이며, 후천적으로 오는 경우가 70% 정도라고 한다.

선천적으로 오는 경우는 치료하기가 어렵지만, 후천적으로 오는 경우는 치료가 가능하다. 후천적으로 오는 경우는 대개가 살아가면서 어떤 사건에 놀라서 순간적으로 발작을 일으키기 시작하는 경우이다.

이런 경우는 최면으로 맨 처음 발작을 일으켰던 원인을 찾아내고, 그 원인을 소멸시키는 작업을 하여 치유한다.

프로이트가 행했던 방법도 바로 그것이다.

나는 죄인이다

어느 날 서로 알고 지낸지가 오래된 박 사장으로부터 점심이나 먹자는 연락을 받고 약속장소로 나갔다.

그 자리에는 또 한 사람의 친구도 나와 있었다.

그 사이의 안부도 묻고 밀렸던 이야기를 나눈 끝에 우연히 박 사장으로부터 자기 조카 이야기를 듣게 되었다.

그때 당시 조카는 삼십대라고 했다. 그는 대학에 다니다 군에 입대하였으나 의가사 제대를 했다고 한다.

의가사 제대의 사유는 아토피 피부병 때문이라고 했지만, 제대 후에 방 안에만 틀어박혀 일체 밖에 나가지 않고 단절된 생활을 하고 있다는 것이다.

그가 그렇게 생활하게 된 원인은 피부병 때문만은 아니고 또 다른 원인이 있었던 것이다.

심인성질환이 형성된 요인 중에는 여러 가지 원인이 있지만, 그 중에서도 죄의식과 자기처벌(Self-punishment)이라는 형성요인이 있다. 문제는 바로 여기에 있었던 것이다.

자기는 '죄인이다' 는 강박관념을 가지고 사람들을 기피하고 밖에도 나가지 않고 스스로 자기를 죄인화했던 것이다.

잠재의식은 어떤 문제에 대해서 골똘히 생각하게 되면 그렇게 했을 것으로 판단하고 그대로 받아들이는 경우가 있다.

천주교 신자인 그의 부모는 자식이 외부와 모든 관계를 두절하고 방안에만 틀어박혀 있고 정신적으로 이상이 온 것 같아서 자식을 위해서 할 수 있는 일이란 가리지 않고 다해 보았다.

정신병원에도 갔고, 성당에서의 기도는 말할 것도 없으려니와 사찰(절)을 찾아가 구병시식도 해보았고, 무속인도 찾아보았고, 또한 주위에서 입소문이 나 있는 곳이면 가리지 않고 찾아 다녔다.

그렇게 낭비한 돈의 액수만 하여도 족히 서울에서 집 한 채 값은 넘을 것이라고 하니 가히 짐작이 갈 것이다.

그렇게 세월은 흘러갔다.

무정한 것이 세월이라고 했던가!

필자가 그의 부모를 만났을 때는 모든 것을 포기한 상태로 오로지 자기 일에만 전념할 뿐 어떤 말에도 귀를 기울이지 않았다.

그런 그 부모의 마음이 충분히 이해가 갔다.

그렇지만 문제는 생각 외로 쉽게 풀렸다.

그는 군에 입대하기 전에 사귀는 여자가 있었지만, 그가 군대에 있으면서 다른 여자를 알게 되었고, 그 사이에 그 여자는 자살을 했던 것이다.

그의 마음의 병은 여기서부터 시작됐다.

그 뒤 그는 자기가 그 여자를 죽였다는 마음의 갈등을 느끼고 스스로가 죄인이라는 죄의식을 가지고 사람들을 기피하고, 밖에도 나가지 않으며, 방에만 처박혀 속죄하는 마음으로 근신하는 방법을 택했던 것이다.

이렇듯 죄의식이 관절염을 일으키는 경우도 있다. 예를 들자면 원한 관계에 있는 사람이 있어 목을 졸라 죽여야지 하고 상상을 하는 경우, 골똘하게 상상을 하다 보면 잠재의식은 자기가 그렇게 했을 것으로 판단하고 죄의식을 가지며, 사람을 죽인 자기 손을 증오하는 나머지 손목이 붙고 관절염을 앓고 하여 손목을 못 쓰게 되는 경우가 있다.

또는 살인자라는 죄의식을 가지고 앞에서 언급했듯이 사람을 기피한다던가, 밖에 나가지 않는다던가 하는 방법으로 스스로가 '살인을 했으니 처벌을 받아도 싸지' 하는 마음으로 자기 병을 만들어 내는 수가 있다.

또한 큰 수술을 여러 번 하는 경우도 있고, 암에 걸리는 것도 자기처벌에서 오는 경우도 있다.

이런 증상들은 시간이 지나면 기억 속으로 사라져 무의식적으로 나타나기 때문에 현재 어떤 증상을 일으켰다면 그 원인을 밝혀내어 잘못된 감정을 수정하며 치료를 해야 한다. 즉, 이해를 시켜서 대상과 원인에 따라서 오해를 풀게 해야 한단 말이다.

우리는 그 원인을 밝혀내는 데 최면술이라는 도구를 사용하여 연령퇴행 또는 전생퇴행을 한다. 또한 앞에서도 말했듯이 자유연상법을 활용하여 정신분석을 하기도 한다.

이런 심리적인 원인으로 병이 왔을 때는 병원에서 진료를 받아도 그 병명이 병원마다 각각 다르게 나타날 수도 있기 때문에 처방 또한 각각이다.

마음에서 병이 왔을 때는 마음을 다스려야 한다.

심인성질환의 형성요인

기왕에 이야기가 나왔으니 여기서 잠깐 마음의 병은 어떻게 오는가 하는 심인성질환의 형성요인에 대해 몇 가지 이야기를 하고 넘어 가기로 하자.

마음의 병, 즉 심인성질환은 마음의 문제가 원인이 되거나 또는 마음(심리적)으로 경험하는 장애가 병의 형태로 나타나는 병으로, 우울증, 불안증, 공포증, 강박증, 결벽증 등 또는 우리가 흔히 병원에서 병명이 나타나지 않으면 신경성이라고 부르는 신경성 위장병, 신경성 두통 등과 같이 심리적으로 나타나는 병이라고 말할 수 있다.

이런 병들은 주로 일상생활에서 다음과 같은 요인이 원인이 된다.

첫 번째로, 마음의 갈등에서 올 수 있다. 무의식 속에서 하고 싶은 욕구가 마음속에서는 하고 싶은데 의식에서는 하고 싶지 않을 때, 즉 의식은 공부를 하고 싶지만 행동은 놀고 싶은 충동을 느낄 때 의식과 무의식이 타협이 되지 않아 갈등을 느낀다.

우리는 일상생활 속에서 어떤 일을 하고 싶은데 그렇지 못할 때, 즉 내 의지와는 반대로 바람직하지 못한 쪽으로 몰고 가고 있을 때 우리는 스트레스를 받고 갈등을 느끼는 것이다.

퇴근 후에 곧장 집으로 가고 싶은데 동료들의 유혹을 뿌리치지 못하고 갈등을 느낀다든가 또는 건강을 위해서는 금연이나 금주를 하고 싶은데 유혹을 뿌리치지 못하고 갈등을 느낀다.

우리는 일상생활 속에서 얼마든지 이런 갈등의 예를 찾아볼 수 있다. 이런 갈등의 원인은 주로 관습, 도덕, 윤리문제 등의 갈등 혹은 과거행동에서 오는 갈등, 부부간의 갈등 등 수도 없이 많다.

정신요법에서는 이런 갈등의 원인을 찾아내서 본질을 이해해 치료요법으로 활용한다.

관습, 도덕, 윤리문제 등의 갈등, 근친간의 혼전관계 등의 과거행동은 인정하고 싶어하지 않는다. 즉, 도덕적으로 용납 받지 못할 행동을 했을 때를 생각하면 괴로워지기 때문에 본래의 태도를 명확히 하는 것이 그 과제이다.

적당히 합리화시켜서 정당화시키려는 마음이 중요하다. 억압하게 되면 오히려 긴장을 유발시키고 긴장의 수위가 높아지면 두통 같은 신체 증상으로 나타날 수 있다.

이런 신체적인 증상이 갈등에서 온다면 갈등을 근본적으로 해소시켜야 한다. 이런 갈등들은 대부분 무의식적으로 나타나기 때문에 무의식적으로 갈등을 느껴서 현재의 어떤 증상을 일으켰다면 그 원인을 밝혀내야 한다.

깊숙이 억압된 갈등은 평소 의식 하에서는 생각이 나지 않는다. 이때 우리는 최면을 이용하여 갈등의 본질을 떠올릴 수 있는 것이다.

여기서 한 가지 주의할 점은 만약 갈등의 원인이 환자 본인에게 수치스럽고 치욕적인 사건이었다면 그 사건을 다시 들추어낸다는 것은 오히려 잘못되고 저항을 일으킬 수 있으므로, 이럴 때는 비밀 보장을 해줄 필요가 있다.

또는 최면상태에서 건망 암시를 주어서 최면 중에 있었던 일을 잊어버리게 할 필요가 있다.

최면상태에서 무의식 속에 억압된 감정을 떠올려서 다 이야기하게 한다든가 또는 억압된 감정을 폭발시켜서 발산을 시키면 치유될 수 있다.

또 다른 방법으로 잘못된 감정을 이해시켜서 수정을 해 준다던가 갈등의 대상과의 오해를 풀게 할 수 있다.

여기서 프로이트가 치료했던 안나 양의 사례를 이야기하고 넘어가자.

안나 양은 물을 마시지 못하고 과일로 수분을 공급 받으며 겨우 생명을 유지하고 있었다.

원인은 방바닥에 놓인 유리잔의 물을 개가 핥아 먹고 있는 것을 보고 그녀는 구역질이 나도록 혐오감을 느꼈다.

그 뒤 다른 사람이 그 유리잔의 물을 마시는 것을 보고 그때부터 그는 물을 마시지 못했던 것이다.

최면상태에서 이 사실을 털어 놓았고 쌓인 울분을 마음껏 표현한 뒤에 그녀는 놀랍게도 물을 마실 수 있게 되었다.

참고로 프로이트가 이 치료를 할 때는 최면술을 버리지 않고 사용하고 있을 때였다.

두 번째로, 동기에서 올 수 있다. 주로 자기방어 목적으로 히스테리 증상인, 병이 아닌데도 병이라고 자신이 생각함으로써 욕구불만을 상대적으로 만족시키고 있는 상태로, 무의식중에 여러 가지 형태로 정신의 병적 증세를 나타낸다. 그 형태나 신체상의 징후로는 두통이나 경련이 일어난다든가 심한 경우에는 소리가 들리지 않는 난청, 혹은 말을 할 수 없는 경우 등 마비증상이 오는 경우도 있다. 정신적인 징후로는 감동의 변화가 심하다든가 의식이 혼탁해 지기도 하며, 기억상실 등과 같은 증상이 나타난다. 대부분 부인들에게 많이 일어나는 증상이지만 간혹 남자에게 나타나기도 한다.

이런 경우 병원에서는 "이상이 없는데……?"라고 한다. 히스테리증상은 대부분 주의나 관심을 끌기 위해서 아픈 병으로 자기방어를 목적으로 한다.

예를 들자면 부부싸움을 할 때 부인이 까무러친다든가, 혹은 신혼 초에 남편의 관심을 끌기 위해 배나 머리가 아프다고 한다든가, 어린 시절 부모의 관심을 끌기 위해서 아프다고 한다든가, 학교에 가기가 싫은 것이 동기가 되어서 배가 아프다 혹은 머리가 아프다 하는 등의 이런 증상들이 세월이 지난 후에도 나타난다면 질환이 될 수 있다.

이런 경우가 만성두통이나 혹은 배가 자주 습관처럼 살살 아프다든가 하는 증상으로 나타나지만, 본인 자신은 마음에서 온다는 것을 전혀 모르고 습관적으로 두통약을 복용하기도 하고 약국이나 병원을 찾아 가기도 한다.

이런 경우 병원을 찾아 진단을 받아보면 뚜렷한 병명이 잘 나타나지 않거나 또는 병원마다 병명이 다른 경우가 있다.

이런 경우 동기를 찾아내어 치유를 해줘야 한다. 대체적으로 무엇이 원인이 되었는가를 밝혀내기만 하여도 해결된다.

이때 최면은 그 원인을 찾아내는 데 긴요하게 쓰인다.

세 번째로, 동일시에서 올 수 있다. 동일시는 주로 모방이나 습관에서 오는 경우이다. 특히 어린 시절에는 자기와 밀접한 관계에 있는 사람들과 동일화하려는 경향이 있다. 주위 사람들의 말이나 행동을 흉내낸다든가, 따라서 하는 경우가 많다. 특히 어머니가 비만일 경우 잘못된 음식습관을 따라서 먹는다든가 혹은 무의식적으로 자신도 어머니와 같이 비만해지고 싶다고 생각할 수 있다.

이때 비만이 모방에서 오는 경우는 그 치유가 쉽지만 유전에서 오는 경우는 치유가 힘들다.

네 번째로, 암시효과로 대개 부정적인 암시가 문제를 일으킨다. 부정적인 말이 잠재의식 속에 각인되어 있다가 부정적인 패턴이 되어버린 경우 문제를 일으킨다.

어렸을 때 부모나 혹은 주위 사람들로부터 "너는 사람 되기 틀렸다"라는 말을 자주 듣던 사람이 자기를 포기해 버리고 인생을 마구 살아간다든가 혹은 죽고 싶다는 말을 입버릇처럼 자주하는 사람이 끝내는 자살한 경우가 있다.

이처럼 자기도 모르는 사이에 자주 듣거나 뇌까리는 말이 큰 비극을 가져올 수 있다.

이런 부정적인 잠재의식은 그 패턴을 바꾸어 놓아야 치유될 수 있다.

참고로 암시효과도 기적 같은 일을 일으킬 수 있다.

자기암시요법(自己暗示療法)의 창시자 에밀 쿠에(Émile Coué)는 자기암시를 통해서 많은 환자들에게 도움을 주었고 또 많은 실험을 통해서 암시효과를 증명해 내기도 했다.

여러분들도 잠자기 직전에 또는 아침에 잠에서 막 깨어났을 때 "나는 모든 면에서 나날이 좋아진다"라는 자기 암시를 10에서 20회씩 해 보기 바란다.

다섯 번째로, 입버릇처럼 하는 말이 기관에 영향을 미친다. 무의식적으로 하는 말이 반복됨으로 인해서 기관에 영향을 미치고 나타나 병이 될 수 있다.

'밥맛이 없다' 라는 말이 습관이 되어 식욕상실증을 일으키고 병이 되기도 하며 또는 전화를 받기 싫어 전화벨 소리가 안 들린다는 생각을 가지고 있을 때 실제로 안 들리는 경우가 있다.

실제로 필자의 상담자 중에는 한쪽 귀가 안 들려 유명하다는 병원을 찾아 검진을 받아 보았지만 별다른 이상이 없는 경우가 있었다.

그 원인은 그녀가 두 번째 아이를 출산할 때 본인은 자연 분만을 하고 싶었지만 병원에서는 개복수술을 권했던 것이다.

할 수 없이 병원의 권유대로 개복수술을 하고 출산한 후 한쪽 귀가 안 들리는 이상이 나타났었다.

이렇듯 우리는 기관에 영향을 미칠 수 있는 말을 함부로 사용하지 않는 것이 좋다. 나쁜 암시로서 무의식 속에 각인되어 그런 증상을 일으킬 수 있다.

여섯 번째로, 어떤 사건을 자기 때문이라는 죄의식을 가지고 스스로가 자기는 죄인이라고 단정 짓고 자기처벌을 하는 경우가 있다.

이 죄의식과 자기처벌에 대해서는 앞에서 말했으니 여기서는 생략한다.

일곱 번째로, 과거의 경험에 의해서 일어난다. 받아 들여지지 않는 관념이나 사고는 과거로부터 그 근원을 가지고 있을 수 있다.

위와 같은 마음에서 오는 병, 즉 심인성 증상의 요인은 한 가지가 원인이 되어서 오는 경우도 있지만, 경우에 따라서는 두 가지 혹은 세 가지, 또는 모두가 복합적으로 원인이 되어서 오는 경우도 있다.

이런 증상들은 시간이 지나면서 기억 속으로 사라져 무의식적으로 나타나기 때문에 현재 어떤 증상을 일으켰다 하더라도 우리는 그 원인을 알 수 없는 고통에 시달리게 된다.

우리는 어떤 증상을 일으켰다면 그 원인을 밝혀내어 치유해야 한다.

그리고 심리적인 영향을 미칠 수 있는 말은 함부로 사용하지 않는 것이 좋다. 나쁜 암시로 무의식 속에 각인되어 그런 증상을 일으킬 수도 있기 때문이다.

따라서 항상 긍정적인 언어를 사용해야 한다.

자, 기지개를 쭉 펴면서 "아주 시원하다" 또는 "나는 할 수 있다"라고 소리쳐라.

마음에서 병이 왔으면
마음을 치유하라

우리는 살아가면서 왜 불안해하고 공포를 느끼며 결벽증으로 시달리기도 하는가?

누구나 다 마음 한편에는 이런 증상들을 가지고 있지만 그 증상들이 다른 사람들에 비해서 더 심하다든가, 또는 일상생활을 하는 데 지장을 초래한다면 문제가 된다.

어떤 사람들은 고층 아파트에서 생활할 수 없는가 하면, 또는 대중탕에 갔을 때 물이 두려워 탕 속으로 들어가지 못하고, 또는 고속버스나 비행기도 못 타고, 또 어떤 사람은 하루에도 수십 번씩 손을 씻는가 하면, 외출을 할 때 자꾸 열쇠고리를 만지며 확인하기도 한다.

어떤 학생은 시험을 치를 때 불안하여 잘 아는 답도 못 쓰는가 하면 또는 여러 사람 앞에서는 자기 의견도 발표하지 못하고, 평상시 레슨을 받을 때는 피아노를 잘 연주하던 학생이 발표를 하거나 연주를 할 때는 그 실력을 발휘하지 못하여 낭패를 보는 이들도 있다.

참으로 안타까운 일이 아닐 수 없다.

분명 이러한 일들은 그 원인이 있기 마련이다. 그런데 본인이나 보호자들은 그 원인을 밝혀내어서 치유하려는 마음을 가지기보다는 치유 방법을 찾지 못하고 그냥 그렇게 방치하고 병들어 가는 것 같아 마음이 아프다.

하루 빨리 그 원인을 밝혀내어 치유하기를 바란다.

안타까운 마음에 하고 싶은 이야기도 많고 할 말도 많지만 여기서는 이만 줄이고 다음 기회가 주어진다면 그때 보다 성숙된 모습으로 표현할 수 있으리라 믿는다.

다음 제2장에서 빙의와 빙의 령의 퇴마에 대한 이야기를 하려고 한다. 심인성질환의 원인은 빙의에 의하여 오는 경우가 많기 때문이다.

독자들의 이해를 돕기 위해 빙의에 의해서 정신질환이 오는 경우는 제2장에서 따로 하기로 했다. 아마 다음 장의 빙의 퇴마를 읽고 나면 쉽게 이해가 되리라 믿는다.

 아름다운 삶을 위한 **마음의 치유**

제2장

빙의 퇴마

빙의 령(憑依靈)을 천도(퇴마)해 주고
자신의 인격으로 자신의 삶을 살아가라

빙의와
빙의 증상

빙의(憑依)란 죽은 사람의 영혼이 살아있는 사람의 몸에 들어오는 현상을 말하며 우리는 이런 현상을 흔히 하는 말로 신병(神病) 또는 귀신(鬼神) 들린 병, 무병(巫病) 또는 다중인격장애(多重人格障碍) 등 정신분열이라고 말을 하지만 각각 나름대로 의미를 지니고 있다.

지난날에는 빙의가 되면 퇴마를 할 줄 모르고 그 현상을 받아들이고 신(神)내림을 받고 무속인, 즉 무당이 될 수밖에 없었으니 무병(巫病)이라고 칭했던 것도 어찌 보면 당연한 말이었을 것이다.

요즘에도 빙의된 사람이 무속인을 찾아가면 "너도 우리 같은 무속인의 길을 가야 할 팔자이니 신(靈)을 받아들이고 내림을 받아라" 하는 말에 어쩔 수 없이 무속인이 되어 그 길을 가고 있는 사람들이 많다.

왜 그런 현상들이 일어나는가?

첫 번째로, 빙의가 되게 되면 자기인격으로 살아갈 수 없다. 자기 몸 안에 여러 영가(靈駕)들이 들어와 자리를 잡고 있으면 생각이 조석으로 변화하고 바뀐다.

그 원인은 어떤 영가가 자기를 지배하느냐에 따라서 그 영가의 성격이나 행동이 나타나기 때문이다.

그래서 이를 다중인격장애(多重人格障碍)라고 칭하는 것이다. 이런 면에서 보면 무속인들은 모두가 다중인격자들인 것이다.

우리가 무속인에게 상담을 하러 갔을 때를 한 번 생각해 보아라.

처음에 찾아가 대면을 했을 때는 본인의 인격으로 인사를 하고 맞이하며, 자리를 권하곤 한다. 하지만 점(占)을 칠 때는 어떻게 하는가? 그 무속인의 몸 안에 있는 어떤 영가가 말을 하느냐에 따라서 어린애 목소리로 변했다가 또는 할머니 음성으로, 아니면 할아버지 음성으로 변화하지 않는가?

이런 현상이 무엇을 말하겠는가? 바로 무속인의 몸속에는 많은 영가들이 자리를 잡고 있다는 의미가 아니겠는가?

그러하니 빙의가 되면 자기 생각(인격)대로 행동하지 못하고 빙의된 영가의 지배를 받아 자기도 모르는 사이에 그 영가의 행동과 습관이나 모습으로 변화하기도 하며 음성도 바뀌고 하는 것이다.

두 번째로, 빙의가 되게 되면 몸이 아프나 병원에 가서 진료를 받으면 이상이 없어 병명이 나타나지 않는다. 또한 병명이 밝혀진다고 하더라도 병원마다 병명이 다르게 나타날 수 있다. 이런 현상은 자기 몸에 빙의된 빙의 령의 지배를 받기 때문에 약을 먹고 자살한 영가가 빙의되면 속이 쓰리고 위가 아프고, 또 교통사고로 머리를 다쳐 죽은 영가가 들어오면 머리가 깨질 듯이 아픈 현상을 일으킨다.

이런 고통에 시달리다 병원에 가서 진찰을 받고 위 내시경이나 MRI 같은 최신 의료장비를 사용하여 검사를 받아보아도 그 증상이 나타나지 않고 별 이상을 찾아내지 못한다.

그러나 빙의된 본인은 아픔에 시달리게 되고 하다못해 무속인을 찾아가 점을 치게 되면 약 먹고 자살한 사람이 있느냐, 혹은 물에 빠져 죽은 사람이 있느냐, 또는 교통사고로 죽은 사람이 있느냐 하면서 굿을 하라 하고 또 굿을 하면 낫는다고 하니 그런 고통에서 벗어나기 위해서 그렇게 따라서 할 수밖에 없다.

그렇게 하고 나면 잠시는 아픈 곳이 나은 것 같지만 얼마 동안을 지나고 나면 다시 그런 증상을 일으킨다.

그럼 어떻게 해 주어야 하겠는가? 결론부터 말하자면 퇴마를 해 주고 그 퇴마한 영가를 천도해 주는 것이 올바른 방법이다.

세 번째로, 빙의되게 되면 부부싸움도 자주하게 되고 심한 경우에는 가정이 파탄에 이르게 된다.

본인의 의지와는 상관없이 부부싸움을 자주하게 되고 난폭해지기도 하며, 자식들이나 다른 가족들에게도 그런 영향을 끼치니 가족들이 불안해하며 자연히 가정이 파탄에 이를 수밖에 없다.

그 원인은 바로 다른 인격체인 빙의 령 때문에 일어난다. 본인의 의지와는 상관없이 일어나는 행동이기 때문에 지나고 나면 언제 그랬느냐는 식으로 본인은 그 행동을 까맣게 잊어버린다.

네 번째로, 빙의되게 되면 평상시에 안 하던 행동을 하기도 한다. 평소에는 못 마시는 술을 마신다든가, 담배를 피운다든가 혹은 춤을 추러 다니기도 하고, 또는 많은 옷을 사 들이기도 하며, 어쩔 때는 아기처럼 애들이 먹는 과자에 욕심을 내고 과자를 감추어 두기도 한다.

이런 행동들은 주로 자기를 지배하는 영가의 선호도에 따라서 행동이 바뀌고, 그 영가가 살아생전에 했던 습관에 따라서 행동하기 때문에 다르게 나타난다.

다섯 번째로, 빙의되게 되면 혼자서 말하고 웃기도 하며, 표정이 바뀌고, 마치 어린애들이 혼자서 말을 하면서 소꿉장난을 하고 놀듯이 행동하기도 한다.

여섯 번째로, 빙의되게 되면 자기가 하는 모든 일들이 잘 풀리지 않고 모든 일들이 꼬이고 빗나가기도 하며, 순조롭게 이루어지지 않는다.

일곱 번째로, 빙의되게 되면 공황현상을 유발시키고, 우울증에 빠지게 하여 심하면 자살로 이어진다.

여덟 번째로, 빙의되게 되면 판단력과 결단력이 흐려진다. 가끔 빙의 환자들이 약속을 하고 이행하지 않는 경우를 본다. 또한 마음이 조석으로 변하고 이랬다저랬다 하며 변덕이 심하다.

이런 행동들은 다 자기 안에 들어있는 인격체, 즉 빙의 령 때문에 일어나는 현상들이다. 환청, 환각, 환시, 꿈에 가위눌림을 자주 경험하는 등 빙의되어 일어나는 현상들을 모두 나열하기에는 그 사례가 너무 다양하고 많다.

그렇다면 이런 현상들로부터 벗어나려면 어떻게 해야 할까?

그 해답은 반드시 빙의 령을 불러내어 문제를 해결해 주고 나서 그 빙의 령을 내보내 주고(퇴마해 주고) 그리고 천도를 해 주어야 한다.

그런데 무속인들이 굿을 하고 천도재를 해 주는 행위는 일종의 그 영가들에게 술과 밥을 대접해 주고 달래는 행위로써 잠시 잠깐은 편안할 지 모르지만, 얼마만큼의 시간이 지나고 나면 또 다시 그런 증상이 일어나기 때문에 올바른 방법이 아니다.

그래서 다시 찾아가면 이런 똑같은 행위를 반복하다가 그래도 해결이 되지 않으니 끝내는 당신도 우리와 같은 길을 걸어가야 할 팔자이므로 내림을 받고 그 신(영가)을 받아들이라고 권한다.

그럼 어떻게 하겠는가? 빙의 증상으로 인해서 몸이 아프고 되는 일은 없으니 내림을 받아서라도 몸이 아프지 않고 하는 일들이 풀릴 수 있다면 하는 마음에서 마지막 방법으로 할 수 없이 그 길을 택한다. 그렇게 하여 무속인이 되어 살아가는 사람이 현재 무속인의 80에서 90%

를 차지한다고 하니 참으로 안타까운 현실이다.

이렇게 내림을 받고 무속인이 되고 하여 과연 모든 문제가 해결된 것일까? 그렇지 않다.

이제부터 그 사람은 빙의 령의 본격적인 지배하에 삶을 살아가야 하는 운명에 들어 선 것이다.

바로 무속인의 생활이 그를 기다리고 있다. 무속인의 길을 가게 되면 만사가 형통하고 모든 일들이 원만히 풀려나가야 할 텐데 현실은 그렇지 못하다.

처음부터 그 길은 쉬운 길이 아니다. 그래도 얼마 동안은 막 신내림을 받았으니 손님이 찾아오기도 하지만 시간이 지나게 되면 시들해지기 마련이다.

자, 생각해 보아라. 그 빙의 령이 얼마나 지속적으로 능력을 발휘할 수 있겠는가?

어떤 무속인은 그렇게 힘들게 내림을 받고 무속인이 되었지만 입이 막혀 말문이 터지지 않거나, 또 어떤 무속인은 헛소리만 해댄다.

집 안에 신당은 차려 놓았고, 이 일마저도 뜻대로 되지 않으니 또 다시 여러 차례에 걸쳐 내림을 받기도 하며 또는 그들이 말하는 소위 '가리' 를 잡아보기도 한다.

이렇게 그들은 무당 노릇도 제대로 해보지 못하고 가정은 가정대로, 본인은 본인대로 무너져 간다.

필자는 이렇게 찾아온 무속인들을 많이 상담해 보았기에 그 실태를 잘 알고 있지만, 그들은 이미 모든 것을 다 잃어 버렸기에 해결 방법을 찾고도 어찌하지 못하고 돌아선다.

참으로 답답하고 한심스러운 일이다. 필자는 그럴 때마다 지금도 늦지 않았으니 그 영가들을 퇴마해 주고 천도해 주라고 권한다.

오다가다 들어온 영가들을 어떻게 내림을 받고 부려먹으면서 살아갈 생각들을 하는지 참으로 한심스럽고 어처구니없다.

조상에서 들어오는 영가라고 하더라도 마찬가지다.

또 한 가지 알아두어야 할 안타까운 현실이 있다.

무속인들에게 한두 차례 상담을 하여 굿을 해 보고 나서 얼마만큼의 재산을 탕진한 사람들 또는 처음부터 무속인을 믿지 못하고 스님을 찾아 상담하는 경우가 있다. 그럴 때 올바른 스님을 찾아가 상담을 했더라면 좋았을 텐데 그렇지 못한 경우가 많다. 이 방면에 지식이 없는 일부 스님들은 무조건 천도재와 구병시식을 먼저 권하고 그렇게 해 주는 경우가 있다. 물론 구병시식을 해 주어서 빙의 령이 퇴마되고 빙의 증상들이 없어졌다면 좋았겠지만 현실은 그렇지 않다.

왜 그들이 다시 필자를 찾아오겠는가? 얼마 전에도 이런 환자가 찾아왔다. 구병시식을 했는데도 빙의 령에게 시달리고 있다고 하면서…….

누차 말하지만 반드시 퇴마를 해 주고, 그 퇴마한 영가를 천도해 주어야 한다. 이렇게 하는 방법만이 최선의 길이다.

그런데 무조건 천도재와 구병시식을 해준 스님들이 이런 사실들을 잘 알지 못한다. 그분들은 그저 조상들의 천도재를 해줄 따름이다. 그런 그들이 어떻게 빙의 령을 찾아낼 수가 있으며 또한 빙의 령을 천도해 줄 수 있겠는가? 당연히 불가능한 일이다.

이런 일들은 빙의 령을 불러내고 퇴마할 수 있는 능력자만이 할 수 있다.

어떤 영가가
몸 안에 빙의되는가?

여러분들은 이런 이야기를 들어 보았을 것이다.

"저승에 가지 못한 영가가 구천을 헤맨다"고 하는 말을 말이다. 바로 저승에 가지 못하고 구천을 떠도는 영가들이 사람 몸에 들어와 빙의 령이 되는 것이다.

그렇다면 구천이란 어디 일까? 구천은 바로 우리 주위를 말한다. 팔방과 중앙을 말하니 당신이 있는 그곳이 바로 구천인 것이다.

영가(靈駕)란 영혼(靈魂)을 말하며, 즉 사람이 죽은 넋을 귀신(鬼神)이라고 말하니, 영가, 영혼, 귀신은 같은 의미이다.

그러면 어떤 영가가 저승에 가지 못하고 귀신이 되어 구천에 떠돌게 되는가?

필자가 지금까지 영가를 불러내어 퇴마를 한 경험으로 보았을 때 주로 자기 명(命)이 다해 죽지 못한 영혼들이 귀신이 되어 구천을 떠돌아 다닌다.

갑작스럽게 교통사고로 죽은 영가들, 혹은 물에 빠져 죽은 영가들, 자살한 영가들, 높은 곳에서 떨어져 죽은 영가들, 전쟁터에서 죽은 영가들, 원한을 가지고 죽은 영가들, 이승에서 한을 풀지 못해 저승으로 가지 못한 영가들 등, 아무튼 제 명을 다하지 못하고 불의의 사고로 죽은 영가들이 대부분을 차지한다.

이런 영가들이 저승에 가지 못하고 구천을 떠돌게 되고, 기회가 주어지면 인연 따라서 혹은 우연한 기회에 사람 몸에 들어오거나 또는 영가가 들어 갈 대상을 미리 정해놓고 기회를 포착하여 들어가기도 하고, 또는 그 원한을 풀기 위해서 원한을 풀 수 있는 상대에게 들어간다.

갑작스럽게 사고로 죽음을 맞이한 영가들은 대부분 사고를 당한 장소를 떠나지 못하고 그곳에 머물러 있게 되는데, 이런 영가들을 지박령(地縛靈)이라 한다.

그렇기 때문에 교통사고가 나서 사람이 죽은 장소에서 또 다시 교통사고가 나서 사람이 죽고, 물에 빠져서 사람이 죽은 장소에서 다시 익사사고가 일어난 이유가 여기에 있다.

그리고 지박령들은 그곳을 떠나지 못하고 머물러 있다가 그곳을 찾아온 사람들에게 빙의되는 경우가 있다.

또한 아주 드문 일이긴 하지만 죽을 때 저승으로 가야 하는데 두려워서 흰 빛을 따라가지 못하고 남아 있는 영가도 있었다.

그리고 이 기회에 꼭 하고 싶은 이야기는 살아있는 사람들이 죽은
사람을 떠나보내지 못하고 애달파하므로 영가가 떠나가지 못하고 혼란
을 일으키기도 한다.

이 책을 읽은 독자들께서는 항시 영가를 좋은 마음으로 떠나보낼 수
있는 마음의 준비를 하여야 하고 또한 죽음을 맞이했을 때는 미련 없
이 모든 것을 놓아 버리고 떠날 수 있도록 마음의 정리가 필요하다. 집
착을 버려라.

모든 생명은 생(生)과
사(死)가 있듯이

우리는 왔으니
돌아가야 한다

맨 주먹 쥐고 왔으니
빈손으로 떠나가는 것이
세상의 이치가 아닌가?

얼마나 천년만년 살겠다고
아등바등 설쳐대니
그 모습 또한 애달프구나

지금이라도 늦지 않았으니
모두 내려놓고
마음을 비우게나.

_필자의 졸작 중에서

눌림굿을 하는 행위는
올바른 방법이 아니다

며칠 전 오랜만에 한 신도가 필자를 찾아왔다. 그 신도는 "스님, 점심이나 함께하시지요?"라고 한다.

그래서 정사에서 가까운 식당으로 찾아가 자리를 잡고 앉아 그간의 안부를 묻고 이야기를 나눴다. 그러던 중에 어떻게 평일에 일을 하지 않고 시간을 낼 수 있었느냐고 물어 보았다. 그는 스님께 뭐 숨길 것이 있겠느냐면서 사실은 요즘 무속인의 집안일을 도와주고 있다고 말한다.

자기가 일을 도와주는 그 무속인 집에는 일이(행사가) 참 많다는 것이다.

"주로 무슨 일이 그렇게 많은 가요?"

"요즘에는 주로 '눌림굿' 을 많이 하는 것 같아요."

"그래요. 그럼 빙의될 수도 있으니 조심하세요."

“그래서 저는 주방에서만 일을 하고 행사나 상차림에는 일체 간여를 하지 않습니다.”

“그래요. 요즘 상담을 하다 보면 빙의 환자가 참 많다고 생각은 하고 있었지만, 무속인들이 눌림굿을 그렇게까지 많이 하는 줄은 몰랐습니다.”

여기서 말한 눌림굿이란 무속인들이 신들린, 즉 빙의된 사람에게 그 신들(빙의 령들)에게 활동을 하지 못하도록 우선 눌러 놓는 행위를 말한다. 그런데 이것은 그야말로 임시방편일 뿐이지 올바른 방법이 아니다.

예를 들어 사람이 병들어서 아프다고 가정해 보자. 그럼 우리는 어떻게 해야 할까?

당연히 병원을 찾아가 진료를 받고 몸이 왜, 어떻게 아픈지 그 원인을 찾아내서 치료를 하는 것이 올바른 방법일 것이다.

그런데 그렇게 하지 않고 잠시 잠깐 그 아픈 고통을 피하기 위해 진통제를 먹거나 주사를 맞는다면 순간의 아픔은 모면할 수 있을 것이지만 진통제의 효능이 얼마나 오랫동안 지속될 수 있겠는가? 아마 병을 더 키우는 결과를 초래하고 말 것이다.

만약 이 글을 읽고 있는 여러분에게 이런 일이 닥친다면 이렇듯 어리석은 일보다는 병원에 찾아가 진찰을 받고 치료를 할 것을 권한다.

물론 진통제가 필요할 때도 많다. 수술 후 회복되기를 기다리면서 잠시 잠깐 아픔을 잊기 위해서라든가 혹은 치료하는 중에 고통을 잠시

잊게 하기 위해서는 절대적으로 필요하고 또한 없어서는 안 되는 것이 진통제의 역할이다.

그렇지만 아픈 몸을 치료하기 위한 수단으로 쓰지 않고 오로지 그 순간을 피하기 위해서 사용한다면 오히려 병을 더 크게 키우는 결과를 초래할 뿐이라는 사실을 명심해야 한다.

빙의 또한 이와 같은 이치로 영가가 한 번 몸 안에 들어와 자리를 잡게 되면 우리는 이를 흔히 하는 말로 '귀문(鬼門)이 열린다' 고 한다.

여기서 말한 '귀문이 열린다' 는 뜻은 '귀신들이 마음대로 들락거릴 수 있게 문이 열려 있다' 는 의미이다.

이렇게 되면 영가들이 들어왔다가 나가기도 하지만, 한 번 들어오면 나가지 않고 자리를 잡고 지내기도 한다.

그렇기 때문에 빙의되면 퇴마를 해 주고 천도를 해 주어야지 그렇게 하지 않고 방치하게 되면 영가의 수가 늘어나는 경우가 많다.

영가의 숫자가 늘어나게 되면 환자는 더욱더 많은 고통과 시달림을 당하게 되고 행동도 다변화하게 된다.

실제로 영가를 불러내어 퇴마를 할 때 영가에게 언제, 어떻게 들어왔느냐고 물어보면 다른 영가가 있어서 들어 왔다고 말하는 경우를 경험할 수 있었다.

이렇듯 눌림굿이란 그야말로 임시방편은 될지 모르지만 올바른 행위라 할 수 없다.

보다 솔직히 필자의 마음을 털어 놓는다면 눌림굿이란 몸 안에 들어온 영가를 달래서 우선 잠복해 있게 하는 행위로 시간이 지난 후에 더 크게 난동을 부릴 수 있다.

여러분들의 이해를 돕기 위해서 예를 들어서 말한다면 가령 한 청년이 성질이 난폭하고 사고만 치고 다닌다고 할 때, 그 청년을 잡아다 광에 집어넣고 술과 고기 등 먹을 것과 그 청년이 원하는 것들을 주고 난 뒤 그 광문을 열고 나오지 못하게 자물쇠로 채워 놓았다고 가정해 보자.

그렇게 했다면 아마 잠시 동안, 즉 자기가 좋아하는 술과 고기를 먹는 동안은 잠잠할 수 있을 것이다. 그렇지만 그 시간이 지나고 나면 그 속이 답답해지고 견디지 못해 마구 날뛰며 고래고래 소리쳐댈 수도 있다.

이렇듯 무속인이 눌림굿을 하는 행위는 영가를 달래는 행위를 할 뿐이지 그 이상도 그 이하도 아닌 것이다. 그야말로 어린 아이가 과자를 사달라고 울고 떼를 쓰면 과자를 사줄 뿐이다.

눌림굿을 한 뒤 시간이 지나고 다시 영가가 난동을 부리게 되면, 그때 무속인들은 대부분 "이제 당신도 때가 되었으니 내림을 받고 신을 모셔라" 하고 말한다.

이렇게 되면 본인이나 보호자로서는 다른 방법을 찾지 못하고 어쩔 수 없이 내림을 받고 무속인의 길을 택하거나 아니면 환자를 방치해버리는 경우를 보게 된다. 참으로 안타까운 일이다.

왜 가까운 길을 놔두고 돌아가고 많은 돈을 낭비하면서 사람 구실도 못하면서 살아가는가?

이제 부디 퇴마를 통해 그 영가가 좋은 곳으로 갈 수 있도록 천도해 주고 자기 인생을 살아가라.
영가의 원한을 풀어주고 천도해 주는 것이 자기 업장을 소멸하는 일이다.

빙의 퇴마 사례에
들어가기 전에

사, 오년 전 서울에서 거주하고 있는 무속인이 퇴마를 배우겠다고 필자를 찾아왔다.

서로 인사를 나눈 뒤에 "어떻게 퇴마를 배울 생각을 하셨습니까?" 하고 물으니, "사실은 오래 전부터 퇴마를 배울 생각을 했었는데 미루다 보니 이렇게 늦어져 스님과 인연이 된 것 같습니다"라고 한다.

그래서 "왜 그런 생각을 하셨습니까?" 하니, 그 무속인의 말로는 이십대에 신이 들려 그냥 말문이 터졌다고 했다. 그 뒤 지리산에서 산신기도를 하고 내려온 뒤로 곧바로 손님을 받고 점을 쳤다는 것이다.

그렇게 상담을 하고 지내오면서 알게 된 것은 우리가 살아가면서 일어나는 불상사(不祥事 : 좋지 못한 일)들이 모두다 조상을 포함하여 죽은 영가들 때문이라는 것을 알았고, 그래서 퇴마를 배울 생각을 해왔는데 공부할 기회를 미루다 보니 늦어졌다는 것이다.

이렇게 인연이 되어 당시 오십대 중반인 무속인에게 퇴마를 가르치게 될 기회가 있었다.

무속인에게 퇴마를 가르친다는 것이 참으로 조심스러울 때도 많았지만 그 무속인은 잘 받아들였고 또한 많은 이해를 해 주었다.

지난날을 생각해 보면 그분에게 많은 고마움을 느끼며 감사의 마음을 전하고 싶다.

공부를 가르치는 입장이었지만, 지나서 돌이켜 보면 필자 또한 그때 그분을 통해 많은 것을 배우고 알게 되었으며, 무엇보다 필자가 공부했던 것들에 대한 확신도 갖게 되었다.

필자가 왜 지금에 와서 이런 이야기를 하냐면 무속인들도 처음에는 빙의(신들림)에서 시작하여 어찌하지 못하고 내림을 받거나 혹은 그냥 자통(自通 : 내림을 받지 않고도 말문이 터진 경우)이 되어 무속인의 길을 가기 때문에 퇴마를 가르치는 필자로서는 어쩔 수 없이 경우에 따라서는 무속인들이 듣기에 거북한 말을 할 수밖에 없었다. 그때마다 그분은 배우는 입장에서 잘 받아들이고 이해해 주었다.

필자가 "무속인들도 다 빙의 환자라고 생각합니다"라고 하면서 양해를 구했을 때, 그는 스스럼없이 "스님, 맞습니다"라고 대답해 주기도 했다.

그분처럼 올바르게 무속인의 길을 가는 분들이 있어야 우리 사회에 보탬이 될 것이다.

자신의 직업에 자부심을 가지고 일에 임하며 찾아오는 상담자들에게도 적절한 도움을 주고 있는 그분은 지금 강원도 산속에 있는 사찰과 서울 법당을 오가면서 바쁜 나날을 보내고 있다.

필자가 이 이야기를 꺼내는 이유가 있다.

그것은 그 무속인이 말했듯이 "세상사 좋고, 나쁜 일들이 다 죽은 영가(靈魂)들 때문이다"라는 말이 의미가 있기 때문이다.

그래서 우리는 흔히 "잘 살아도 조상 탓이요, 못 살아도 조상 탓이다"라는 말을 한다.

그래서 그럴까? 대통령 선거 때가 되면 으레 빠지지 않고 등장하는 말이 조상을 명당자리로 이장하고 대통령에 당선되었다는 말이다.

월호 스님이 쓴 《언젠가 이 세상에 없을 당신을 사랑합니다》라는 책 내용에는 이런 이야기가 있다.

"어느 날 새벽 간경시간에 갑자기 목덜미 위쪽에 송곳으로 찌르는 듯한 통증을 느낀 적이 있었습니다. 그 후로 목덜미가 묵직하여 제대로 앉고 설 수도 없을 지경이 되었습니다. 병원에 가서 진단을 받았으나 별다른 이상이 없다는 것이었습니다. 할 수 없이 구례로 침을 맞으러 다니던 어느 날, 한의원에 들어서니 어떤 분이 말하기를 '스님도 병원에 다니네' 하는 것이었습니다. 이 말을 듣고 아니다 싶어 침 맞기를 그만 두고 기도로써 치료하기로 마음먹었지요.

당시 대웅전 부전스님이 잠시 공석인지라, 자청해서 기도를 하였습니다. 하루에 점심 죽 한 그릇만 먹고 네 차례씩 기도를 하려니 기운은

없었지만 정신은 오히려 맑아져 갔습니다. 그러던 어느 날, 관세음정
근을 하는 가운데, 목 뒤의 통증이 과거의 업장 때문이라는 느낌이 들
었습니다. 그래서 먼저 부처님을 향하여 과거의 업장을 참회하고, 목
뒤의 업장에게 점잖게 말했습니다.

'참으로 미안하게 되었다. 과거 살생의 연으로 인해서 이렇게 왔지
만, 그렇다고 내가 쓰러진들 너한테 좋을 것은 또 무엇인가? 이만 떠난
다면 앞으로 기회 되는 대로 재도 지내주고 할 테니 그만 떠나는 게 어
떻겠는가?'

이 말을 하는 순간, 목 뒤에서 무언가 뚝 떨어져 나가는 느낌이 들었
습니다. 마치 커다란 혹이 붙어있다 떨어지는 기분이었지요. 참으로
다행스런 일이 아니겠습니까?"

여기서 저자인 월호 스님께서는 불보살님의 가피를 입어 병고를 치
료할 수도 있고, 삶이 너무나 힘겨울 땐 희망을 나눌 수 있는 부처님의
마음을 말씀하시려는 것으로 이해한다.

그렇지만 필자가 이 글을 인용하는 것은 영가로 인한 장애, 즉 병원
에 가서 진단을 받았을 때 별다른 이상이 없었고, 기도로 그 원인이 영
가로 인한 아픔이라는 것을 알아 차렸고, 영가를 떠나보내고 재를 지
내주겠다고 약속을 했을 때 그 영가는 떠나갔고, 아픔이 사라졌다는
내용을 말하고 싶은 것이다.

이렇듯 우리는 살아가면서 알 수 없는 아픔에도 시달리게 되고, 또는 정신적으로도 이상한 증세를 일으키기도 한다. 그 원인이 현대 의학으로 병원에서 진찰을 받았을 때 뚜렷하게 밝혀지지 않는다면 빙의로 인한 형상인지 한번쯤은 의심해 볼 필요가 있다.

지금부터 필자가 퇴마하고 치유했던 몇 가지 사례들을 이야기해 보려고 한다. 같은 유형을 경험하거나 앓고 있는 이들에게 많은 참고가 될 것이다.

살려주세요

(조울증)

_여, 28세

작년, 그러니까 신묘년 12월 첫째 주에 경북 영천에서 비구니스님으로부터 한 통의 전화가 걸려왔다.

빙의 환자를 조상 천도재와 구병시식을 해 주었는데도 아무런 호전 증세가 없다며 어떻게 하면 좋겠느냐는 물음이었다.

빙의에 대해서 전문지식이 없는 스님들이 무조건 조상 천도재와 구병시식을 거행하는 것은 잘못된 것이다. 그래서 필자는 반드시 퇴마를 해 주고, 그 퇴마한 영가와 더불어 조상 천도재를 해 주고, 할 수 있다면 구병시식까지 해 준다면 더할 나위 없이 좋다는 답을 해 주었다.

스님은 고맙다는 말과 함께 다시 연락을 주겠다는 약속을 하고 통화를 끝냈다.

약속한 시간이 조금 지나서 다시 전화가 왔고 12월 16일로 천도재 날짜를 잡았다고 전해왔다. 그래서 14일에 영천에 내려가 퇴마를 하기로 약속을 잡고 전화통화를 마쳤다.

약속을 잡고 나서 영천이 어디쯤 있는 도시인지 지도를 펼쳐 보니 대구를 지나 경주로 가는 도중에 위치해 있었고, 차편을 알아보니 의정부에서 영천으로 바로 가는 버스는 없었다. 대구에서 버스를 갈아타고 가야 할 것 같아서 대구행 고속버스 시간을 알아보니 오전 10시 20분에 대구행 고속버스가 있어 예약을 해 두었다.

14일 아침 오랜만에 대중교통을 이용하는 나들이라서 괜스레 마음도 설레고 서둘러졌다. 하지만 평상시의 마음을 유지하면서 정사(精舍)를 떠나기에 앞서 부처님께 삼배를 올리며 모든 일들이 원만히 성사되기를 기도하고 길을 나섰다.

항시 느끼는 마음이지만 출장하여 퇴마를 하려고 이렇게 나들이할 때는 마음의 각오가 남다르다. 왜냐하면 한 번의 나들이로 퇴마를 잘하고 돌아와야 하기 때문에 정신적인 부담도 배가 된다.

불러준 스님이나 무속인들이 느끼기에는 빙의된 영가의 수가 몇 명 안 되게 느껴지지만 막상 접신된 사람을 만나 퇴마를 해 보면 그 영가의 수가 상상을 초월할 만큼 많을 때가 허다하다. 그리고 본인들이나 보호자들은 빙의 증상, 즉 신들림 증상을 알아차릴 때가 몇 년 되지 않는다고 말을 하지만 실제로 퇴마를 해보면 본인들이 생각하는 것보다는 오래 전부터 접신(接神)되어 있었다는 것을 알 수 있다. 심한 경우는 2, 30년 전부터 혹은 아주 어렸을 적부터 접신되어 있었는데 그런 사실을 모르고 지나치며, 부모들은 그냥 막연히 우리 아이가 조금 이상하다는 느낌만 가지고 지내는 경우가 대부분이다. 또한 접신된 영가의 수도 많은 경우에는 2, 30명에서 심한 경우에는 3, 40명이 넘어가는 경우도 체험한다.

그러하니 정상적으로 퇴마를 하고 치유를 한다면 여러 회에 걸쳐 퇴마를 해야 하고, 정신적인 치유도 함께 해 주어야 올바른 방법이다. 하지만 현실은 그러하지 못하고 우리 한국 사람들 특유의 성격이 바로 나타나 빨리빨리 또는 단 한번으로 모든 일들을 마무리하려고 하니 참으로 안타깝기 그지없다.

현 실정이 그러하니 이렇게 초청을 받아 출장을 떠날 때면 이 모든 일들을 가능한 한 단 한번의 나들이로 해결을 하고 돌아와야 하기 때문에 정신적인 부담감이 몇 갑절로 늘어난다.

지금까지 많은 경험으로 이제는 처음부터 1박 2일로 약속을 잡고 그 사이에 4, 5회에 걸쳐 퇴마하고 치유하며, 아예 최종회는 퇴마가 잘 되었는지 확인 작업과 마무리를 함께하고 돌아온다.

이렇게 나름대로 최선을 다 한다고는 하지만 그래도 마음만은 편하지 못하다. 실제로는 퇴마한 후에도 몇 차례 더 정신적인 치유가 필요하기 때문이다. 내 마음이 이러하니 지금까지 빙의되어 시달려 온 환자의 입장은 어떠하겠는가?

환자들은 마음이 불안하다 못해 연락처를 달라는 부탁을 할 때가 많다. 이럴 때면 무슨 일이 있으면 여기에 계시는 스님이나 보살님께 상의하라고 하지만 그래도 필자가 상담을 해 준다면 더 좋지 않겠는가 하는 생각으로 연락처를 주고 오는 경우도 있고, 또는 어떤 경우에는 불러주신 스님이나 보살님께서 아예 연락처를 주라고 하면서 차후에 상담도 해 주기를 부탁한 경우도 있다.

그러나 이렇게 이루어진 일들이 오해를 불러오는 경우도 있다. 이번 영천을 다녀온 뒤에 있었던 결과를 이야기하자면 상담자가 연락처를 주기를 간절히 원해 무심결에 연락처를 주고 오게 된 것이 화근이 되어 영천에 계시는 스님과 잠깐이지만 오해가 생기는 일이 벌어졌다.

결국 그 뒤에 스님께서 다시 필자를 불러주어 오해를 풀 수는 있었다. 그나마 다행으로 스님께서는 어떤 일들을 마음에 담아 두지 않고 바로 표현하시는 성품이었기에 쉽게 풀릴 수 있었다. 또 한편으로는 지금 이야기하려고 하는 사례의 결과가 좋았기 때문이었을 것이다.

영천에는 약속시간에 맞춰 오후 4시쯤 도착하였다.

마침 영천에 있는 사찰은 영천 시외버스터미널에서 가까운 거리에 위치해 있어 찾아가기가 수월했다.

영천에 계시는 스님과는 초면이었으므로 우리는 서로 인사를 나누고 나서 스님으로부터 환자에 관해서 이야기를 들을 수 있었다.

그 환자는 두 차례 정신병원에 입원했다 퇴원한 경험이 있으며 또한 자칭 도사라는 법사(여기서 말한 법사는 법문을 하시는 스님이 아닌 남자 무속인을 칭함)를 만나 퇴마도 해 보았고, 또 다른 사찰에 찾아가 천도재와 구병시식도 했지만 별다른 차도를 느끼지 못한 환자라고 했다. 그러던 어느 날 스님을 찾아와 살려달라고 매달리더라는 것이다.

그 뒤 어떻게 할까 고민하다가 필자와 통화를 하게 되었다며 그 사이에 있었던 이야기들을 털어 놓았다.

필자와는 이렇게 해서 인연이 되었고, 스님께 "현명한 판단을 하셨습니다. 결과가 좋도록 최선을 다 하겠습니다"라는 말씀을 해 드렸다. 그리고 환자와 연락을 취해 이곳으로 오도록 부탁을 드렸다.

그리고 환자가 도착할 때까지 스님의 따뜻한 배려로 여독을 풀면서 어떻게 하면 일을 잘 마치고 돌아갈 수 있을까 하는 생각에 빠져들었다.

필자 앞에 나타난 K양(여기서는 상담자를 이렇게 부르기로 함)은 당시 28세의 나이로 키도 크고 미모도 있었지만 어쩐지 불안해하며 초조한 모습이었다.

스님의 소개로 서로 인사를 나누었지만 그녀는 거동이 불편하여 바로 앉지도 못했다. 뒤에 알았지만 무릎수술을 했다고 했다.

K양에게서 그 사이에 있었던 지난 일들을 소상하게 들을 수 있었다.

여기에 참고로 간단히 소개하자면 K양은, 5, 6년 전 처음에는 일주일 동안 정신병원에 입원했었다. 원인은 의붓아버지가 이상한 행동을 한다면서 자기를 정신병자로 취급하여 입원을 시켰으며, 지금도 의붓아버지에 대한 섭섭한 마음을 가지고 있다고 했다. 그렇지만 의붓아버지 입장에서는 정신병원에 입원시킬만한 행동의 이상이 있었으리라 생각된다.

그 뒤 두 번째 정신병원에 입원했을 때는 육 개월 동안 있었으며, 병원에서 말해준 병명은 조울증이라고 했단다. 본인은 그때 불안하고 안절부절못했다고 말을 한다.

조울증이란 감정 장애를 주된 증상으로 하는 정신병의 하나로 상쾌하고 흥분된 상태와 우울하고 억제된 상태가 단독 또는 주기적으로 반복된 증상을 말한다.

K양은 지난날 네 번 임신을 했었고, 그때마다 낙태를 시킨 경험이 있었다. 게다가 술을 마시고 담배도 피웠으며, 음주 후에는 기분이 좋아진다고도 말했다.

육 개월 전에는 법사(남자 무속인)에게 퇴마와 굿도 했으나, 처음에는 증세가 호전되는가도 싶다가도 시간이 지나면서 별다른 도움이 없이 예전과 차이가 없었다고 한다.

여기서 이 책을 읽고 있는 독자들이 한 가지 알아 두어야 할 것이 있다. 바로 무속인들이 하는 행위는 영가를 불러내어 술과 음식을 대접할 뿐이지 크게 도움이 되지 않는 일이라는 사실을 알아야 한다.

그리고 얼마 전에 무릎수술을 해서 현재 다리를 뻗고 앉아야 할 만큼 행동에 많은 불편을 느꼈다.

대략 이와 같은 K양의 이야기를 듣고, 그 내용을 참고로 하여 그 원인을 찾기 위해서 깊은 최면으로 유도해 갔다.

얼마 후,

K양   (불안해하며 눈물을 흘리기 시작했다.)

제행스님   왜 눈물을 흘리는가?

K양   무서워요.

제행스님   거기가 어디인가?

K양   방에 쿠키와 둘이 있어요.

제행스님   쿠키가 누구냐?

K양   개 이름이 쿠키예요.

제행스님   그런데 왜 눈물을 흘리며 무서워하느냐?

K양   엄마가 쿠키와 나만 남겨두고 나가서 춥고 배도 고프고, 무섭
고(계속해서 눈물을 흘리며 서러워함)

K양은 엄마와 함께 살기는 하지만, 엄마는 장사를 하기 때문에 집에
는 항시 강아지인 쿠키와 둘 뿐이었다. 그렇게 그의 어린 시절은 늘 외
롭게 집 안에 가두어 지내야 했으며 오로지 친구는 강아지인 쿠키뿐,
쿠키와 같이 놀며 지내거나 그를 껴안고 울기도 하고 무서운 공포에
시달리며 불안해 했다.

그런 K양을 안정시키고 치유하면서 진행해 갈 때 의붓아버지와의
관계를 떠올렸다.

K양   아버지가 때리고 나를 정신이상자로 취급을 해요.

제행스님   아버지라면?(부모가 이혼했다고 들었기에)

K양   새아버지예요.

제행스님   그렇군요. 계속하세요.

K양   아버지가 나를 정신이 이상하다고 하면서 자꾸 때려요.

K양이 어렸을 때 부모는 이혼했으며 엄마는 얼마 지나지 않아서 재혼을 해 의붓아버지를 보게 되었다. 그런 K양은 혼자서 집 안에 가두어 지내야 했으며, 어머니가 돌아오면 그리운 마음에 어머니 방으로 따라 들어가 어머니 품에 안기고자 했다. 하지만 어머니는 항상 새아빠와 같이 있었기 때문에 제 방으로 쫓겨나야만 했다.

이런 환경이 그를 정서적으로 더욱더 불안하게 했으며, 그는 늘 외롭고 정이 그리웠다.

이렇게 진행해 가는데 그는 또 오빠를 떠올렸다.

제행스님　오빠가 누구입니까?

K양　고등학교 3학년 때 알고 지내던 남자예요.

제행스님　그때 어떤 일이 있었는지 말해 보세요?

K양　나는 그 오빠를 (사귀는 남자) 믿고 의지하며 따랐으나, 오빠는 나를 가지고 놀았어요(이때 배신감을 느끼며 서럽게 눈물을 흘림).

K양은 그 남자를 믿고 의지했지만 결과는 그 남자에게 농락만 당했으며, 그런 과정에서 임신 후 낙태를 시켰다.

여기서 첫 번째 최면유도를 끝내고 휴식에 들어갔다. K양은 고등학교 3학년 때 첫 임신을 경험했는데, 낙태를 시킨 첫 번째 경험이기도 했다. 그 후로도 세 번의 그런 경험이 더 있었다.

K양과 상담 내용으로 보았을 때 필자는 직감적으로 낙태시킨 영가

들이 빙의되어 이상한 행동이 일어났으며, 그 이상한 행동을 목격한 의붓아버지는 K양을 정신이상자로 보았고 그렇기 때문에 정신이상자로 취급을 해 정신병원에 입원을 시켰을 것이라는 심증이 갔다.

그렇지만 정신병원에서는 이런 빙의 현상을 아마 조울증이라고 결론을 내렸을 것이다. 물론 자라온 과정으로 보나 지금까지 상담한 내용으로 보았을 때 빙의(신들림) 현상도 있었지만 정신치료를 꾸준히 받아야 할 것이라는 생각이 든다.

또한 필자의 경험으로 보았을 때 K양이 낙태시킨 태아 령(靈)들이 K양의 몸에 자리를 잡고 빙의 령이 되었을 것이고, 그렇다면 귀문(鬼門)이 열린 상태에서 아마 다른 영가들도 들어와 있을 것이라는 유추가 가능하다.

그래서 두 번째로 최면을 유도했을 때는 그 빙의 령들을 찾아내고 퇴마를 하는 데 초점을 맞추기로 마음먹고 다시 보다 깊은 최면으로 유도해 갔다.

제행스님　어떤 기운이 느껴지거나 보이는 것이 있으면 말하세요?

K양　남자가 보여요.

제행스님　몇 살쯤으로 보이나요?

K양　50살쯤으로 보여요.

제행스님　그러면 스님이 한 번 불러볼 테니 반응을 하는지 보세요.
　　　　아저씨~

K양　아무런 반응이 없어요.

제행스님　다시 한 번 불러볼 테니 스님을 쳐다 보는지 보세요.

K양　네!

제행스님　아저씨~ 아저씨~(보다 큰 소리로)

K양　바라보아요.

제행스님　아저씨, 스님 목소리 들리지요?(대답이 없음)

　　　　아저씨 누구야? 언제 K양에게 들어왔어?(아무런 반응이

　　　　없음, 이때 보다 큰 목소리로 제압을 하면서 죽비로 내려

　　　　치니 깜작 놀래면서 반응을 함)

K양　(아저씨 목소리로 바뀌면서) 왜 때려!

제행스님　그러니까 스님 말을 잘 들어, 알았지? 스님 말을 잘 들으

　　　　면 도와 줄 것이지만 만약 그렇지 않으면 스님이 혼내줄

　　　　것이야. 말해봐! 언제 K양에게 들어왔어?

이때 K양의 입을 통해서 하는 말이 K양이 중국에 왔을 때 K양이 외로운 것 같았고, 예쁘고 너무 좋아서 들어왔다고 한다.

지금까지 영가들을 불러내어서 퇴마를 해온 필자의 경험으로 보았을 때, 떠도는 영가들은 우리 인간들이 허약해졌을 때 들어오기도 하며 또는 미리 접신할 대상을 찾아 그 사람 주위를 떠돌다가 그 사람이 정신적으로 나약해 지고 빈틈이 생겼을 때 그 빈틈을 타서 들어오는 경우가 허다하다. 그리고 우리가 간절히 무엇인가를 바라고 원하는 기도를 할 때 그 틈새를 노려 접신되는 경우도 종종 있었다.

그래서 우리는 기도를 때와 장소를 가려서 해야 한다. 막연히 무속

인들처럼 산이나 물가를 찾아가면서 기도를 올리는 것은 빙의될 확률
이 많으며 위험한 행위인 것이다.

피치 못할 사정이 있어 기도를 해야 한다면 반드시 법력이 높은 스
님과 또는 목사님, 신부님과 함께 기도를 올리거나 그렇지 않으면 퇴
마를 할 수 있는 능력자와 함께 기도를 올리는 것이 올바른 방법이다.

이 K양의 경우도 어렸을 때부터 마음의 상처를 많이 받고 자라 정신
적으로 나약했으며, 또한 성장해서는 자신의 외로움을 누군가에게 의
지하고 싶은 마음이 쉽게 한 남자에게 마음을 열게 되었고, 결과는 임
신과 낙태 그리고 배신으로 마음의 상처는 더 크게 늘어났다.

여기에 본인이 낙태시킨 낙태 영가는 떠나가지 못하고 K양에게 빙
의된 상태에서 회사 일로 중국으로 출장을 갔었다. 이때 그의 정신과
육체는 만신창이가 되어 있었을 것이다. 그 틈새를 노려 중국에서 영
가가 들어왔었다.

그 50대의 남자 영가는 꽤나 반항이 심했고 결국에는 자취를 감추었
다. 그 자취를 감추고 숨어버린 영가를 찾던 중 뜻밖에도 다른 영가가
나타났다. 최면상태에서 자기의 발을 깨끗이 씻어주고 있는 영가를 떠
올린 것이다.

제행스님　너는 K양에게 언제 들어왔지?

K양　(청년의 목소리로 음색이 변하면서) 중국에서요.

제행스님　그럼 방금 사라진 그 아저씨와 같이 들어온 거야?

청년 네!

제행스님 너는 몇 살이야?

청년 18세예요.

제행스님 왜 들어왔어?

청년 K양이 불쌍해서요.

제행스님 그런데 왜 K양의 발을 씻어 주는 거야?

청년 K양이 발이 아파요(K양의 이야기를 들어보니 그 당시 심한
무좀으로 고생을 많이 했는데 그 무렵 많이 좋아졌다고 한다).

제행스님 그럼 스님이 좋은 곳으로 보내 줄 테니 나가라?

청년 네.

이렇게 해서 그 영가를 K양에게서 떠나보냈다. 그러고 나서 K양에
게 몸과 마음을 더욱더 편안하게 가지라고 유도를 해 나아가는데 갑자
기 무릎의 아픔을 호소했다.

최면요법에 의하여 치유를 하고 안정시켜가면서 보다 깊은 최면으
로 유도해 갔다.

제행스님 몸 전체를 마음의 눈으로 바라보면서 무엇이 보이는지 또
는 몸의 어느 부위에서 어떤 기운이 느껴지는지 보세요?

K양 외할아버지가 보여요.

제행스님 (외할아버지를 부르며) 외할아버지가 왜 외손녀의 몸에
들어와 있어요?

외할아버지   원수를 갚기 위해서 들어왔다.

제행스님   외할아버지가 외손녀의 몸에 들어와 있으니 이렇게 외손
　　　　　녀가 힘들어하고 몸이 아프잖아요. 스님이 좋은 곳으로 보
　　　　　내 줄 테니 떠나가세요?

외할아버지   나는 그런 곳 모른다.

제행스님   그럼 하늘나라로 보내 드릴게요.

외할아버지   나는 아무것도 믿지 않는다.

제행스님   할아버지! 우리가 죽으면 저승으로 간다고 하잖아요. 그런
　　　　　데 왜 할아버지는 저승으로 가지 않고 이렇게 외손녀의 몸
　　　　　에 들어와 있지요?

외할아버지   원수를 갚기 위해서.

제행스님   그러면 말해 보세요. 이 스님이 할아버지의 소원을 다 들
　　　　　어 줄 테니.

이때 외할아버지의 말에 의하면 자기는 좀 더 오래 살 수 있었는데 딸(K양의 어머니)이 자기가 병원에 입원해 있을 때 베개로 코와 입을 막고 하여 숨을 쉴 수 없어 죽게 되었다는 것이다.

이렇게 하소연을 들어주고, 마음을 풀어주고 달래며 외할아버지 영가를 떠나보내 주었다.

이렇게 영가를 달래며 떠나보내는 시간이 많이 지났고 또한 밤이 깊었으므로 K양을 각성시키고 나서 K양의 이야기를 들어보니, K양은 평상시에도 어머니와 마주치기만 하면 싸우고 다툼이 심했다는 것이다.

다음에 들은 이야기이지만 영천에 계신 스님의 말씀에 의하면 처음 만났을 때 K양은 틈만 나면 어머니의 흉을 보고 하여 K양을 정신이 부족한 사람으로 보았는데 퇴마하는 과정을 지켜보니 이해가 된다고 말씀하셨다.

이렇게 영천에서 처음 맞이한 밤은 깊어가고 있었다. 필자의 몸은 피로에 지쳐있었지만 K양과의 상담과정을 정리하고 또 내일을 준비하면서 하루의 일정을 마무리했다.

다음날 아침.

아침 9시부터 K양과 상담에 들어가기로 약속을 잡았지만 K양의 어머니께서 10시까지 오겠다는 연락이 있어 그때까지 기다리기로 했다.

차를 한잔씩 마시며 어제 했던 상담의 결과, 또 앞으로 진행해야 할 과정들을 대화하는 중에 K양은 아침에 일어나니 아픈 무릎이 많이 좋아졌다며 앉았다 섰다를 반복해 보인다.

"아마 어젯밤에 최면요법이 효과가 있었나 봅니다."

이런 얘기를 나누고 있을 때 그녀의 어머니께서 오셨고, 서로 인사를 나눈 뒤 어제 있었던 외할아버지 영가를 떠나보낸 이야기를 들려주자 어머니는 눈물을 흘리며 자기의 잘못을 참회했다.

자기는 외딸로 부모님의 사랑을 많이 받으면서 살아왔지만 아버지가 병원에 입원해 있으면서 아픔을 견디지 못하고 몸부림치실 때 차마 볼 수 없었다며 지난날 있었던 이야기들을 고백했다.

K양의 어머니께 내일 천도재 때 아버님께 많은 잘못과 용서를 빌며

진심으로 참회하라는 말을 남기고 일단 대화를 마무리했다.

다시 K양을 깊은 최면으로 유도하였고, K양의 몸속에는 지난날 낙태시켰던 태아 령들이 나타났다. 그 태아 령 4명을 다 함께 하늘나라로 떠나보내 주었다.

K양의 몸과 마음을 더욱더 편안하게 해 주면서 깊은 최면으로 유도해 갔다. 그리고 영가가 나타났다. 이 영가는 행색이 거지차림으로 무릎이 아파 다리를 절고 있었다.

제행스님　당신은 K양과 어떻게 되는가?

거지　K양이 좋아서 들어왔다.

제행스님　언제 들어왔느냐?

거지　K양이 중국에 왔을 때 K양이 예쁘고 좋아서 들어왔다.

제행스님　그때 혼자서 들어왔느냐?

거지　어제 나간 그 청년과 함께 들어왔다.

제행스님　(여기서 어젯밤에 사라진 50대 남자가 생각이 나서) 당신 말고 또 누가 있느냐?

거지　다른 사람은 없다.

제행스님　그러면 어젯밤에 나타났다 사라진 50대 남자는 어디로 갔느냐?

거지　(웃으며) 그 사람이 나다. 내가 그렇게 변장을 했다. (이렇게 퇴마를 하다 보면 가끔은 변장을 해 가면서 힘들게 하는 경우가 있다.)

제행스님 　그럼 당신 말고, 이제 K양에게는 아무도 없느냐?

거지 　그렇다.

제행스님 　그럼 너 때문에 K양의 무릎이 아픈 것이냐?

거지 　그렇다. 내가 나가면 무릎이 아프지 않을 텐데! 수술을 하지 않아도 될 무릎을 수술을 했다.

이렇게 하여 거지의 아픈 무릎을 치유해 주고 나서 그를 설득하여 떠나보내 주었다.

여기서 한 가지 알아 두어야 할 것이 있다. 이렇듯 무릎이 아픈 영가가 몸 안에 빙의되면 신들린 사람의 무릎이 아픈 경우가 있으며 또한 병원을 찾아가 진료를 받아도 뚜렷한 병명이 잘 나타나지 않는다.

다시 한 번 K양의 몸과 마음을 편안하게 깊은 최면으로 유도해 가면서 또 다른 영가가 남아 있는지 확인해 보았지만 깨끗하게 퇴마가 잘 이루어진 것을 확인하고 나서 그를 최면에서 깨어나게 하였다.

퇴마가 끝난 뒤 K양에게 퇴마는 잘 되었지만 앞으로 계속해서 정신과 진료를 잘 받으라는 말을 해 주었다.

그리고 영천을 떠나 의정부 정사(精舍)로 돌아왔고, 그 뒤 영천에 계신 스님으로부터 K양은 계획대로 결혼도 했으며 건강이 많이 좋아졌다는 소식을 전해 들었다.

머리가
깨질 듯이 아파요

몇 년 전 지인(知人)의 초청을 받아서 제주도에 간 일이 있었다. 이번 초청은 주로 제주시에서 유아원을 운영하고 계시는 유아원 원장들로, 본인들 가족이나 주위 친인척 중에서 정신질환으로 고생을 하고 있는 사람이 있어 마음의 상처를 가지고 생활해 가고 있는 분들이었다.

그분들을 한 분씩 상담해 가면서 느낌을 솔직히 표현하자면 크게 도움을 드릴 수 없어 마음이 무거웠다. 오랜 시간 주기적으로 상담을 한다면 상담자 한두 사람에게 도움을 줄 수 있지 않을까 하는 생각도 들었지만 그렇게 하기에는 먼 거리를 오가야 하는 여건상 거기에 소모되는 경비나 시간적으로 볼 때 불가능하다는 판단이 들었다. 더구나 몇 사람은 선천적으로 장애를 가지고 태어난 경우였으므로 필자가 어떻게 도움을 주기에는 능력 부족이었다.

아무튼 나름대로 최선을 다하여 상담에 응해 주었지만 좋은 결과가 없어 마음이 편치 않은 시간이 지나갔다.

그후 일주일이 지나갔고 필자는 아침 일찍부터 제주도를 떠나 돌아올 준비를 서두르고 있을 때 전화벨이 울렸다.

전화기에서 들려온 음성은 다급하게도 "스님, 저희 유아원 교사인데 한 분만 더 상담해 주시고 가세요" 하는, 며칠 전에 자식문제로 상담을 했던 원장선생님의 목소리였다.

"알겠습니다"라고 했을 때 원장선생님은 지금 출근길에 유아원 선생을 모시고 가겠다는 말을 남기고 통화를 마쳤다.

얼마 후 그들이 도착했고 소개를 받은 유아원 선생은 김 선생님(이름 생략)이었다. 그렇게 김 선생을 소개시킨 원장선생님은 출근길이라면서 서둘러 돌아갔고 나와 김 선생은 곧 바로 상담에 들어갔다.

김 선생의 첫 인상은 초조해 보였으며 피로에 지쳐있는 모습이 역력했다. 얼굴에는 근심이 가득하고 표정이 어두워 보였다.

무척 긴장하고 있는 김 선생의 마음도 풀 겸 차 한 잔씩을 마시면서 조심스럽게 이야기를 꺼낼 수 있었다.

제행스님   어떻게 저를 만나볼 생각을 하셨나요?

김 선생   사실 어제 서울에서 돌아와 유아원에 출근을 했더니 원장선생님께서 스님을 한 번 만나보면 좋겠다고 말씀을 하시더군요.

제행스님   그래요. 그런데 무슨 일 때문에 서울을 다녀오셨는지 여쭤

어 봐도 되겠습니까?(들은 이야기가 있어서)

김 선생 네, 사실은 평상시에 머리가 깨질 듯이 아프고, 목도 답답
하여 제주시에서 종합병원을 찾아가 검진을 받아 보았지만
원인을 밝혀내지 못하고, 서울에 있는 종합병원으로 추천
을 해 주서서 검진을 받으러 서울에 갔다 왔습니다.

제행스님 그렇군요. 그럼 서울에서는 어떤 검사결과가 나왔어요?

김 선생 서울에서 첨단장비로 여러 가지 검사를 해 보았지만 별다
른 병의 증세를 잡아내지 못했습니다.

제행스님 그럼 의사선생님은 뭐라고 말씀하시던가요?

김 선생 정신과 진료를 한 번 받아보라고 하더군요.

제행스님 그럼 정신과 진료는 받아보셨어요?

김 선생 아니요. 그냥 내려왔습니다.

제행스님 알겠습니다. 지금도 머리가 아픈가요?

김 선생 네.

이후로도 김 선생에게 맨 처음 병원을 찾아가기 전에 왜, 어떤 증상
으로 병원을 찾게 되었는지 등 여러 가지 정황들을 물어 보았고 또 많
은 이야기를 들을 수 있었다.

그 결과 빙의겠구나 하는 심증이 갔다.

그래서 김 선생의 몸과 마음을 편안하게 안정시켜 가면서 깊은 최면
으로 유도해 가는데,

김 선생 음~ (가슴을 치면서 괴로워함)

제행스님   너 누구야!(직감적으로 영가일 것이라고 생각함)

영가   나, 애기엄마(무척이나 힘들어 함).

제행스님   아줌마, 이름이 뭐야?

영가   나 영란이.

제행스님   영란이는 이 김 선생과 어떻게 된 사이야?

영란   놀러왔다가 그냥 들어왔어.

제행스님   그럼 애기도 있어?(애기엄마라고 했으므로)

영란   응.

제행스님   영란이 애야?

영란   아니.

제행스님   그럼 누구 애야?

영란   잘 몰라.

제행스님   그럼 영란이는 몇 살에 죽었어?

영란   스물세 살 때.

제행스님   그때 결혼했었어?

영란   아니.

제행스님   그럼 아줌마가 아니고 아가씨네?

영란   응.

제행스님   그럼 그때 어떻게 죽었어?

영란   몰라.

제행스님   교통사고로 죽었어?(잡히는 것이 있어서)

영란   아니.

제행스님 그럼 자살했어?

영란 아니.

제행스님 그럼 아파서 죽었어?

영란 응.

제행스님 영란이와 애기 말고 또 누가 있어?

영란 있지, 아주 나쁜 놈.

제행스님 지금 옆에 있어?

영란 아니.

제행스님 그럼 어디에 있어? 한 번 찾아봐.

영란 마구 돌아다녀, 온 몸을.

제행스님 그 사람이 영란이를 괴롭히는 구나?

영란 응.

제행스님 이제 영란이도 여기서 나가야지?

영란 …….(대답을 하지 않고, 많이 괴로워함)

여기서 영란이란 영가를 달래고 설득하여 애기와 함께 떠나보냈다.

이렇게 영가들은 대부분 죽음을 맞이할 때처럼 아픈 고통을 느끼고 힘들어한다. 그리고 그 나이에 멈추어 있다는 것을 알 수 있다.

또한 영가들은 생전에 자신에게 있었던 일만 기억하나, 행동이나 사고방식은 우리 인간들이 살아가는 모습과 같다고 본다면 이해가 빠를 것이다.

앞의 영가와의 대화 속에서 영란이란 영가가 아주 나쁜 놈이 있으며 여기저기 떠돌아다니면서 본인을 괴롭힌다는 이야기를 상기해 볼 필요가 있다.

우리들이 살아가는 현실 속에서도 젊은 남자들이 또래의 여자를 쫓아다니면서 괴롭히듯이 영가들의 세계에서도 똑 같은 일들을 목격할 수 있다.

약간의 휴식을 취한 다음 2차로 깊은 최면으로 유도하고 온 몸을 떠돌아다닌다는 영가를 찾아 나서는데, 김 선생은 가슴을 치며 괴로워한다.

제행스님 왜 그래, 너 누구야?(직감적으로)

영가 현정이.

제행스님 너는 김 선생과 어떻게 된 사이야?

현정 언니.

제행스님 너 말고 또 누가 있어?

현정 젊은 청년.

제행스님 알았으니 이제 동생을 괴롭히지 말고 떠나가라. 네가 있어서 이렇게 김 선생이 괴로워하지 않느냐?

이렇게 설득 끝에 현정이란 영가를 떠나보낼 수 있었다. 그러나 다시 확인을 했을 때 영가는 떠나가지 않고 남아 있었다.

제행스님 현정이 너 왜 안 갔어?

현정 현정이가 아니고 훈종이.

제행스님 그래 훈종이야?

훈종 응.

제행스님 훈종이 너 왜 안 갔어?

여기서 죽비를 내려치면서 목소리를 크게 하고 보다 엄하게 다스리
면서 설득하여 다시 떠나보냈다.

이렇듯 가끔은 영가에게도 설득만으로 잘 이루어지지 않을 때는 엄
하고 무섭게 다스릴 필요가 있다. 즉, 당근과 채찍이 필요한 것이다.

다시 몸과 마음을 편안하게 쉬게 하면서 깊은 최면으로 유도하여 젊
은 청년 영가를 찾아갔다.

그러나 그 젊은 영가는 온 몸을 헤집고 돌아다니며 행동이 민첩하여
대면하기가 쉽지가 않았다.

그러던 중 김 선생이 머리 통증을 호소하였다.

제행스님 몸과 마음을 편안하게 하십시오.

김 선생 머리가 너무 아파요.

여기서 몸과 마음을 분리하게 하여 머리에 통증을 치유해 가는데 그
젊은 영가가 나타났다.

제행스님 너 누구야?

영가　상범이요.

제행스님　상범이 네가 지금 이렇게 김 선생 머리를 아프게 하고 힘
들게 하지?

상범　…….(말이 없음)

제행스님　상범아, 너는 이 김 선생하고 어떻게 돼?

상범　조카요.

제행스님　네가 있으니까 김 선생이 이렇게 힘들어 하지?

상범　네.

제행스님　그래 너는 어떻게 죽었니?

상범　교통사고로.

제행스님　그때 교통사고로 어디가 다쳐서 죽었어?

상범　머리가 깨져서.

제행스님　그때가 몇 살이었지?

상범　스물두 살.

제행스님　네가 이렇게 김 선생 몸에 머물러 있으니 김 선생이 힘들
어 하고 머리가 아프지 않냐! 그러하니 이제 떠나가라!
(이렇게 설득하자 머리를 감싸며 고통을 호소하는 김 선생
을 치유하고 있는 사이에 영가는 사라지고 다시 한참을 찾
아 헤매다 영가를 다시 대면할 수 있었다.)
(격양된 목소리로) 너, 스님 말 안 들으면 가만 안 둘 거
야, 스님 말을 잘 들으면 너의 소원도 들어 주겠지만, 그렇
지 않으면 화탕 지옥으로 보내버릴 것이다.

이 정도 지속되면 영가 자신도 떠나가야 된다는 사실을 인정하고 받아들인다. 상범이라는 영가를 떠나보내기에 앞서 교통사고로 다친 머리를 치유해 주고 나서 떠나보냈다.

이렇게 영가들을 모두 떠나보내고 나니 김 선생은 한결 편안해 졌으며 다시 한 번 후최면암시를 주고 나서 각성시켰다.

최면에서 깨어난 김 선생은 깊은 잠에서 깨어난 사람처럼 처음에는 약간 어리둥절해 했지만 차츰 화색이 돌며 더 이상 긴장하지도, 불안해하지도 않았으며 편안한 그런 모습이었다.

그리고 그 사이에 있었던 많은 이야기들을 본인 스스로 털어놓기 시작했다.

이렇게 세 차례에 걸쳐 하루 온종일 치유와 퇴마를 하고 나면 필자의 몸과 마음은 그야말로 만신창이가 된다. 지친 몸이지만 만족감과 보람은 다른 사람은 상상하지도 못하리라. 다음날 아침 일찍 제주공항으로 가기 위해서 서두르고 있을 때 원장선생님으로부터 고맙다는 인사와 함께 김 선생이 초조해하지도, 불안해하지도 않고 밝은 모습으로 출근했다면서 전화를 해왔다.

그리고 김 선생의 남편도 어제 퇴근 후 집에서 김 선생의 밝아진 모습을 보고 많이 기뻐했다는 후담도 빠뜨리지 않았다.

김 선생이 서울 병원에 다녀온 뒤 남편은 김 선생에게 무속인이라도 찾아가 굿이라도 해보라고 말했었다는 것이다.

"이 모든 일들이 원장선생님의 배려 덕분입니다. 할 수만 있다면 조상 천도재와 더불어 퇴마한 영가들의 천도재를 해 주는 것이 올바른 방법입니다"라는 말을 남기고 전화를 끊었다.

여기서 여러분들이 알아야 할 것이 있다. 왜 천도재를 해 주어야 하는지? 알기 쉽게 표현하자면 거지가 여러분 집으로 동냥을 왔다고 가정해 보자. 그런데 거지의 동냥에 응하지 않고 무력으로 또는 경찰을 불러 거지를 억지로 쫓아냈다. 그렇게 쫓겨난 거지는 그냥 편히 가겠는가? 여러분의 상상에 맡기겠다. 그렇지만 만약 거지에게 넉넉하지는 못하더라도 성의껏 동냥을 주어서 보낸다면 마음속으로 고마워하리라.

그리고 잠시라도 인연이 있어 들어왔던 영가들을 좋은 곳으로 떠나갈 수 있도록 영가천도를 해준다면 업장을 풀 수 있는 좋은 기회가 되리라 믿는다.

그래서 필자는 천도재를 권한다.

우울증으로
정신병원에 3회 입원

_김 여인, 당시 53세

한 5년 전의 일이다.

그 당시 어느 날 은사 스님으로부터 전화가 왔다.

"빙의 환자인데 제행스님께서 상담을 좀 해 주서야겠습니다."

"알겠습니다. 제 연락처를 가르쳐 주시고 찾아가라고 하십시오" 하고 그 사이 안부를 여쭙고 통화를 끝냈다.

그러고 난 뒤 아무런 소식이 없어 잊고 지내고 있었는데 다시 소식이 왔다. 오늘 시간이 있으면 환자를 데리고 오시겠다는 것이다. 그렇게 약속을 잡았다.

그 사이에 있었던 사연은 대강 이러하다.

은사 스님께서 처음 환자를 만나 상담을 했을 때 스님께서는 빙의 (귀신에 접신된 병)로 판단을 하고 천도재를 성심성의껏 해 주었다. 그런데 문제는 환자가 좋아져야 하는데 반대로 증세가 오히려 악화되어 다시 정신병원에 입원하게 된 것이다. 그래서 그 사이에 연락이 없었으며 병원에 입원해 있다가 퇴원을 해서 오늘 연락이 오게 된 것이다.

그렇게 약속을 잡고 얼마쯤 지나 스님과 함께 환자와 그의 남편이 정사(精舍) 안으로 들어섰다.

그리고 스님께서는 그 부부를 필자에게 소개시켜주고, 다른 약속이 있어 바쁘다며 자리를 뜨셨다.

처음으로 대면한 환자의 얼굴은 사색(死色), 바로 죽음 직전의 모습이었다. 초조하다 못해 두려움까지도 느껴 보이는 김 여인은 몹시 불안해했으며, 안절부절못했다. 그리고 마치 어린애들이 엄마의 손을 놓치면 큰일이 일어날 것처럼 남편의 손을 놓지 않고 모든 것을 남편에게 의지하고 있었다.

언제나 환자를 처음 대면하고 상담에 들어갈 때마다 느끼는 생각이지만, 이때 그들을 얼마만큼 안심시키고 편안하게 대하면서 말문을 열어가는 가가 중요하다.

이때 첫 번째 상담에서 중요한 것은 환자의 상태를 정확하게 읽어내고 앞으로 진행해 나갈 상담 계획을 세우는 일이다.

그러기 위해서는 상담자의 말을 많이 들어 주는 일이다. 처음 만난 김 여인은 시간이 지날수록 조금은 여유를 찾은 듯도 했지만 여전히 불안해하는 모습이 역력했다. 그 사이에 있었던 지난 일들은 대부분 그의 남편으로부터 전해들을 수 있었다.

남편의 말에 의하면 김 여인은 심한 우울증으로 자주 자살 충동을 느꼈다. 그런 아내가 어떤 행동을 저지를지 불안하여 다니던 회사도 결근하고 아내를 감시하고 지켜야 했다.

이를 보다 못해 친정 남동생이 누나를 병원에 가서 진찰이라도 받아 보자면서 설득하여 병원으로 데리고 가 그 길로 정신병동에 입원을 시켰다.

치유하는 과정에서 증세가 많이 좋아졌을 때 김 여인으로부터도 같은 얘기를 들을 수 있었다.

당시 아파트 14층에서 살고 있었던 그녀는 아파트 아래를 내려다보면 아래에 푸른잔디가 깔려 있는 것처럼 보이고, 그 잔디 위로 뛰어 내리고 싶은 충동을 많이 느꼈다고 했다.

그래서 남편은 회사에 출근도 하지 못하고 자기를 지키고 있는 일이 지속되고 있을 때, 이를 보다 못한 남동생이 진료나 한 번 받아 보자면서 자기를 병원으로 데리고 갔다고 한다.

그녀는 그곳이 처음엔 정신병동인지도 모르고 갔는데 병원 안으로 들어 설을 때 철창문이 꽝하고 닫치더라는 것이다. 이때 밖으로 나가려고 동생 이름을 부르면서 몸부림치며 울면서 소리쳤지만, 때는 이미 늦었다. 동생도 밖에서 울면서 그저 누나만 바라보고 있었다. 그리고 건장한 청년들이 나타나 자기를 끌고 가 더 이상 반항도 못한 채 강제로 의자에 앉혀 팔다리가 묶이고 억지로 주사를 맞았는데 깨어 보니 그 뒤에 몇 날 며칠 일을 그렇게 지냈는지 모르겠더란다.

한동안은 그런 일상이 반복되었는데 시간이 지나면서 이렇게 반항해서는 안 되겠다는 생각이 스스로 들었다고 한다. 그래서 병원 직원에게 말을 잘 듣고 소란을 피우지 않겠다는, 굴복하는 모습을 보여주자 그간 묶인 몸에서 해방될 수 있었단다.

그런 병원생활이 익숙해지면서 가족들의 면회도 허용되었는데 변화된 자기의 모습을 보여주며 퇴원시켜주면 잘하겠다고 가족들을 설득하여 정신병동 생활에서 1개월 만에 퇴원할 수 있었다.

그러나 퇴원 후 얼마 지나지 않아 다시 입원하게 되었고 두 번째 병원생활은 한 달 보름이나 지나서 퇴원을 했다.

두 번째 퇴원을 했을 때는 몇몇 무속인도 찾아 다녀 보았지만 별로 신통치 못했으며, 수소문 끝에 찾아간 곳이 지금 필자에게 소개해 주신 스님을 만나게 된 것이다.

스님께서는 처음 보자마자 빙의란 것을 알아 차렸고 천도재를 권했다.

그렇게 스님의 권유로 천도재를 정성을 다하여 올렸지만 효과를 보지 못하고 며칠 뒤 다시 세 번째로 입원을 하게 되었다.

세 번째로 정신병동에 수용되었을 때는 오히려 그렇게 병원에 들어와 있는 것이 편하더라는 것이다. 이렇게 되면 환자는 모든 것을 체념해 버리고 그냥 주위의 환경에 맞추어 적응해 버리게 된다. 마치 노숙자들이 그렇게 그 생활에 적응하여 생활해 가듯이 말이다.

세 번째 수용생활에서는 보름 만에 퇴원을 했다.

그럼 '왜 천도재를 했지만 병세가 호전되지 못하고 다시 입원하게 되었을까?' 하고 여러분들은 의문이 생길 것이다. 여기서 독자들이 한 가지 알아두어야 할 것이 있다. 여러분들이 오른쪽 다리가 가려운데 가려운 다리를 긁지 않고 왼쪽 다리를 긁는 다면 어떻게 될까? 같은 이치이다.

이렇듯 보통 조상을 위해서 조상 천도재를 올려주는 것은 좋은 일이지만 빙의되었을 때, 즉 귀신에게 접신되었을 때는 그 접신한 귀신을 퇴마해 주고 퇴마한 그 영가를 천도해 주어야 하는 것이다.

그런데 바로 엉뚱한 다리만 긁는 꼴이 되어버린 것이다.

스님께서는 역학적(易學的)으로, 특히 기문학(奇文學)에서는 우리나라에서 최고의 권위를 가지신 분으로 필자도 기문학은 그 스님의 가르침을 받았다.

이렇듯 모든 분야는 분야마다 전문가가 있게 마련이며 그 중에서도 또한 권위자가 있다.

이렇게 인연이 되어 김 여인을 만나게 된 것이다.

첫 번째 상담은 이렇게 주로 지난날의 이야기를 들어주면서 앞으로 진행해 갈 상담의 방향을 설정하는 것이 중요한 역할을 한다.

그러고 나서 우울증의 원인을 찾기 위해서 김 여인을 가벼운 최면으로 유도하여 연령퇴행을 해 가는데, 그가 울음을 터트린다.

제행스님　무엇이 그렇게 슬프게 한가요?

김 여인　…….(아무런 말없이 눈물을 흘림)

제행스님　울어도 좋습니다. 우세요. 그리고 아무 말이나 하고 싶은
말을 하십시오.

여기서 격양된 목소리로 남편에 대한 불만과 불평을 털어놓기 시작한다. 자기에 대한 이해 부족과 지난날 섭섭했던 마음들을.

그는 남편과는 26세 때 중매로 만나 결혼하였고 성격 차이로 부부싸움을 자주한다. 부부싸움을 하게 되면 남편은 옷이나 양말을 아무데나 던져버리고 집을 나간다. 집을 나간 남편은 밤늦게 집으로 들어오지만 그렇다고 해서 술을 마신 것도 아니다. 남편은 술을 입에 대지도 않는다. 김 여인의 말에 의하면 남편은 자기를 화나게 하기 위해서 밤늦게 귀가한다는 것이다.

이렇게 남편에 대한 불평과 불만, 험담을 마음껏 털어놓으며 울고 난 김 여인은 한결 편안해 보였으며, 마음이 많이 안정되어 있었다. 후 최면암시와 함께 그를 최면에서 각성시켰다.

이 과정을 지켜보고 있던 남편은 부인에 대한 미안한 마음에 많이 어색해 한다. 그렇지만 남편에게 부인의 마음을 이해해 주고 보다 더 잘해 주라는 당부의 말을 빠뜨리지 않고 건넸다. 어찌하겠는가? 지금은 부인의 치유가 우선인 것을.

일차 상담을 마치고 그들을 떠나보내면서 바라본 그들의 뒷모습은

어린아이가 행여 엄마의 손을 놓칠세라 남편의 손을 꼭 잡고 걸어가고 있었다.

그리고 처음 대면했을 때보다 밝아진 모습으로 돌아가고 있는 그런 모습에서 정다움과 앞으로 치유가 잘될 것 같은 희망을 느꼈다.

다음 두 번째 상담은 일주일 후에 진행되었다.

두 번째로 맞이한 부부는 한결 편안해 보였으며 심리적으로도 안정을 찾아가고 있는 모습이었다. 차 한 잔씩을 마시며 그 사이 일주일 동안 지낸 이야기들을 나누고 나서 곧 바로 최면으로 유도해 갔다.

두 번째 최면 상담에서도 첫 번째 상담에서 보였듯이 남편에 대한 불평과 시집살이에서 있었던 시부모와의 갈등 그리고 통한의 눈물과 마음의 한을 풀어내는 데 대부분의 시간을 보냈다.

이렇게 최면에서 깨어난 김 여인은 한결 얼굴도 밝아졌으며 편안한 모습이었다. 그리고 최면 속에서는 지난 세월 동안 남편과 시부모에 대한 섭섭했던 마음들을 훌훌 털어 놓았지만, 그래도 남편에 대해서는 미안한 모습을 보인다.

그 표정을 지켜보고 있던 남편은 첫 번째 상담을 마치고 지난 일주일 동안 많이 좋아졌다는 이야기를 했다.

최면치유란 이렇듯 마음속에 있는 갈등이나 불평불만들을 최면 속에서 다 털어놓고 나면 정신적인 갈등에서 벗어나게 되며, 그 사이에 쌓인 스트레스가 대부분 풀린다. 그래서 여자들의 수다가 정신건강에 도움이 된다고 하지 않는가?

정신을 치유하고 마음의 안정을 찾는 방법으로서 최면요법은 더할 나위 없이 좋은 방법이다.

일주일 후 세 번째 상담에 들어가기 위해서 부부를 맞이했을 때는 환자도 많이 편안해 보였지만, 그의 남편은 생기가 돌고 마음의 여유마저 느끼고 있었다.

이제 환자는 더 이상 지난 이야기를 묻지 않아도 그 사이에 있었던 이야기들을 꺼낸다.

이번 세 번째 상담부터는 정신적으로도 많은 안정을 찾았으므로 이제는 주로 우울증의 원인을 찾아내고 치유하는 데 초점을 맞추기로 하고 곧이어 그를 보다 깊은 최면 속으로 유도해갔다.

그녀는 아직도 1, 2차 때처럼 남편과 시부모와의 다툼과 갈등을 떠올리고 눈물을 흘렸다. 그녀에게는 그 원망과 한이 그렇게도 컸는가 보다. 그런 그를 안정시켜가며 달래고 진행해 가는데,

김 여인   애가 보인다.

제행스님   스님이 애를 한 번 불러볼 테니 아이의 반응을 살펴보세요. 애야! 애야! 어때요?

김 여인   쳐다보아요.

제행스님   애야, 너 몇 살이야?

아이   다섯 살.

제행스님   그럼, 너 이름이 뭐야?

아이   정숙이.

제행스님   정숙이야?

정숙   네.

제행스님   정숙이는 이 아줌마와 어떤 사이야?

정숙   동생.

제행스님   이 아줌마의 동생이 된다고?

정숙   네.

이렇게 하여 아이를 설득하여 보냈다.

사실은 그 당시에 그 애를 설득하여 내보내는 데 적잖게 애를 먹었
다. 왜냐하면 어린애라서 쉽게 생각하고 대화중에 내가 웃었던 것이
잘못이었다. 이렇듯 항시 퇴마를 할 때는 권위를 유지하면서 영가들을
제압할 필요가 있다.

이 어린 정숙이라고 밝힌 영가는 환자의 동생으로, 환자가 일곱 살
때 다섯 살로 그 당시 원인을 알 수 없는 병으로 사망한 동생인 것이다.

그리고 또 다른 영가는 아버지와 아들로, 환자의 먼 친척 아저씨뻘
되는 영가로 원래는 종갓집 장손이었는데 지금 함께 들어와 있는 아들
이 자살을 하고 죽는 바람에 대가 끊기게 되어 갈 곳이 없어 아들과 함
께 환자에게 들어와 있다고 했다. 이렇게 그 영가들의 신분을 밝혀내
고 그 부자를 설득하여 내보냈다.

퇴마를 할 때마다 항시 느끼는 일이지만 영가들의 세계도 우리들이
지금 살아가고 있는 현생과 다르지 않다는 것이다. 그렇듯 자기 자리
가 아닌 곳에 머무르는 영가들은 언젠가는 떠나야 된다는 것을 알고

있으며, 또한 한편으로는 미안한 생각을 가지고 있어 설득하는 것도 비교적 쉽다. 간혹 억지를 부리는 영가도 있지만 그 또한 길게 가지 않는다.

그리고 환자 본인이 낙태시킨 태아 령이 둘이 더 있었다. 이렇게 영가들을 모두 떠나보내고 세 번째 상담을 마무리 하자 부부는 한결 가벼운 마음으로 돌아갔다.

그 후 일주일이 지나갔고 네 번째 상담을 하기 위해 환자와 남편을 맞이했다.

환자는 이제 한결 밝아진 모습으로 마음의 여유마저 느끼게 한다. 네 번째 상담에서는 또 다른 영가들이 있는지 확인을 했다. 그러나 더 이상의 영가는 없었고, 이제는 정신적인 안정을 가질 수 있게 최면요법으로 치유를 해 나갔다. 이후로도 다섯 차례에 걸쳐 최면치유를 했으니 총 9회 상담을 했다. 그리고 조상과 더불어 퇴마한 영가들의 천도재를 해 주었다. 이렇게 퇴마한 영가들의 천도재를 해 주는 것이 우리들의 도리이다. 이점 꼭 알아두기 바란다. 왜냐하면 내 집에 손님이 찾아왔다면 인연이 있기 때문이며 또한 지금까지 아무런 인연이 없었다면 지금이 바로 인연의 시작이기 때문이다. 부처님 말씀에도 옷깃만 스쳐도 몇 억겁의 인연이 있기 때문이라고 하지 않는가?

이렇게 치유가 된 부부는 이제 스님이 자기들의 은인이라면서 고마움을 표시한다. 부부뿐만 아니라 그 형제들까지도 가끔씩 찾아주고 어려움을 상담하면서 지내고 있으니 필자는 보람을 느낀다.

이렇듯 영가가 빙의되게 되면 그 원인도 모른 채 정신병에 시달려 우울증 또는 조울증, 아니면 정신분열이란 병명으로 정신병원에 입원하거나 많은 약을 복용하여 무기력하게 된다. 그리고 그런 상태에서 일상생활을 할 수 없으니 환자 본인은 물론 그 가족들 모두가 시달리게 되고 경제적으로 또는 사회적으로 어려움을 당하게 되며, 심한 경우에는 패가(敗家)하는 경우를 본다.

앞의 사례를 정리하자면 이 환자의 경우는 환자 나이 일곱 살에 동생이 원인 모를 병으로 사망을 했으며, 그 동생 영가가 환자에게 빙의되었던 것이다. 그렇지만 크게 증세가 나타나지 않았으므로 그 사실을 모르는 환자 가족들은 환자가 정신적으로 조금 미숙한 것으로 알고 가엾이 여겼다고 이야기했다.

그렇게 성인이 되어 중매로 결혼을 했다. 결혼 후에는 원인도 모른 채 자주 아팠기 때문에 시부모는 결혼 전부터 아픈 몸으로 자기들을 속이고 결혼을 했다며 시집살이를 많이 시켰던 것이다.

여기에 분노한 친정집에서는 그 당시 서울대병원에서 종합검진을 받게 하였지만, 결과는 건강에 아무런 이상이 없는 것으로 판명되었다. 그래서 오해는 풀렸지만, 아픈 증세는 지속되었다.

그 후 다시 연세대병원에서 종합검진을 받았지만 역시 건강에는 이상이 없는 것으로 판명되었다.

몸이 자주 아픈 원인이 빙의 때문이었지만 그것을 알지 못한 채 시부모와 남편과의 관계는 점점 앙금이 깊어갔다.

앞의 상담사례에서도 이야기했듯이 최면 속에서 결혼 초를 떠올리면 그녀는 한이 맺힌 슬픔을 감당하지 못하고 남편과의 좋지 않았던 관계와 시부모와의 갈등을 밖으로 뱉어냈던 것이다. 본인 또한 자기가 빙의되어 잘못되었다는 것을 꿈엔들 상상이나 했겠는가? 그러하니 그 당시로서는 슬픔이 얼마나 컸겠는가? 또한 거기에다 임신도 늦어졌으며, 최면 속에서 임신기간을 떠올리면 울면서 아랫배의 통증을 호소했다.

여기에서 여러분들이 한 가지 알아야 할 것이 있다.

낙태시킨 아이나, 유산 또는 사산(死産)된 아이나, 혹은 아기일 때 사망한 영가들이 여성의 몸에 빙의되었을 때는 여자의 아랫배, 즉 자궁에 영가가 자리를 잡고 있는 경우가 흔하다.

이럴 때는 임신이 되지 않는 경우도 있으며, 혹은 어렵게 임신이 되었어도 아랫배의 통증이 너무 심해 견디기 힘든 경우가 허다하다.

결혼 초에 건강한 부부가 임신을 원하였지만 임신이 되지 않고 몇 년이 지났다면 한번쯤은 빙의를 의심해 볼 필요가 있다.

이렇게 빙의된 경우는 본인이 낙태 또는 유산(流産)이나 사산(死産)된 경우가 흔하지만 그렇지 않고 자기 부모나 자매 또는 본인과 직접적인 관계가 없는 태아 령(胎兒靈)이 빙의된 경우도 있으니 참고하기 바란다.

결혼 후 5년이 지났지만 임신이 안 된 경우

필자가 이런 경우를 직접 상담해 본 경험이 있기에 여기에 소개하자면, 그 당시 결혼한 지 5년이 지나도 임신이 되지 않아 고민하는 여성의 부부가 모두 병원에서 건강검진을 받아보았지만 건강에는 이상이 없었다는 것이다. 사주풀이를 하면서 한 가지 의심이 가는 점이 있어서 유산이나 낙태시킨 경험이 있느냐고 물었더니 그렇다는 것이다. 그래서 최면 상담을 권했고 그 결과 낙태시킨 아이, 즉 태아 령(胎兒靈)이 그 여성의 자궁에 자리를 잡고 있는 것을 확인하고 퇴마한 뒤 임신을 하게 되었다. 이런 사례를 여기에 소개하니 참고하기 바란다.

이 환자의 경우는 후자로 임신은 되었으나 통증이 심한 경우로, 통증을 견딜 수 없어 몇 번이나 낙태를 시키려고 했다. 그러나 시부모와 남편의 반대로 낙태를 시키지 못하고 그 당시 무속인이나 스님도 아닌 어떤 도인을 소개받아 주술을 외우면서 어렵게 출산을 했다고 한다.

두 번째 아이를 임신했을 때는 첫 번째 아이 때보다는 통증이 덜했지만 이때도 힘이 들었다고 털어놓는다.

부부는 이렇듯 지난 이야기를 털어놓을 수 있을 만큼 편안해졌다. 독자들이 짐작하듯이 이 환자는 어렸을 때부터 빙의, 즉 신병이라고 말하는 귀신 붙은 병 때문에 많은 고생을 하고 지냈다. 하지만 그 원인을 찾지 못하고 환자 나이 오십이 넘어서야 우울증으로 세 차례나 정신병원에 입원하게 되었다. 하지만 치료가 되지 않은 상태에서 필자를 만났고, 필자로부터 비로소 빙의 때문이라는 것을 알게 되어 퇴마를 하고 천도재를 해줌으로써 신병을 치유했다.

우리가 이 사례에서 알다시피 원인이 없는 정신질환은 없다는 것이다. 모든 문제나 병은 그 원인을 밝혀내면 쉽게 해결할 수 있다.

항시 상담을 할 때마다 느끼는 마음이지만 원인을 밝혀내지 못하고 정신적으로 우울증이나 공포증 또는 불안증으로 고생하는 사람들을 대할 때면 마음이 아프다. 그 사람들 중에는 빙의, 즉 귀신에 접신된 사람들이 대부분인데 그런 사람들이 생각보다 많다는 사실이다.

그 원인을 모르기 때문에 이들은 그저 그 고통을 참고 견디면서, 환자 본인은 물론 그의 가족들까지도 힘들고 괴로워하며 지내고 있다. 하루빨리 고통에서 벗어나기를 바란다.

위가 쓰리고 통증이 심해
위내시경 검사를 받았지만……

한참 지난 이야기다.

우연히 지나다 들렀다는 그 당시 50대 초반의 여성이 사주상담을 원했다. 사주를 풀어 설명해 주던 중 사주에도 음양오행 상으로 건강에 대해서 알 수 있다는 이야기를 들었다면서 자기의 건강에 대해 말해달라는 청을 했다.

그래서 다시 한 번 자세히 사주를 관찰해 보았지만 오행 상으로 크게 나타난 병이 없어 "사주 상으로 보았을 때는 크게 건강에 대하여 걱정하시지 않아도 되겠습니다"라고 말을 해 주었다. 그랬더니 그는 "그렇습니까?" 하면서 "사실은 위가 쓰리고 통증이 심하여 병원에 가서 위내시경검사를 받아보았지만 검사결과 위에 아무런 이상이 없다고 합니다. 그런데도 이유 없이 위가 쓰리고 통증이 심해서 견디기가 힘이 듭니다"라고 했다.

이 말을 듣고 나서 언뜻 생각이 미치는 데가 있어서 그러면 최면 상담을 한 번 받아보라고 권했다. 그렇게 하여 최면 상담예약을 하게 되었고 예약된 날에 찾아온 여인에게 상담에 필요한 준비과정으로 여러 가지를 질문하였다. 이 과정에서 그로부터 지난 이야기를 들을 수 있었다.

오래 전에 꿈을 꾸었는데 어찌나 선명하고 실감이 나는지 꿈속에서 보았던 곳을 찾아 갔다. 아니나 다를까 꿈속에서 보았던 것과 똑같은 곳이었다.

왜 필자가 뜬금없이 지금 꿈 이야기를 하는지 다음 이야기를 진행하다 보면 이해가 되리라 본다. 아무튼 좀 더 알기 쉽게 표현하자면 이러하다.

꿈속에서 스님 한 분이 나타나셨는데 자기 외할아버지셨다는 것이다. 외할아버지인 스님께서는 학문이 깊었으며 꿈속에서도 법당에 앉아 책을 읽고 계시는 모습이 지금도 눈에 선하다는 것이다. 그리고 절이 있는 위치를 가르쳐 주셨다. 그곳은 호남고속도로로 가다 보면 논산을 지나 여산 휴게소가 나오는데, 바로 그 여산에서 가까운 곳에 절이 있었다.

그 꿈이 너무나도 생생하고 잊히지 않아서 하루는 무조건 여산을 찾아가 택시기사에게 꿈속에서 보았던 대로 지형을 설명해 주면서 그 절로 가자고 하니 그 기사는 그런 위치에 있는 절이 생각이 나지 않는다고 했다. 그러면서 기다리게 하고는 다른 동료 기사에게 물으니 그 절이 있는 곳을 가르쳐 주어서 찾아가보았다. 그랬더니 바로 꿈속에서 보았던 대로 똑같은 절이었다.

당시 그 절에는 비구니스님 몇 분이 주석하고 계셨는데 말씀을 들어보니 바로 자기 외할아버지가 창건하신 절이 맞더라는 것이다.

그리고 이런 이야기도 들려준다.

자기는 초등학교 저학년 때 학교를 중퇴하여 배움이 없어 겨우 한글을 깨우칠 정도인데 서점에 가게 되면 사주학이나 성명학 같은 책들을 사오게 되고 한문공부를 따로 하지 않았는데도 한자를 제법 읽는다는 것이다.

그리고 집에 있으면서 찾아온 사람들을 상대로 침도 놔주고 뜸도 떠주면 수입이 되어 살림살이가 불어나는데 다른 일, 즉 장사를 하게 되면 돈을 없앤다고 한다. 남편이 교통사고로 사망하여 지금도 그 보상금으로 호프집을 운영하는데 장사가 잘되지 않아 돈만 없애고 있어 호프집을 내놓았다고 한다.

이런저런 이야기를 듣고 나니 어쩌면 이 모든 일들이 빙의 때문이겠구나 하는 확신이 들었다. 지금부터 이 모든 일들이 하나하나 밝혀질 것이다.

그리고 깊은 최면으로 유도하면서 빙의된 영가를 찾아 나서는데,

여인 스님이 보인다.

제행스님 스님은 이 여자와 어떤 관계이신가요?

스님 외할아버지.

제행스님   지금 외손녀가 장사도 잘 안되고 이렇게 힘들어 하는데 어떻게 하면 좋을 까요?

스님(외할아버지)   공부를 하라.

제행스님   (감이 가지만 시치미를 떼고서) 어떤 공부를 하라는 말씀이신가요?

스님(외할아버지)   역학을.

제행스님   그럼 이 외손녀가 평상시에 침을 놓고 뜸을 뜨며 하는 일들이 다 외할아버지와 관련이 있는가요?

스님(외할아버지)   그렇지, 다 내가 도와주고 있지.

제행스님   공부가 부족하여 한글도 익숙하지 않고 한자를 조금 알고 있는 정도라는데, 그런 일들도 외할아버지 때문인가요?

스님(외할아버지)   그렇다고 볼 수 있지.

제행스님   그럼 공부는 어디에서 배우면 좋을까요?

스님(외할아버지)   여기서 배우면 되지.

제행스님   제가 가르칠만한 실력이 되는가요?(사실은 그때 필자는 역학과 퇴마를 개인지도하면서 후학을 양성하고 있었지만 의견이 듣고 싶어서 이렇게 질문했다.)

스님(외할아버지)   그럼 충분하지.

제행스님   그러면 실력도 충분하다고 하셨는데 왜 제가 이렇게 힘이 들까요?(그 당시 필자는 나름대로 공부야 끝이 없겠지만 그래도 열심히 했다는 자부심도 있었다. 그렇지만 내방객이 많지 않아 생활에 어려움이 컸었다. 물론 지금도 그렇지만, 그래서 호기심에서 이렇게 물었던 것이다.)

스님(외할아버지)   아직 때가 되지 않아 그렇습니다.

제행스님   잘 알겠습니다.

이렇게 하여 상담자가 침을 놓고, 뜸을 뜨며, 역학에 관심이 많으며, 또한 한자공부를 따로 배우지 않았지만 조금은 알고 있다는 것이 밝혀진 셈이다.

그렇지만 여러분들은 그래도 의문이 생기리라 믿는다. 이해를 돕기 위해서 여기서 몇 마디 더 하고 넘어가기로 하자. 여러분들이 보기에 어떤 무속인은 침을 놓고 뜸을 뜨며 병을 고치고, 또 어떤 무속인은 집터나 묘(墓)자리를 잡으며 하는 행위를 어떻게 생각하는가? 이런 행위들이 다 무속인의 몸속에 그런 영가들이 자리를 잡고 있기 때문인 것이다. 그래서 무속인들이 글문도사가 들어왔느니, 또는 지리도사가 들어왔느니, 혹은 약사도사가 들어왔느니 하는 것이다. 그렇지만 여러분들은 이런 말에 속아서는 안 된다. 이 책을 끝까지 다 읽고 나면 이런 말들이 충분이 이해가 되리라 믿는다.

또 다른 영가를 찾아 가는데,

여인   남편이 보여요.

제행스님   (남편을 불러) 지금 당신 부인이 장사도 잘 안되고 힘들어하는데 당신이 좀 도와주지 그러느냐?

남편   나는 그럴 능력이 없습니다.

제행스님 그럼 당신 때문에 이 여자가 이렇게 위가 아프고 힘들어
하느냐?

남편 나 때문이 아닙니다.

제행스님 그럼 당신 말고 또 누가 있느냐?

남편 어머니가…….

제행스님 당신 어머니 말인가?

남편 네.

제행스님 당신 어머니라면 이 여자의 시어머니 말인가?

남편 네.

제행스님 그럼 어머니는 어디에 계신가?

남편 어머니도 일정하게 머물지 못하고 들락거리십니다.

자세히 설명을 하면 이렇다. 이 여자의 외할아버지인 스님이 이 여
자의 몸에 자리를 잡고 있어서 남편이나 시어머니는 이 여자의 몸에
들어와 자리를 잡지 못하고 그저 여자의 주위를 맴돌면서 따라 다닐
뿐이다. 그리고 그 시어머니는 농약을 먹고 자살을 했으며, 그런 시어
머니가 이 여자의 몸에 들어오거나 또는 스치게 되면 그때 이 여자는
위가 쓰리고 심한 통증을 앓게 되는 것이다.

이렇게 빙의되어 나타난 현상은 병원에 가서 아무리 진찰을 받고 최
신장비로 검사를 하여도 그 원인을 찾을 수 없을 뿐더러 환자는 지속
적으로 아픔을 호소하기 때문에 오진을 하는 경우도 있다.

이렇게 하여 위가 쓰리고 통증이 심한 증상의 그 원인을 찾아내었고, 본인의 뜻에 따라 남편과 시어머니는 퇴마를 하고 천도재를 하여 주었다. 외할아버지인 스님은 퇴마하지 않았다.

다 죽여 버리고,
나도 죽고 싶다

_명문대 출신의 Y군

5, 6년 전의 일이다.

당시 대학 교수로 재직 중이던 선배로부터 전화가 왔다.

"스님, 제 아들이 찾아 갈 테니 상담을 좀 해 주십시오."

그리고 Y군이 찾아왔다. 이야기를 들어보니 심한 스트레스에서 오는 우울증으로 생각되었지만, 일단 그를 최면으로 유도하여 그 원인을 찾아내고 나서 구체적으로 어떻게 풀어갈 것인지 방법을 찾아보기로 했다. 그리고 Y군을 최면으로 유도해갔다.

그런데 그가 갑자기 울음을 터트리며 슬피 울기 시작한다. 울음이 그치기를 잠시 기다렸다가,

제행스님   무엇이 당신을 그렇게 슬프게 하는가요? 한 번 이야기해
　　　　　 보십시오.

Y군 ⋯⋯.(아직도 진정이 되지 않아 흐느끼며 말이 없음)

제행스님 말하고 싶지 않으면 이야기를 안 해도 좋습니다. 그렇지만 지금 하는 이야기는 절대 비밀을 보장받을 수 있으니 어떤 일이 당신을 그렇게 슬프게 하는지 한 번 말해보십시오. 그때가 언제인가요?

Y군 나는 이 회사에 오고 싶지 않았는데, 실력도 없고. 그런데 아버지가 이 회사에만 들어가면 된다고⋯⋯.(말을 맺지 못하고 다시 울음을 터트림)

제행스님 (마음을 진정시켜 가면서) 그리고 또 힘든 시절이 있었다면 그때로 한 번 가보십시오.

Y군 ⋯⋯.(말이 없음)

제행스님 아무 이야기라도 좋으니 그냥 떠오르는 대로 한 번 말해보십시오.

Y군 ⋯⋯.(다시 통곡하며 울기 시작함)

제행스님 그때가 언제인가?

Y군 연수원.

제행스님 연수원에서 어떤 일이 벌어지는가?

Y군 나는 회사가 싫고, 연수원에 가두어 있는 것 같아 다 싫다. 들어도 뭐가 뭔지 모르겠다(분노와 슬픔을 억제하지 못하며). 억지로 하는 것이 싫은데 답답하다. 나는 자유롭게 생활하고 싶다. 다 죽여 버리고 나가고 싶다. 모르는데 아는 척해야 되고, 자존심이 상하고, 아버지도 내 마음을 몰라주고, 나만 미

칠 것 같다. 가족 누구도 나를 몰라준다. 나는 음악이 하고 싶었는데…….

제행스님 당신을 알아주고 이해해 주는 사람이 하나도 없군요?

Y군 엄마도 아빠도 다 죽여 버리고 나도 죽고 싶다.(그러고 나서도 한참을 서럽게 운다.)

여기서 잠깐 여러분의 이해를 돕기 위해서 Y군에 대한 이야기를 하고 넘어가기로 하자. Y군은 좋은 환경과 부유한 가정에서 남부러울 것 없는 청소년기를 보냈으나 공부는 별로 신통치 않아 학교공부를 따라가지 못했다.

그래서 지방에 있는 대학교 철학과에 입학했다. 그렇게 1학년을 수료한 뒤에 아버지의 힘으로 서울에 있는, 그것도 명문대학교 국문학과로 편입하게 된다.

그렇지만 Y군의 정신적인 갈등은 여기서부터 시작된다. 명문대학으로 편입을 하고 보니 다른 학생들의 시선도 곱지만은 않으려니와 무엇보다도 본인의 실력으로는 학과 진도를 따라가기가 힘들었다. 그러하니 여기서 오는 소외감과 자격지심이 컸던 것이다.

그러나 아버지는 막무가내로 그냥 몰아붙였다. 아무튼 이런 생활 속에서 많은 스트레스를 받아 가면서 대학을 졸업했다.

문제는 졸업 후에 발생하게 된다. 졸업하면 그때나 지금이나 취업을 하기란 쉬운 일이 아니다. 그렇지만 아버지의 막강한 힘은 취업에서도 유감없이 발휘하게 된다.

그 당시 수재들도 들어가기 힘들다는 K그룹에 입사를 시켰다. K그룹에 입사하여 연수원생활을 하면서 최면 중에 뱉어 내는 것처럼 연수원생활에 적응을 하지 못했다. 수준 높은 강사들의 강의내용도 잘 알아듣지 못했지만 아는 척해야 했고, 그런 생활들이 반복되면서 동료들과 적응하기도 힘들었다. 오죽했으면 다 죽여 버리고 여기서 나가고 싶다고 몸부림쳤겠는가? 본인 스스로도 실력이 되지 않는다고 울면서 소리치지 않는가?

아무튼 막을 수 없는 것이 세월이라던가? 그런 연수원생활이 끝나고 회사에 부서배치를 받아 근무하면서도 몇 번이나 사직서를 제출했었다. 그렇지만 그럴 때마다 직장상사는 아버지께 연락을 했고 사표는 반려되었다. 물론 아버지의 생각으로는 그랬으리라. 어떻게 하든 그 순간만 지나가면 적응하고 직장생활을 지속할 수 있으리라 믿고 마냥 밀어붙였던 것이다.

이런 과정에서 본인은 심한 스트레스에 시달려야 했고 그 원인이 우울증으로 이어져 그 증세가 심해지면서 자기를 이해해 주는 사람은 가족 중에 아무도 없다고 생각하게 되었다. 심지어 엄마도 아빠도 다 죽여 버리고 자기도 죽고 싶다고 최면 속에서 소리치지 않는가?

이런 Y군이 필자를 찾아올 때는 K그룹도 그만두고 자기 사업을 시작하기 직전이었다. 자기 사업을 준비하고 개업하기에 이르는 과정도 어찌 보면 본인의 의사라기보다는 모든 것이 아버지의 역할이라고 할 수 있다. 이렇게 모든 일들이 진행되었지만 Y군은 만사가 싫고, 근심스럽고, 답답하기만 했다.

이런 Y군이 1차 상담에서 그 원인을 찾아내고 또한 그 답답했던 마음을 털어놓고 나니 어느 정도는 후련해 하는 표정으로 조금 안정된 모습을 보였다. 이렇게 1차 상담을 마무리하고 2차 상담일을 정하고 집으로 돌아갔다.

여기서 우리들이 얻은 교훈은 모든 일들이 다 자기 분수에 맞아야 된다는 것이다. 실력이 부족하여 따라가지 못하는데 권력으로 무조건 몰아붙이려고 하니 정신적으로 이런 파탄이 발생하게 된 것이다.

어떤 일이고 순리대로 풀어 나가야지 역행하게 되면 부작용이 따르게 마련이다.

그리고 며칠 후 2차 상담을 받기 위해서 Y군이 찾아왔다.

2차 상담에서는 1차 상담 때 보여준 심리적인 불안을 치유해 가면서 빙의된 영가를 찾아가는 데 초점을 맞추어 가려고 생각한다.

많은 경험을 쌓고 상담을 하다 보면 직감이란 것이 있다. 본인은 1차 상담에서 빙의 령도 있겠구나 하는 직감을 가질 수 있었다.

최면으로 유도하여 1차에서 보여준 연수원생활과 회사에서 근무했을 당시를 다시 떠오르게 하여 최면요법으로 치유해 갔다. 1차 때보다는 많이 안정된 모습을 보여주었다.

그러고 나서 빙의 령을 찾아 나서는데,

Y군   어린애가 보인다. 여자아이다.

제행스님   애야, 너는 이 Y군과 어떤 관계이니?

여자 아이   누나.

제행스님   그런데 왜 거기에 있어?

여자 아이   엄마가 보고 싶고, 그리워서.

제행스님   네가 있어서 동생이 슬퍼하고, 괴롭고, 죽고 싶다고 하는
데?

여자 아이   그래도 나는 여기가 좋아, 동생이 착하고…….(그리고
더 이상 말이 없이 계속해서 울기만 함. 그런 Y군을 진
정시켜 가면서)

제행스님   스님이 하늘나라로 보내줄 테니 하늘나라로 갔다가 좋은
인연 만나서 다시 태어나라.(더 이상 여자 아이는 말이 없
음)

제행스님   (Y군에게) 누나의 마음을 느껴보아라. 동생이 누나의 소
원이 무엇인지 느껴봐라. (잠시 후) 누나의 소원이 무엇인
것 같으냐?

Y군   자기를 알아 달라고. 엄마, 아빠가 자기를 어디에다 두었는지
도 모른다.

제행스님   어떻게 하면 누나의 마음이 풀어지겠는지 물어 보아라.

Y군   …….(말이 없음)

제행스님   이제 스님이 소원을 들어주고 또 좋은 곳으로 보내줄 테니
떠나가라. 동생이 이렇게 괴롭고 슬퍼하며 죽고 싶다고 하
는 것이 다 누나가 동생 몸에 있기 때문인데 떠나가야지?

여자 아이   엄마가 보고 싶다. 그리고 엄마, 아빠가 원망스럽다.

제행스님 엄마, 아빠에게도 용서를 빌라고 할 테니 이제 모든 원망
이나 아쉬움을 버리고 떠나가라.

여자 아이 어디로 가요?

제행스님 스님이 좋은 곳으로 보내주겠다. 지금 떠나지 않으면 영원
히 누나의 몸은 소멸해 버린다. 그래서 지금 동생의 몸에
서 떠나 하늘나라로 갔다가 다시 좋은 인연을 만나 이 세
상에 다시 태어나라.

여자 아이 …….(말이 없음)

제행스님 (언뜻 Y군이 결혼 후 3년이 지났어도 아직 애가 없다는
생각이 나서) 동생이 결혼한 지 몇 년이 지났지만 아이를
갖지 못한 것도 누나가 동생 몸에 있기 때문인가?

여자 아이 그럴 수도 있다.

제행스님 이제 그만 떠나 갈 거지?(부드럽게)

여자 아이 몰라요.

제행스님 그럼 누나가 원하는 것이 있으면 말해봐라.

여자 아이 …….(말이 없음, 한참 후) 나를 알아봐 달라.

제행스님 어떻게 해 주면 좋겠는지 이야기해봐라.

여자 아이 예뻐해 달라.

제행스님 엄마, 아빠의 사랑을 느껴봐라. 그리고 동생의 사랑도 느
껴보아라. 그때는 어쩔 수 없는 사정 때문에 너를 떠나보
냈지만 엄마, 아빠도 지금은 많이 가슴 아파한다.

여자 아이 동생이 참 착하다.

제행스님   착한 동생을 괴롭게 해서야 되겠는가? 동생은 누나가 자기
몸에 있어서 이렇게 힘들어 하며 죽고 싶다고 하니 누나가
동생의 몸에서 떠나가야지 이렇게 있으면 되겠는가?

여자 아이   내가 괴롭히는 것이 아니다.

제행스님   그렇지만 결과적으로 누나가 있어서 그렇다.

여자 아이   지금 있는 곳이 불편하다.

Y군   지금 누나가 있는 곳이 바로 있지 못하고 기울어져 있다.

제행스님   그것을 어떻게 아는가?

Y군   그렇게 보인다.

제행스님   그럼 편안하고 좋은 곳으로 옮겨 주겠다.

여자 아이   추어요.

제행스님   엄마, 아빠에게 이야기해서 따뜻한 옷도 해 주고 좋은 곳
으로 갈 수 있게 천도재도 해 줄 테니 이제 동생 몸에서 떠
나가라.

이렇게 계속된 설득과 자기를 알아 달라는 영가의 하소연이 몇 번이
고 반복된 뒤에야 영가를 떠나보낼 수 있었다.

그렇지만 지금도 한 가지 아쉬움이 남는 것은 무엇 때문일까? 그것
은 그 당시 영가와의 약속을 지킬 수 없었기 때문이다. Y군의 부모에
게 상담내용을 이야기하고 천도재와 영가가 원하는 약속을 지켜줄 것
을 말했지만, Y군의 부모는 필자를 만나 상담을 하기 전에 Y군 때문에
다른 스님을 만나 천도재를 여러 번했었다는 이유로 거절했다.

그래서 더 이상 권하지는 않았지만 여기서 분명히 알아야 할 것이 있다. 그 사이 그의 부모가 천도재를 해준 것은 막연히 조상 천도재를 말하는 것이다. 물론 조상 천도재를 해서 나쁠 것은 없지만 Y군의 증세와는 아무런 상관이 없었다. 그렇기 때문에 Y군은 계속해서 힘들어했던 것이다. 다행히도 필자를 만나 상담하면서 최면치유와 영가 퇴마를 통해서 치유될 수 있었다.

깊은 지식이 없는 스님들은 막연히 천도재와 구병시식을 하게 되면 치료가 될 것으로 알고 있지만 그것은 잘못된 상식으로, 반드시 퇴마와 치유를 하고 난 뒤에 퇴마한 영가와 더불어 조상 천도재를 해 주는 것이 올바른 방법이다. 그리고 퇴마하는 과정에서 영가와 하는 약속은 가능하면 지켜주는 것이 후에 탈이 없다.

퇴마를 할 때마다 느끼는 일이지만 영가들의 세계나 영가들의 생각도 우리들이 살아가는 현실과 다름이 없다는 것이다.

이 사례에서 여러분들은 무엇을 느끼고 배울 수 있을까?

나중에 Y군의 아버지로부터 전해들은 이야기지만 사실은 누나는 그때 낙태를 시킨 것도 아니고 사산(死産)이 되었다고 한다. 그것도 임신 7개월 만에. 이렇게 사산된 아이도 부모를 원망하고 또 한편으로는 부모가 그리워 떠나가지를 못하고 떠돌다가 동생의 몸에 빙의되어 부모 곁에 머물고 싶어 한다는 사실을 알아야 한다. 이를 통해 현대를 살아가는 우리들, 특히 낙태를 쉽게 생각하고 낙태를 반복하는 이들에게는 생명의 고귀함을 인식하고 반성할 수 있는 좋은 본보기가 되어야 할 것이다.

　퇴마를 하다 보면 이렇게 낙태나 유산된 영가들이 그 부모를 원망한 나머지 원한을 갖게 되고, 그 원한이 부모나 그의 아들, 딸, 즉 영가의 부모나 형제자매가 되는 이들에게 빙의되어 그들이 살아가는 데 힘들게 한다. 그리고 심하면 뭘 해도 되는 일이 없고, 또는 정신이상으로 영향을 끼쳐 장애의 요인이 되고 만다.

교인 은사 받은 이야기

_김○○, 여, 당시 38세

아침 일찍부터 봄비가 내리고 있었다. 이렇게 비가 내리면 마음은 지난날들이 그리워 추억에 젖어 들곤 한다. 젊음이 그립고, 학창시절 그 친구들이 보고 싶다. 어떻게 표현할 수 없는 마음을, 빗물에 촉촉이 젖어있는 것 같은 이 마음을 달래기에는 아직도 수양이 많이 부족한가 보다. 이런 필자는 언제부터인가 비가 내릴 때는 독서를 하는 습관이 있다. 책을 읽다 보면 어느새 추억에서 벗어나 책 속에 빠져든다.

이렇게 책을 읽다가도 내리는 비를 바라보면 떠나간 사람이 아련히 그립고 빗속을 거닐며 여행을 떠나고 싶다.

이런저런 생각에 빠져있을 때 절 문을 들어서는 한 여인이 있었다. 언뜻 보기에도 날씬한 키에 뛰어난 미모의 소유자였지만 어쩐지 그늘 진 얼굴에는 수심이 가득해 보였다.

　그리고 절이 익숙하지 않는지 스님을 대하는 모습이 많이 어색해 하며, 자기는 교회에 다니는 교인이라며 종교 이야기를 먼저 꺼낸다. 그리고 무척이라도 경계하는 표정이 역력했다. 혹시나 다른 사람들이 자기를 알아보지나 않을까 하는 불안한 마음을 감추지 못한다.

　가끔은 교인들이 찾아와 상담을 하고 가기에 그런 그들의 마음을 이해한다. 그들은 대부분 교인이 절에 오면 크게 잘못된 것으로 인식하거나 아니면 자기를 알아보는 누구라도 있을까 해서 걱정을 한다.

　그녀도 그런 마음이라는 것을 잘 알기에 "잘 오셨습니다. 이리로 앉으세요" 하고 인사를 건내며 차부터 한잔 권했다.

　그리고 필자도 종교 이야기부터 꺼내보았다.

　"우리는 살아가면서 많이 부족하고 어리석기에 종교를 갖게 되며 종교에 의지하며 기도하고 살아가는 것입니다. 그리고 어떤 종교든 간에 종교는 누구에게나 공평하고, 우리의 삶의 질을 향상시켜 주기 위해서 존재하며, 우리를 올바른 삶으로 인도하기에 그를 따르며 믿는 것입니다. 단지 종교의 선택은 각자의 권한이지요. 그런데 일부 종교인들이 오로지 자기가 선택한 종교는 옳고 다른 종교는 잘못 되었다는 생각으로 타종교인들을 이단자로 몰아세우는 것은 잘못된 것입니다. 알기 쉽게 표현하면 부모가 다르다고 해서 내 부모는 옳고, 다른 사람들의 부모는 옳지 못하다고 표현한다면 어떻게 되겠습니까? 우리가 친구 집을 방문했을 때 그 친구 부모에게 인사를 합니까, 안 합니까? 우리는 누구나 친구 부모에게도 인사를 할 것입니다. 그렇다면 내 부모도 아닌데 왜 인사를 합니까? 저는 종교도 그와 같이 생각하면 좋다고 봅니다. 내

종교가 아니라도 다른 종교를 비방할 것이 아니라 마치 친구 부모를 만났을 때 예의를 갖추고 인사를 하듯이 종교 또한 내가 믿지 않은 종교라 할지라도 예의를 갖추는 것이 옳다고 봅니다."

종교를 이렇게 쉽게 친구의 부모와 비교해 가면서 이야기를 나누었더니 상대는 마음이 많이 풀리며 경계하는 마음이 없어지는 것 같았다.

결론부터 말하자면 상담이 끝나고 돌아갈 때는 부처님 앞에 간단히 합장하며 목례를 하고 돌아갈 수 있었으니 보기에 아주 좋았다.

각각의 종파들은 살아남기 위해서 포교를 중요시 하고 있지만 무조건 자기 종교가 아니면 안 된다는 식의 포교는 잘못된 것이라고 필자는 생각하고 있으며, 서로 상생의 포교활동이 이루어졌으면 한다.

이런저런 이야기 끝에 K양의 마음이 조금은 편안해 보였지만 그래도 자기 이야기를 꺼내기에는 주저한다. 그러다 사실은 무속인을 찾아갔었다는 말과 동시에 찾아간 무속인을 험담하기 시작한다.

그리고 지나는 길에 여기에 한 번 들어오고 싶어서 들렀다는 말을 했다. 그러나 막상 본론을 꺼내기에는 용기가 나지 않는 모양이다.

이를 지켜본 필자가 먼저 말을 꺼냈다.

"사실은 우리 스님들도 기도를 하다 보면 잡신들에게 접신되는 경우가 있습니다. 종교를 떠나서 누구나 다 그럴 가능성이 있는 것입니다. 무속인들이 산속에 들어가 기도하는 것을 허공기도라고 하는데 누구나 그런 기도를 하게 되면 빙의(憑依 : 죽은 사람의 영혼이 살아있는 사람의 몸 안에 들어오는 현상)된다고 합니다. 문제는 그렇게 접신된 귀신들이 마치 자기가 큰 신(神)인 양 속인다는 것이지요."

이쯤 이야기하니 자기도 빙의된 것 같아 무속인을 찾아 갔더니 큰돈을 요구하더라는 것이다.

그런 K 여인을 깊은 최면으로 유도하며 빙의 령을 찾아 나서는데 한동안 말이 없던 K 여인의 입을 통하여 다음과 같은 말이 흘러나온다.

K 여인의 입을 통하여　이 아이 안에 있는 나는 당신이 생각하고 있는 것같이 빙의 령이 아닙니다.

제행스님　그래서요?

K 여인의 입을 통하여　이 아이는 교회에서 새벽기도 중 눈물, 콧물 흘리며 하나님 앞에 간절히 기도해서 성령의 신(神)으로 오신 하나님이 보내신 신(神)입니다.

제행스님　할머니 그래요?(여기서 일부러 할머니라고 강조함)

K 여인의 입을 통하여　이 아이가 성깔을 부릴 때마다 귀신 마귀로 변할 때도 있지만, 이 아이가 좋은 마음으로 올 때마다 천군 천사처럼 좋은 일을 많이 하는 하나님의 천사가 되는 것입니다.

제행스님　그래서요?

K 여인의 입을 통하여　그런데 하나님 앞에 기도를 해도 제 앞에 환란만 오고, 하는 일마다 되지 않아 마음이 괴롭기만 합니다.

제행스님　그래서요?

K 여인의 입을 통하여   스님, 이 아이는 스님이 모든 일을 다 아시겠지
만 정말 불쌍한 아이입니다.

제행스님   그래요?

K 여인의 입을 통하여   정말 하나님은 온 인류를 다 사랑하십니다. 스
님 말대로 교회 다니는 사람만 사랑하는 것이
아니라 스님이든, 누구든 간에 모두, 골고루,
공평하게 사랑하십니다.

제행스님   네.

K 여인의 입을 통하여   이 아이에게 해 주신 좋은 말씀 너무나 감사합
니다. 이 아이가 나쁜 마음을 먹을 때마다 남편
에게 잘하라고 정말 이 아이에게 가르쳐 줄 부
모도 없고, 친구도 없고, 언니도 없고, 오빠도
없습니다.

제행스님   그래서요?

K 여인의 입을 통하여   이 아이에게 정말 무엇이든지 가르쳐 줄 수 있
는 좋은 친구라든가, 좋은 선생님이라든가, 좋
은 누구든지 간에 필요하지만 언제나 혼자였고,
언제나 외로운 마음만 가진 참으로 불상한 아
이지요.

제행스님   그래요?

K 여인의 입을 통하여   이 아이를 돕기 위해서 난 몇 날 며칠을 기도했
지만 교회를 가도 솔직히 요즘 교회가 어디 교

회입니까? 목사도 다 사기꾼입니다(빙의 령이
하는 말을 그대로 옮겨 적으니 오해가 없기를
바람). 정말로 나는 예수님처럼 정말 그런 좋은
목사님을 아직 만나보지 못 했습니다. 이 아이
를 통하여 정말 그런 진실한 주 예수님을 찾고
있을 따름입니다.

제행스님　그래서요?

K 여인의 입을 통하여　차라리 스님이 더 낫지요. 마음 씀씀이가 요즘
목사들이 다 목사입니까? 다 자기네들 사업이
지, 주여! 아버지.

제행스님　할머니는 지금 저의 모습이 보입니까?(여기서도 일부러
할머니라고 강조함)

할머니　저는 할머니가 아닙니다.

제행스님　그러면요?

할머니　저는 예수님이 보내신 성령으로 왔습니다.

제행스님　그러면 할머니가 이렇게 계시는데, 이 아이가 왜 이렇게
괴로워하고 있지요?

할머니　…….(한동안 말이 없음)

제행스님　그게 다 할머니 때문이 아닌가요?

할머니　…….(한숨을 크게 내쉬며 한참 말이 없다가) 참 복잡하지
요. 할머니로 변했다가 어린이나 동자로 변했다가 정말 이
루 다 말할 수가 없지요? 이 애도 시댁에 가면 시어머니 그

×같은 년, 이 아이가 욕하는 게 아니라 내가 욕하는 것입니다. 내가 봐도 나쁜 년입니다.

제행스님　왜요?

할머니　시집살이 당한 년이 더 무섭다고 지가 그렇게 시어머니한테 시집살이 당하고 시집와서 고생하더니 세상에 지 큰며느리, 남의 집 딸내미 데려다가 이 애 불쌍한 줄도 모르고, 지 화풀이를 이 애한테 다하고 있어요. 내가 그년 죽여 버리려다 말았어. 그 년을.

제행스님　할머니가 그러면 안 되지.

할머니　이 애가 애 낳고, 제 아들자식, 지 손자 낳고도 무슨 죄가 있다고 몸조리도 못하고 그 젊은 나이에 머리끝에서 발끝까지 몸에 찬바람이 들어가지고 안 아픈 데가 없이 다 쑤셔댔어요. 지네 엄마가 건강해야 와서 약이라도 지어주고 몸조리라도 해 주죠.

제행스님　그랬군요?

할머니　지네 엄마도 이 애 고등학교 2학년 때 중풍에 걸리고 그리고 아빠한테 하도 두들겨 맞고, 그러니 이 애를 보살펴 줄 사람이 어디에 있습니까?

제행스님　(이렇게 하소연을 들어주면서) 그러니까 할머니는 그때부터 다 알고 있었네요?

할머니　다 보고 있었지요. 이 애 어릴 적부터.

제행스님　그럼 할머니는 언제부터 이 애를 보고 있었어요?

할머니 이 애가 태어나자마자 지네 집에서 잘 자라지도 못하고 지
네 외갓집으로 갔어요.

제행스님 네, 그랬군요.

할머니 이제 이야기하지만 내가 이 애 증조할머니요.(이렇게 증조
할머니라고 말하면서 서럽게 울기 시작함)

제행스님 그렇지요. 네?

할머니 네.(대답을 하면서도 흐느껴 울음)

제행스님 응. 증조할머니가 이 애가 불쌍해서 와 있었구나?

할머니 나도 소박맞고 (슬피 울면서) 지네 할아버지가 바람 피어가
지고 딴 년을 보고 사는데, 내가 어떻게 그 꼴을 봅니까? 내
가 할아버지한테 실컷 두들겨 맞고 친정집으로 도망가다가
물에 빠져 죽었습니다.(여기서 더욱더 목 놓아 슬피 울기 시
작함) 이 설움을……. 내가 죽어서도 여기저기 다니면서 밥
얻어먹으려고 그랬는데, 보니까 이 애가 제일 낫더라고요.
제일 착하고, 화끈하고, 제일 예쁘고, 그런데 제일 슬픈 것
은 이 년도 그 꼴을 당하고 있습디다. 제 서방은 바람 나가
지고, 이 애는 예수 믿으니까, 제 신랑 바람 난 지도 모르고
철석같이 믿고 있다가, 내가 이 년 몸에서 알잖아요? 이미
들어와 있는 것.

제행스님 그래서요?

할머니 핸드폰을 다 뒤져가지고 이 애한테 확인시켜 주었어요. 바
람 난 것을.

제행스님 응, 그랬구나. 할머니가.

할머니 이 애가 그 배신감으로 얼마나 괴로워하는지.

제행스님 그러면 할머니가 볼 때 그 남편한테 지금도 여자가 있어요?

할머니 없어요. 그 거지 같은 놈한테 누가 들러붙어요.

제행스님 아, 이제는 없어?

할머니 없어. 그런데 이 애는 그때 상처를 너무 받아가지고 정신병자처럼 우울증이 와 버렸어요. 밤마다 잠도 못자고, 불면증이 와가지고 이 애가 울고, 또 지네 엄마 생각이 나서 울고.(서럽게 울며 말을 하지 못함)

제행스님 불쌍하지요?

할머니 나도, 내가 젊었을 때 당한 것 때문에 서러워서 이 애를 통해서 만날 이렇게 울고 있어요.

제행스님 우리 할머니도 그래서 저승도 못 가고 이렇게 헤매고 있네?

할머니 저 좀 보내주세요. 이 애 불쌍한 것.

제행스님 가야 되겠지? 그럼 좋아, 그럼 할머니 말고 또 누가 있어?

할머니 나밖에 없어요.

제행스님 그럼 할머니가 그렇게 동자로 보이게 하고 또 다른 애로도 보이게 하고 그랬던 거예요?

할머니 내가 변덕부린 거야.

제행스님 그럼 할머니만 있는 거야?(다시 한 번 확인함)

할머니   응.

제행스님   스님이 할머니 좋은 대로 보내 줄 테니 갈 거지?

할머니   갈 거예요. 이 애만 잘되면, 이 애가 내 마음을 알아주더라
고요. 할머니 불쌍하다고 그러고. 나 불쌍하게 생각해 주는
년은 이 애밖에 없어요.

제행스님   그랬구나.

할머니   지네 엄마도 얼마나 불쌍하게 지냈는지……. 아빠한테 두들
겨 맞고 병신되어 불쌍하게 죽었는데, 이 애도 시집 와가지
고 지 시어머니한테 시집살이 하면서 그렇게 불쌍하게 살더
라고요. 그런데 내가 그 꼴을 어떻게 봐.

제행스님   그런데 할머니가 이 애한테 있으니까 이 애는 더 괴롭지
않아요?

할머니   그런 것 같아요.

제행스님   그렇지요? 할머니 때문에 이 애는 우울증이 오고, 이 애는
더 괴로워하는 거야. 할머니는 도와주고 싶어 불쌍해서 와
있지만 이 손녀딸은 할머니가 몸속에 있으니까 더 괴로워
하는 거야. 그렇지요?

할머니   (통곡을 하면서 서럽게 움)

제행스님   그래서 할머니 말고 다른 사람은 없어요?(다시 한 번 확인
을 함, 이렇게 영가를 하나도 빠짐없이 내보내는 것이 중
요하다.)

할머니   나밖에 없어요.

제행스님   할머니가 다른 사람 못 들어오게 지켜주었네.

할머니   내가 성질이 보통이 아니거든요. 동자가 둘이 있었는데 내

　　　　가 다 내보냈어.

제행스님   그 동자는 이 손녀딸과 어떻게 되는데요?

할머니   이 년이 처녀 때 좋아하는 사람이 있어서 저는 결혼할려고

　　　　했는데 그놈이 버렸어. 그때 가진 애들이야. 지금도 그놈을

　　　　못 잊어 하지만 그러면 뭣해, 그놈은 다른 여자와 사는데.

제행스님   그러면 지금 서방은 할머니가 보았을 때 어떤 것 같아요?

할머니   참하기는 참한데 너무 무능력해요, 애가.

제행스님   앞으로 어떻게 해야 되겠어요? 같이 살아야 되겠어, 헤어

　　　　져야 되겠어?

할머니   별 볼일 없어, 별 볼일 없어요. 애들 때문에 살아야 되는데,

　　　　이 애가 발전이 없어요. 좋은 놈 있으면 묶어 주고 싶어요.

　　　　아이들은 다 지네들 타고난 팔자가 있으니까. 그놈이 착하

　　　　기는 한데, 지네 어머니를 너무 많이 닮아서요. 시어머니가

　　　　못된 년이거든요. 내가 웬만하면 참고 살아가면 좋겠는데,

　　　　참 불쌍한 애에요. 어디 의지할 데도 없고 정 붙일 데도 없

　　　　고, 그놈이 자기가 힘들어서 그런지 몰라도 마음이 너무 냉

　　　　정해요. 지 장모 죽어갈 때도 병원 한 번 안 찾아가고 이 애

　　　　는 지네 집에서 딱 하나밖에 없는 딸인데. 너무 멀리 시집와

　　　　가지고 명절 때마다 한 번도 못 찾아가고, 지네 엄마 저 세

　　　　상으로 보내고서 해 년마다 불쌍해서 울어요.

제행스님 손녀딸은 이 스님이 어려울 때마다 상담도 해 주고 잘 보
살펴 줄 테니 이제 걱정 말고 떠나가세요.

할머니 가야지요.

제행스님 그런데 할머니는 이 애 몇 살 때부터 들어와 있었어요?

할머니 이 애요? 이 애가 교회 다닌다고 스물일곱 살 때부터 설칠
때도.(말을 끊었다가 한숨을 내쉬며) 그런데 애네 집안이 무
당 출신이에요. 무당은 아니지만 거의 물 떠놓고 빌 때마다
나는 그런대로 보고 있었지요. 그런데 이것이 스물일곱 살
때 무슨 전도를 갔다 오면서 교회에 나가더라고요. 그리고
하나님, 예수님밖에 모르더라고요. 그러면서 무당 집에 가
서 굿하고 우리들 달랜다고 하다가 싹 씻어버린 거예요. 교
회 간다고.

제행스님 그래서요?

할머니 교회에 간다고 싹 치워 버린 거예요. 물 떠놓고 하던 것들
을. 그래서 열 받아서 이 애 주위를 떠돌다가 들어오게 됐지
요. 하루는 새벽에 기도를 하더라고요. 하나님 어쩌고저쩌
고 하면서 은사 받게 해달라고. 그러는데 내가 이때다 싶어
서 하나님은 웬 하나님이냐 이 년아, 너도 한 번 열 받아봐
라! 하면서 쑥 들어와 버렸지요.

제행스님 그랬군요!

할머니 그런데 이 년은 하나님이 보내신 성령인 줄 알고, 교회에서
받으신 신(神)인 줄 알고, 은사 받은 줄 알고, 기도할 때마

다 덜덜덜 떨면서 막 방언해 가면서 쇼는 쇼는 다 하더라고
요. 나 웃기지요. 웃기는데 이 애 몸에 막상 들어와서 이 애
사는 것을 보니까, 이 애가 너무 불쌍한 거야. 나는 이 애 방
해하려고 들어왔는데, 너무 불쌍한 거야.

제행스님 그랬구나!

할머니 지 시어머니가 너무 못된 년인 거야.

제행스님 그럼 어떻게 했으면 좋겠어요?

할머니 지 시어머니 그 년의 기를 죽여 놔야 해.

제행스님 그러면 어떻게 하면 좋겠어? 할머니.

할머니 지 시어머니 그 년의 기를 죽여 놔야지. 그렇지 않으면 이
애는 평생 마음고생을 하면서 살아야 해. 그리고 동서라고
하나 들어왔는데, 완전 지 시어머니하고 입이 맞아 가지고
놀아나고 있어. 내가 한 번은 지 시어머니도 죽여 버리고 갈
려고 그랬어.

제행스님 그래도 그러면 안 되지요.

할머니 이 애는 교회 다니면 편해요. 스님, 교회 다니는 것은 그냥
그대로 놔두세요. 나는 물불 안 가리고 이 애 도와 줄 거야.
어쨌든 조상 잘 돌봐서 손해난 것 없거든요. 저 좀 좋은 데
로 보내주세요. 내가 아주 이 애를 일으켜 세워버릴 거예요.
지 시어머니, 지네 동서, 시누이들 보란 듯이 이 애를 제일
잘살게 도와 줄 거예요. 안 그래도 이 애 친정집이 못사니까
이 애를 지네들 발밑의 때만큼도 취급 안 하더라고요. 스님

한테 오기 전에 한 번은 나를 내보내달라고 무당집에 데리고 갔는데, 내가 들어와 있는 것도 잘 모르더라고요.

제행스님　그래서 할머니 답답해서 어떻게 있었어? 이 스님 만나니까 속에 있는 하고 싶은 말 다 하고 이제 후련해졌지요?

할머니　내가 들어와 있는 것도 모르면서 돈만 많이 요구하고. 스님, 나 좀 좋은 곳으로 보내주세요. 나는 가면서도 이 애를 지켜 줄 거예요.

이렇게 충분한 대화와 설득 끝에 편안한 곳으로 보내주었다. 여기서 여러분들은 어떤 교훈을 얻을 수 있을까? 그 답은 오로지 여러분 각자의 몫이다.

다만 자기가 믿고 의지한 신(神), 즉 종교를 선택하고 바꿀 때는 충분히 생각하고 선택하라고 조언하고 싶다. 지금에 와서 생각해 보니 어릴 적에 시골 동네에 새로운 종교들이 들어와 포교를 하고 부흥회를 열고 할 때가 있었다. 그때 대대로 부유했던 가정이 그 종교에 빠져 들어 패가한 경우를 몇 집 목격한 적이 있다.

그리고 선거철이 되면 한 표라도 더 얻기 위해 잘 믿지도 않는 교회를 간다 혹은 절에 간다 하는 경우를 두고, 어떤 사람에게서 이런 이야기를 들었던 기억이 난다.

"자기가 믿는 신(神)을 배신하는데 당선이 되겠는가?" 하는.

물론 종교의 선택은 자유이다.

도량석을 할 때
상좌의 몸에서 영가가 보여요

전라북도 시골 사찰에 계시는 주지스님으로부터 연락이 왔다. 내용은 도량석(道場釋)을 할 때 상좌를 보면 상좌의 몸에서 또 다른 사람이 보인다는 것이다.

절에서 하는 의식으로 새벽에 일어나 사찰을 돌면서 맨 먼저 하는 의식을 도량석이라 한다. 이 도량석을 주지스님과 상좌가 함께 하는데 주지스님이 상좌를 보면 상좌의 몸에서 영가가 보이신다는 것이다.

남자와 여자 그리고 아이도 보인다는 것이다.

주지스님과 이런 대화중에 직감적으로 빙의되었구나 하는 생각이 들어 "빙의된 것 같습니다"라고 필자의 의견을 표현했다.

그리고 약속을 잡고, 약속 날.

주지스님과 상좌 그리고 함께 동행하신 스님은 뜻밖에도 지리산에서 직접 재배한 찻(茶)잎으로 수제 차를 생산하여 차의 명인으로 불리신 ○○스님이셨다. 그리고 사무장이 차량을 운전하고 오셨기에 이렇게 네 분을 맞이했다. 서로 인사를 나누고 나서 먼 길을 오셨지만 다시 돌아가야겠기에 바로 상담으로 들어갔다.

상좌스님은 당시 37세의 나이로 비구니스님이었다(여기서는 법명을 생략하고, 그냥 상좌스님으로 호칭하기로 하니 독자들의 이해를 바랍니다). 함께한 일행들에게는 퇴마하는 과정을 보실 수 있게 배려를 해드리고 곧바로 퇴마에 들어갔다.

상좌스님한테는 십여 명의 영가들이 빙의되어 있었다. 남자와 여자 그리고 아기, 턱에 장애를 가진 영가, 자살한 영가, 칼 맞고 죽은 영가 등 다양하게 죽음을 맞이하고 구천을 떠돌다가 인연이 되어 상좌가 절에 들어오기 전에 상좌 몸에 빙의된 영가들로, 그 영가들이 신체 각 부위에 자리를 잡고 있는 곳도 다양했다.

이런 영가들을 하나하나 불러내어 들어온 시기와 성별, 나이 또 어떻게 죽었는지, 소원이 무엇인지 등 여러 가지 궁금증들을 하나하나 풀어가면서 그 영가들을 설득하여 내보냈다.

그리고 마지막으로 혹시나 퇴마되지 않고 남아있는 영가가 없는지 다시 한 번 확인을 하고 나서 작업을 끝냈다.

퇴마를 끝내고 나서 주지스님과 마주했을 때 스님께서는 깜짝 놀라신다. 스님이 도량석을 하면서 보았을 때는 3, 4명 정도의 영가가 있을 것으로 생각했었는데, 영가들을 퇴마하는 것을 보고 나서 이렇게 많은 영가들이 있을 줄은 몰랐다는 것이다.

이렇듯 한 번 영가가 들어오게 되면 기회가 있을 때마다 따라 들어오는 영가들이 있어 영가의 숫자는 늘어나게 된다.

다음 2차 상담 때 다시 한 번 점검을 하기로 약속을 잡고 아쉬웠지만 먼 길을 돌아가야 하기에 서둘러 작별을 고했다.

그리고 며칠 후 약속 날까지는 아직 며칠이 더 남아있었는데 주지스님으로부터 연락이 왔다. 상좌가 약속일까지 참고 기다리지 못하고 지금 제행스님을 찾아 가겠다고 고집을 부린다는 것이다.

이렇게 서두를 때는 대개 두 가지 원인이 있다. 상태가 더 나빠지거나 아니면 좋아지거나, 이 둘 중에 하나가 아니겠는가? 그렇지만 솔직한 심정은 전자를 먼저 떠올리고 걱정을 하게 된다.

그러면서 조심스럽게 스님께 여쭈어 보았더니 퇴마 이후에는 도량석 때 영가가 보이지 않는다는 말씀을 해 주셨다. 더불어 이 애(상좌가)가 퇴마 후 상태가 갑자기 좋아지니 믿어지지 않아 그런 것 같다는 말씀을 덧붙이신다. 그리고 지금 바쁜 일을 어느 정도 마무리하고 가자는데도 참지 못하고 서두르니 주지스님은 오지 못하고 사무장과 둘이서 보내니 잘 부탁드린다는 말씀을 전해왔다.

이렇게 하여 2차 상담 때는 사무장과 둘이서 왔다.

사무장은 찻잎을 따느라 한창 바쁜 시기에, 거기다 장시간 운전까지 하고 올라와 피로가 누적되어 자기는 사우나를 다녀오겠다며 상담이 끝나는 대로 연락을 달라면서 자리를 떴다.

이렇게 마주한 상좌는 처음보다는 많이 안정되어 있었다. 이렇게 서둘러 오게 된 사연을 물으니 퇴마 후 변화된 자기가 믿어지지 않아서 견딜 수가 없었다는 것이다.

그래서 서둘러 확인을 해보았지만 퇴마는 잘 되었고 더 이상 머무르고 있는 영가는 없었다.

이렇게 확인을 하고 나서 상좌는 들뜬 마음으로 지금까지 살아온 자기의 지난날을 털어놓기 시작한다.

자기 부모는 현재 대전에서 생활하고 있으며 자기는 5남매 중 외동딸이라는 것이다. 그러니까 남자가 4형제이고 딸은 자기 하나인 것이다. 그렇게 귀한 딸로 부모와 형제들의 사랑을 독차지 하고 자랐는데 중학생 시절부터 아프기 시작했고, 그 사이 병원에도 수없이 다녔으나 병명을 찾아내지 못했다. 병원에서 병명이 나타나지 않으니 소문난 무속인을 찾아 굿도 여러 번 해 보았지만 별다른 효과를 보지 못하고, 유명하다는 스님을 찾아 천도재를 올리고 구병시식도 한두 번 한 것이 아니었다. 그렇게 하여 없애는 돈만 해도 도시에서 집 한 채 값은 족히 되고도 남을 것이라고 한다.

그렇게 하고도 다른 방법이 없어 지금 머물고 있는 절에 부모님이 맡겨 중이 되었다고, 지금까지 있었던 지난 이야기들을 털어 놓는다.

이런 이야기를 들을 때면 항시 마음 한 구석이 저려온다. 쉽게 치유할 수 있는 길을 놔두고도 방법을 모르니 어찌하겠는가? 돌고 돌아 이렇게 인연이 맺어진 것을!

하기야 필자를 찾아와 상담을 하고도 믿지 못하고 고통 속에서 세월을 보내거나 정신병동에 입원을 시키는 사람들도 있으니, 누구를 한탄하겠는가?

그들의 입장에서 생각해 보면 이해가 안 되는 것도 아니다. 그들 나름대로는 소문난, 시세말로 유명하다는 곳을 찾아다니며 노력을 하였으나 수고스럽고 돈만 없앴으니 이름 없는 필자 말을 믿고 따라오겠는가 하는 생각을 하면 허탈해진다. 대부분의 사람들은 너라고 뭐 별수 있겠느냐 하는 고정관념을 가지고 왔다가 그냥 그렇게 스쳐 지나간다.

그들은 그렇게 지쳐 있어서인지 병을 꼭 낫게 하여 이제는 정상적으로 살아가게 해야겠다는 생각보다는 그냥 요식 행위처럼 왔다 간다.

그러나 병이 있으면 그 병을 치료할 수 있는 방법도 있다는 것을 알고, 포기하지 말고 보다 적극적으로 대처했으면 좋겠다.

상좌스님과는 더 많은 이야기를 나누었고, 열심히 기도하고 이렇게 인연을 맺게 해 주신 주지스님께 항상 감사하며 지내라는 말을 끝으로 헤어졌다. 물론 언제라도 필자의 도움이 필요하면 연락 달라는 말도 빠뜨리지 않았다.

그리고 며칠이 지나갔다.

그런데 갑자기 주지스님으로부터 연락이 왔다.

제행스님의 말씀대로 많은 스님들을 모시고 천도재를 잘 올려 드렸는데 상좌가 다시 불안해하며 예전 같은 증세가 있는 것 같다는 것이다. 그래서 도량석을 할 때 상좌의 몸에서 영가가 보이는지를 물었더니 영가는 보이지 않는다고 했다.

그러면 정신병원에서 처방해준 약을 먹고 있는가 하고 물었더니 상좌가 좋아졌다며 약을 먹지 않는다고 했다.

"분명히 제가 '약은 한 번에 끊지 말고 증세가 좋아지고 의사의 지시에 따라서 약의 양을 줄여 가십시오' 하고 말씀 드렸을 텐데요?" 하니 상좌가 자기 말을 듣지 않고 약을 일시에 끊은 것이 잘못된 것 같다고 했다.

그러면서 "지금까지 수년 동안을 약에 의지하고 생활해 오다가 퇴마가 되었다고 해서 갑자기 약을 먹지 않으면 그런 증상이 다시 느껴질 수 있습니다" 하며 다시 한 번 필자는 의사의 지시에 따라 약의 양을 줄여갈 것을 부탁하고 전화를 마쳤다.

그리고 여러 날이 지난 후 주지스님께 안부 겸 상좌의 건강을 물었더니 많이 좋아졌다는 말씀을 전해 주셨다.

다음에 한 번 찾아뵙겠다는 약속을 드렸는데 4년이 지난 지금도 아직 찾아뵙지를 못했으니 그저 죄송스러울 따름이다.

무소식이 희소식이라고 했던가?

빙의 환자들은 대부분 먼저 병원에 찾아가서 처방을 받고 정신질환 약을 복용하고 있다. 퇴마를 하고 난 후에도 정신과 의사의 지시에 따라서 건강이 좋아진 만큼 약의 양을 줄여 나가는 게 좋다.

여기서 한마디 하고 싶은 이야기가 있다.

이렇게 상담을 하거나 상담전화를 받다 보면 가끔 스님들로부터도 빙의에 대한 문의를 받을 때가 있다.

그 중에는 이 사례에서처럼 출가하기 전에 빙의가 되어 어쩔 수 없이 출가를 하는 경우가 있고, 또는 천도재를 많이 해서 빙의된 것 같다, 혹은 자기도 퇴마를 하는 스님인데 빙의된 것 같다는 전화를 받을 때가 가끔 있다.

이 자리를 빌려서 하고 싶은 말은 "더 이상 고생하지 말고 전문가와 상담하십시오"라고 말씀 드리고 싶다.

종교의 종파를 떠나서 기도를 하다 보면 이전 사례에서 보았듯이 교인이든 불교 신자든 혹은 그 외 다른 종교나 믿음을 가지고 있든 간에 접신되어 신들림, 즉 빙의될 수 있다. 그래서 반드시 기도는 능력자와 함께하라는 것이다.

현실인지,
꿈인지?

_캐나다 유학생 L양, 당시 19세

인천에 계신 은사 스님으로부터 연락이 왔다. 캐나다 유학생인데 그 어머니로부터 사연을 들어보니 빙의된 것 같아 제행스님을 소개했으니 찾아갈 것이라는 말씀이셨다.

그리고 얼마 후 그 유학생 L양의 어머니로부터 연락이 와서 상담약속을 잡았다. 상담일에 찾아온 L양의 사연은 이러하다.

L양은 고등학생 때 캐나다로 유학을 갔고, 당시 19세로 고등학교 3학년에 재학 중이다. 어머니와 함께 온 L양은 외국에서 생활을 해서 그런지 고등학생답지 않게 퍽이나 성숙해 보였다.

그의 사연은 가끔 환각 증세를 일으키고 꿈을 꾸면 꿈인지 현실에 있었던 일인지 구별이 잘 안 된다는 것이다. 그리고 최근에 캐나다에서 있었던 일로, 자기 방 2층 베란다에서 떨어졌는데 자기 정신이 아니었다. 왜 떨어졌는지, 어떻게 떨어졌는지, 꿈속 같기도 하다는 것이다.

그나마 천만 다행인 것은 2층 베란다 바로 아래에 주인집 승용차가 세워져 있어서 그 승용차 위로 떨어졌기에 큰 부상은 없었다고 한다.

그런 일이 있는 후 귀국하여 병원을 찾아가 보았지만 별로 신통한 결과를 얻을 수 없었고, 무속인 집에도 가보았고, 그러던 중 필자에게 소개시켜 주신 스님을 만나게 되었다.

필자의 은사 스님은 곧바로 빙의(신들린 병)라는 것을 알아 차렸고 필자에게 소개를 해 주셨던 것이다.

L양과 어머니를 직접 만나 이야기를 들어보니 여러 가지 정황으로 보았을 때 빙의된 것이 분명해 보였다.

캐나다에서는 우리나라와는 달리 새 학기가 2월에 시작한다고 한다. 처음 필자를 찾아온 날이 1월 30일이었으니 그 모녀의 마음은 다급했다. 하루빨리 병세가 호전되어 L양이 캐나다로 돌아가 새 학기를 맞이 해야 하기 때문이다.

이렇게 시작된 1차 상담에서는 빙의된 것을 확인하고 2차 상담에서 퇴마를 하기로 결정하고 상담을 마쳤다.

이틀 후 2차 상담에서 빙의된 영가를 찾아 나섰다.

제행스님　　무엇이 보이거나 느껴지면 말해 보세요.

L양　　여자가 보여요.

제행스님　　젊은 여자인가요, 아니면 나이가 든 아주머니나 할머니 같
　　　　　　은가요?

L양   아가씨 같아요.

제행스님   (아가씨를 불러내어) 아가씨는 언제 L양의 몸에 들어왔어?

아가씨   작년에 한국에 왔을 때.

제행스님   그래 작년에 L양이 한국에 왔을 때 L양 몸에 들어갔어?

아가씨   네.

제행스님   그럼 아가씨 말고 또 누가 있어?

아가씨   아기.

제행스님   그럼 그 아기는 아가씨 애야?

아가씨   아니.

제행스님   그런데 왜 같이 있어?

아가씨   그냥 데리고 다녀.

제행스님   그럼 아가씨가 L양을 2층 베란다에서 떨어지게 했어?

아가씨   아니.

제행스님   그럼 아가씨와 아기 말고 또 누가 있어?

아가씨   또 한 여자가 있는데 가만있지 않고 돌아다녀.

이렇게 하여 아가씨와 아이를 함께 같이 내보내(퇴마) 주었다.

그리고 돌아다닌다는 다른 여자를 찾아내는 데도 애를 많이 썼으며, 그를 설득하는 데에도 시간을 많이 소모했다. 그 여자는 자기가 L양을 베란다에서 떨어지게 했다고 털어놓았다.

영가들의 세계도 우리가 살아가는 현실과 다르지 않다. 사람들의 성격이 다 다르고 사고방식 또한 각각이듯이 영가들도 그렇다.

또한 영가들이 죽음을 맞이했을 때 연령층에 따라서 그들의 생각이 멈추어 있다고 생각한다면 이해가 빠를 것이다.

마지막으로 퇴마한 여자는 사춘기에 사망한 영가였으므로 시기와 질투가 심해 그를 설득하고 내보내는 데 시간을 많이 소모하는 등 여간 힘든 일이 아니었다.

퇴마를 하고 나서 L양의 어머니에게 퇴마한 영가들을 천도해 줄 것을 권했다.

그러나 당시엔 조상 천도재와 함께 퇴마한 영가도 천도해 주기로 약속했지만, L양 어머니는 그 약속을 지키지 않았다. 앞날을 지켜보고 싶다. 별일이 없어야 할 텐데!

그리고 며칠 후 L양은 학업을 위해 캐나다로 돌아갔다.

술만 마시면 20대 아가씨가 되어
디스코 춤을 추는 50대 여인

_김○○, 당시 51세

빙의(憑依)란 죽은 사람의 영혼(靈魂)이 살아있는 사람의 몸 안에 들어오는 현상을 말한다. 이런 현상을 우리는 흔히 신들린 병, 또는 신병(神病)이라고 말한다. 그리고 무병(巫病)이라고 표현하기도 한다. 예전에는 빙의되게 되면 어쩔 수 없이 신(神)내림을 받고 무속인, 즉 무당이 되었기에 이르는 말이다. 그러나 근래에도 빙의되어 신내림을 받고 무속인이 되는 경우를 자주 본다. 참으로 딱한 노릇이다.

앞에서 여러 가지 사례를 들어가면서 설명했듯이 아직도 많은 사람들이 빙의에 대한 인식이 부족하기 때문에 고칠 수 없는 난치병으로 생각하고 있거나 혹자들은 집안의 명예나 체면을 중시하여 무당을 시키지 않으려는 생각에서 환자의 고통을 방치하고 있는 경우를 가끔 대한다.

또는 신병(神病)을 치료하기 위해서 부모나 가족들은 무당을 찾아가

굿을 하기도 하고, 아니면 절을 찾아가 천도재나 구병시식을 하기도 하고, 어떻게 해서라도 환자의 고통을 덜어 주려는 마음에서 소문을 듣고 여러 곳을 찾아 다녀보지만, 결과는 많은 재산을 탕진하고 희망을 잃고 만다.

이렇게 빙의 환자 가족들이 희망을 가지고 찾아가 돈만 낭비한 사례들을 보면 안타깝기 그지없다. 그들이 찾아간 무속인이나 스님들, 또는 법사나 도사라고 사칭한 이들은 대부분 빙의에 대한 개념만 조금 알고 있는 상식으로 마치 자기들이 퇴마 전문가인 양 행세를 하고 있다. 하지만 사실을 알고 보면 그들의 실력이란 빙의된 것을 알고 굿을 하면 된다 또는 천도재나 구병시식을 하면 된다고 할 뿐이지, 왜 누구를 천도해 주고 굿을 해 주어야 하는지를 알지 못한다. 그런데도 어떻게 그들에게 일을 맡기고 빙의 령이 퇴마되고 신병이 낫기를 바라겠는가?

빙의된 그 영가들을 위해서는 퇴마와 함께 천도재나 굿을 해 주어야 하는데, 어떤 영가가, 언제, 왜, 어떻게 들어왔는지도 모르면서 무조건 조상굿이나 조상 천도재를 올려준다고 해서 퇴마가 되고 신병이 낫겠는가? 반드시 빙의된 빙의 령을 불러내고 그 영가들을 설득할 수 있는 능력자만이 빙의 령을 퇴마할 수 있는 것이다.

이런 빙의 현상을 또 다른 표현으로 다중인격 장애라고 말하기도 한다. 다중인격 장애를 알기 쉽게 표현하면, 무속인들이 점을 칠 때 신들린 현상을 보이는 것을 떠올려 보면 이해하기가 쉬울 것이다.

보통 사람들이 점을 보려고 무속인 집으로 찾아 가게 되면 무속인이 처음 손님을 맞이할 때는 무속인 본인의 인격으로 "어서 오십시오" 하고 인사하며 맞이하지만, 그 무속인이 자기가 모시고 있는 주신(主神)을 불러내어 점을 칠 때는 본인의 인격체가 아닌 다른 모습, 즉 주신에 따라서 동자의 모습으로 말을 한다거나, 아니면 또 다른 주신인 할머니나 할아버지, 혹은 장군 등 무속인의 주신에 따라서 다양한 모습으로 변하여 음성까지도 바뀌면서 말을 한다. 이런 현상을 다중인격 장애라고 말한 것이다.

빙의 환자들은 이런 다중인격 장애를 가지고 있기 때문에 그들의 모습이나 표정이 수시로 바뀌기도 하며 또한 우리가 알 수 없는 이상한 행동이나 혼자서 알 수 없는 말을 하기도 하며, 때로는 울고, 웃기도 한다. 이런 행동뿐 아니라 생각, 즉 사고(思考)도 수시로 바뀌기 때문에 이랬다저랬다 한다.

그 원인은 바로 자기 몸 안에 여러 인격체들이 존재하고 있기 때문에 일어나는 현상이다. 여러 인격체가 들어와 있다는 말을 보다 알기 쉽게 표현한다면 많은 영가들이 들어와 존재하고 있다는 말이다.

이때 어떤 영가가 지배하느냐에 따라서 표정도, 행동도, 또한 생각도 바뀌는 것이다.

이번에 이야기할 사례가 바로 이런 다중인격 장애가 주로 나타나 환자를 힘들게 하는 경우라서 부연설명이 조금 길었다.

벌써 몇 년이 지난 이야기다.

그때 한 번도 만나 본 적이 없는 스님으로부터 전화가 왔다. 출장하여 퇴마를 해줄 수 있겠느냐는 물음이었다.

그 당시만 해도 출장을 나가 퇴마를 하는 일은 그리 흔하지 않는 일이었지만 일단 그렇게 하겠다고 약속을 잡았다.

약속 날, 목적지는 충남 공주시였고, 소개한 스님은 경기도 수원에 계셨기에 가는 길에 수원에서 스님을 모시고 공주로 가기로 했다.

수원에서 처음 만난 스님과 통성명을 하며 서로 인사를 나누고 동승하여 공주로 가면서 나눈 대화는 대략 이러하다.

"어떻게 빙의된 환자라고 생각하셨습니까?" 하는 필자의 물음에, 스님도 퇴마 공부를 하셨다며 아직은 익숙하지 못하다고 말씀하신다.

빙의 환자는 충남 부여에 사는 무속인 김 보살의 손님으로 당시 50세의 김 여인이다.

스님은 부여에 살고 있는 보살과 오래 전부터 잘 알고 지내는 터라 부여 보살로부터 빙의를 퇴마해 줄 수 있는 스님을 소개해 달라는 부탁을 받았다. 그래서 처음에는 스님이 퇴마를 배웠던 J 스님을 소개해 주었는데 영가를 잡아내지 못했다.

빙의 환자인 김 여인은 술만 마시면 20대 여자애들과 똑같이 행동하며 디스코 춤을 추곤 한다는 것이다.

그래서 J 스님이 처음에 빙의 령을 잡아내지 못해, 김 여인에게 맥주와 양주를 섞어 폭탄주로 마시게 했더니 역시나 온 몸을 흔들어 대며 춤을 추는 다른 인격체가 나타났지만 어찌하지 못했다고 한다.

속담에 '똥 싼 놈이 방귀 뀐 놈에게 화낸다' 고 J 스님은 자기의 실력이 부족한 것을 감추기라도 하듯 오히려 김 여인에게 화를 내고 떠나갔다는 것이다.

이런 일이 있고 나서 〈현대불교신문〉을 통해 제행스님이 낸 광고를 보게 되어 연락을 하게 되었다고 그 사이에 있었던 일들을 자세히 말씀해 주신다.

이런저런 이야기들을 나누다 보니 부여에 김 보살이 운영하고 있는 법당에 도착했다. 김 보살과도 서로 인사를 나누고 나서 빙의 환자가 살고 있는 공주로 다시 차를 운전해 갔다.

부여에 살고 있는 김 보살과는 처음 대면이었지만 참으로 솔직하고 숨김이 없는 성품으로 거리낌이 없었다.

과거에 주유소를 크게 했었다는 김 보살은 그때 여러 스님들과 인연이 되었으며, 지금 같이한 스님도 그때부터 알고 지내고 있다고 지난 이야기를 털어 놓는다. 그러면서 그녀는 주유소를 하고 있을 때 빙의되어 고생했던 이야기며 무속인의 길을 가게 된 사연들을 덧붙인다. 김 보살은 그때 '제행스님을 알았더라면 이렇게 무속인의 길을 가지 않았어도 되었을 텐데' 하면서 말끝을 흐린다. 그래서 지금도 빙의된 사람들을 보면 남의 일 같지 않고 도와주고 싶다며 잘 부탁드린다는 당부의 말도 잊지 않았다.

이렇게 인연이 되어 공주에서 김 여인을 만났다. 김 여인을 만나 그 사이에 있었던 지난날의 이야기를 들어보니 참으로 힘들게 살아왔구나 하는 생각과 함께 '우리가 살아가는 운명은 아무도 알 수 없으며 피해

갈 수도 없구나' 하는 생각이 스친다.

김 여인은 당시 50세로 빙의되기 전에는 남편과 아들, 딸을 두고 어느 가정과 똑 같은 삶을 살아왔지만 어느 날 갑자기 찾아온 운명을 피해가지는 못했다.

어느 날부터인가 행동이 이상해지는가 하면 혼자서 웃다가 울다가 알 수 없는 말을 지껄이기도 하니, 평범하게 살았던 가정은 그때부터 균형이 깨지기 시작하였다. 그래서 굿도 해보고 절에서 천도재도 해보았지만 아무런 소용이 없었다.

결국 남편과 이혼을 하고 자식들과도 헤어질 수밖에 없었다. 이것이 자기의 운명이라면 어쩔 수 없이 무속인의 길을 가기로 결심하고 삼산(三山 : 무속인이 되기 위해서 신내림을 받기 전에 큰 산 세 개를 돌며 기도를 함)을 다니고 나서 내림을 받았지만 허사였다.

그래서 당시 내림을 준 무속인(보통 '신엄마' 라고 칭함)의 뜻에 따라 산에 들어가 기도도 해 보았지만 무속인이 되는 것도 쉽지는 않았다. 이상한 행동과 헛소리만 해댔단다.

그때 부여 보살을 만나게 되었고 그 인연 고리가 필자와도 연결이 되었으니 이 인연이란 것도 알 수 없는 일이다.

이렇게 인연이 되어 김 여인의 몸에 빙의되어 있는 조상과 본인이 낙태시킨 낙태아, 중국에 갔을 때 중국에서 따라 들어온 영가, 인도에 갔을 때 인도에서 따라 들어온 동자스님 영가, 술만 마시면 디스코 춤을 추게 했던 영가 등 이십여 명의 영가들을 하나하나 불러내어 사연을 들어보고 그들을 일일이 설득하여 그들이 원하는 곳으로 보내주었다.

이렇게 많은 영가들을 불러내고 설득하여 내보내는 시간은 1박 2일이 걸렸다.

천도재는 함께 간 스님께서 올려주기로 하고 필자는 지친 몸을 이끌고 의정부 비룡정사로 향했다.

이렇게 인연이 되어 부여 보살과는 그 뒤로도 두세 번의 퇴마를 더 했다. 그리고 공주 김 여인의 안부도 들을 수 있었는데, 그 뒤로 재혼하여 잘 살고 있다고 한다. 얼마 전에는 그 김 여인으로부터 직접 걸려온 안부 전화를 받기도 했다. 이럴 때 많은 보람을 느낀다.

보통 무속인들은 이런 빙의 환자들을 대하면 굿이나 신내림을 받으라고 권하는데 그렇게 하지 않고 올바른 판단을 내리고, 퇴마를 시키고, 올바로 살아가게 했던 부여 보살에게 큰 박수를 보낸다.

부여 보살은 이런 빙의 환자를 대하면 자기의 지난날을 보는 것 같아 마음이 아프다고 한다. 그리고 자기와 같은 무속인의 길을 가지 않게 하겠다는 결심이 강하다. 아마 이런 좋은 선행으로 업장을 소멸하여 부여 보살은 다음 생애에 많은 복을 누리리라.

내가 이혼도 시키고
바람도 피우게 했다

_정 여인, 당시 41세

잘 살아가고 있는 한 가정과 가족들이 어느 날 갑자기 파탄에 빠지고 가족들이 서로 헤어진다면 어떻게 될까?

이번에는 그런 사례를 한 번 들어 보기로 하자. 정 여인은 당시 사십대 초반의 여인으로 스님의 소개로 필자를 찾아왔다.

정 여인의 증상은 머리가 자주 아프고, 잠을 잘 때면 깊은 수면에 들지 못하고 꿈을 자주 꾸게 된다. 그리고 매사에 흥미도 없고, 누군가 어깨를 잡아당기는 것 같기도 하여 소름 끼칠 때도 있으며, 때로는 자기 눈이 자기 눈 같지가 않을 때도 있다.

한 번 아프기 시작하면 보통 1개월씩 앓아눕거나 심한 경우에는 1년씩 가기도 한다. 맨 처음 이렇게 원인도 모른 채 아프기 시작한 것이 중학교 3학년 때부터였다고 한다.

이런 그의 증상을 들어보고 나서 어쩌면 이런 증상의 원인들이 중학

교 3학년 때 있었던 어떤 사건들에 의해서 발단이 되었겠구나 하는 것
을 알아차릴 수 있었다.

그 발단의 원인을 찾아보기 위해서 그를 깊은 최면으로 유도하여 중
학교 3학년 시절로 연령퇴행을 했다.

제행스님   중학교 3학년 때로 왔습니다. 그때 어떤 일이 있었는지,
　　　　　중요한 사건이 있었다면 그때를 한 번 떠올려보십시오. 그
　　　　　리고 생각나는 대로 한 번 말해 보세요.

정 여인   같은 반 친구가 갑자기 죽었어요. 그래서 그 친구의 장례식
　　　　　에 우리 반에서 합동으로 분향을 하는 것 같습니다.

제행스님   그 친구와는 친한 관계였나요?

정 여인   아니요. 같은 반이었지만 그렇게 친한 친구는 아니었어요.

제행스님   좋습니다. 그런데 그 친구가 죽고 장례식에 갔다 온 뒤로
　　　　　몸이 아프기 시작했지요?

정 여인   그랬던 것 같아요.

제행스님   뚜렷한 원인도 없이 아파서 학교에 가지 못 하고 결석할
　　　　　때가 자주 있었다는 말이지요?

정 여인   네.

제행스님   (여기서 어쩌면 죽은 그 친구의 혼령이 빙의되었겠구나 하
　　　　　는 생각이 들어서) 좋습니다. 그럼 그 친구를 한 번 떠올려
　　　　　보십시오. 아마 어딘가에서 그 친구의 모습이 보일 거예요.

(그리고 한참 후)

정 여인   지금 그 친구가 앞에 있어요.

그렇게 하여 그 친구를 불러내어 사연을 들어보니 그 친구의 혼령은 정 여인의 몸에 들어가지도 못하고 오로지 정 여인을 따라다니며 정 여인의 주위를 맴돌고 있었다. 그 원인은 처음에는 정 여인의 몸 안에 들어가 있었으나 시간이 지나면서 정 여인의 몸 안에는 다른 영가들이 들어와 자리를 잡고 있을 뿐만 아니라 무서운 할아버지가 있어서 자기를 쫓아내어 무서워서 몸 안으로 들어가지 못하고 정 여인의 주위만 맴돌며 따라다닌다는 것이다.

그리고 학교다닐 때 친하게 지내고 싶었는데 정 여인이 자기 마음을 몰라주었다고 털어 놓는다.

정 여인에게 그런 친구의 마음을 몰라주어 미안하다는 사과와 함께 용서를 빌게 하고, 그 친구의 영가를 좋은 곳으로 보내 주었다.

그리고 다시 무섭다는 할아버지 영가를 찾아 나섰다.

제행스님　　할아버지 나와 보세요. 스님 목소리 들리지요?

할아버지　　왜 불러(큰 소리로).

제행스님　　할아버지는 이 정 여인 몸에 언제 들어왔어요?

할아버지　　오래됐지.

제행스님　　할아버지는 이 정 여인과는 어떻게 되요?

할아버지　　조상.

제행스님　　할아버지가 있어서 이 정 여인이 이렇게 힘들어 하는데, 알고 있지요?

할아버지   그렇지.

제행스님   그런데 왜 들어와 있어?

할아버지   부려먹으려고(여기서 부려먹으려고 왔다는 뜻은 무당을
　　　　　　만들려고 들어왔다는 뜻이다).

제행스님   할아버지가 이 정 여인을 부려먹으려면 저승에 가서 공부
　　　　　　를 많이 해가지고 와야 하는데 그렇지 못해 어떻게 부려
　　　　　　먹겠다는 것인가? 스님이 좋은 곳으로 보내줄 테니 떠나
　　　　　　가라.

할아버지   (나가지 않겠다며 큰 소리치고 억지를 부린다.)

제행스님   그러면 할아버지 말고 또 누가 있어?

할아버지   많이 있지. 내 마누라도 있고, 또 작은 마누라도 있고, 그
　　　　　　리고 또 아주 많아.

이렇게 영가를 찾아내고 설득을 하였지만 막무가내로 떼를 쓰며 나
가지 않겠다고 하여 생각할 시간을 주기로 하고, 시간도 많이 지나갔
으므로 1차 상담을 마쳤다.

다음 2차 상담 때 할아버지 영가를 찾아 나서는데 왜 자기는 안 불
러 주느냐며 또 다른 영가가 나타났다.

제행스님   너는 누구야?

영가   나 이 애 고모야.

제행스님　고모는 언제 들어왔어?

고모　오래됐지.

제행스님　고모는 어떻게 죽었는데?

고모　육이오 때 남쪽으로 피란 오다가 총 맞아 죽었지.

제행스님　(생각이 미쳐서) 그럼 고모가 있어서 이 애 머리가 아픈 거야?

고모　응. 그리고 내가 이 애 새 옷도 사 입게 하고 그랬다.

제행스님　그리고 또?

고모　그리고 또 춤도 추러 다니게 하고 그랬지.

제행스님　그러니까 고모가 이 애로 하여금 춤도 추고 바람도 피우게 하고 그랬네?

고모　그랬지. 그리고 내가 이혼도 시켰지.

제행스님　그러니까 고모가 있어서 이 애가 춤추고, 바람피우고, 이혼도 하게하고 그랬군.

고모　그랬지.

제행스님　그러니까 고모가 다른 남자도 만나게 하고, 결과적으로 고모가 그렇게 즐기고 다녔군?

고모　그래.

앞의 사례에서도 설명했듯이 이렇게 다중인격 장애가 나타나면 성행위까지도 하게 하여 대리만족을 하는 경우도 가끔 본다.

이 외에도 정 여인의 몸에는 많은 영가들이 들어와 자리를 잡고 있었다. 물에 빠져 죽은 삼촌, 불에 타 죽은 남자, 동자 그리고 정 여인이 어렸을 때 옆집에 살았다는 할머니 친구 등 모두 20여 명의 영가들이 들어와 있었다.

특이한 것은 옆집에 살았다는 할머니 친구는 정 여인이 귀여워 예쁘다고 머리를 만져주면 정 여인의 머리가 아픈 것이다.

이렇게 하나하나 그 사이에 있었던 사연들을 밝혀내고 일일이 그들을 설득하여 내보내는 데 많은 시간이 소모되었다.

그리고 마지막으로 할아버지와 할머니 그리고 작은 마누라도 함께 같이 보내 주었고 그들을 설득하는 데는 여간 애를 먹었다.

정 여인이 빙의되게 된 최초의 원인은 중학교 3학년 때 같은 반 친구가 갑자기 죽었고, 그때 반에서 합동으로 조문을 갔었다. 그 죽은 친구는 학교에 다니면서 정 여인과 친구가 되고 싶었지만, 정 여인은 그런 친구의 마음을 알지 못했다. 그 뒤 친구가 죽게 되었고, 그 죽은 친구는 정 여인과의 미련을 버리지 못하고 친구 정 여인에게 빙의되었던 것이다.

이렇게 한 번 영가가 몸 안으로 들어와 빙의되게 되면 또 다른 영가들이 들어오게 된다. 그래서 이런 현상을 귀문(鬼門)이 열린다고 한다.

그래서 시초에 바로 잡은 것이 중요하다.

동자에게
앞날을 물어보다

_선 여인, 당시 47세

퇴마를 하고 나서 천도재를 바로 해 주기로 일정을 잡아서 부지런히 천도재 준비를 하고 있을 때 갑자기 빙의 환자의 입에서 "스님!" 하고 부르는 소리가 들려온다.

이럴 때 퇴마에 오랜 경험이 있는 필자는 환자가 부르는 소리가 아니라 빙의되어 있는 영가가 필자를 부른다는 것을 금방 알아차릴 수 있다.

제행스님　그래 너 누구니?(목소리가 어린애 같아서)

동자　네. 저 지금 지리산에서 천 배를 하고 오는 길인데 스님, 저에게 물어보실 것이 있으면 물어 보세요.

제행스님　그래 지금은 준비하느라고 바쁘니 이따 부르면 그때 나와서 말하자.

동자　아니요, 이따는 가야 하거든요. 동생들에게도 다 이야기했어요. 오늘은 스님 말씀 잘 듣고 스님 힘들게 하지 말고 빨리 가자구요. 그러니 지금 물어 보세요. 저 지금 공부하는 중이거든요.

제행스님　(조금은 의아스럽게 생각하며 호기심을 가지고) 그래, 그럼 스님이 지금 책을 쓰고 있는데 어쩌겠니?

동자　신문에 광고하는 것도 좋지만 컴퓨터에 올리세요.

제행스님　인터넷에 올리라는 말이냐?

동자　저는 그냥 컴퓨터라고만 알고 있어요.

제행스님　그래.

동자　컴퓨터에 올리면 세계적으로 검색해서 보니까 여러 나라에서 손님들이 올 거예요. 특히 일본에서 쓰나미로 사람들이 많이 죽어서 일본 사람들이 많이 찾아 올 거예요.

제행스님　알았다. 그럼 이따 부르면 나와라.

이렇게 마무리하고 하다만 일들을 서둘렀다. 이렇게 빙의 령을 퇴마하다 보면, 빙의 령에게 이렇게 물어보고 점을 쳐 볼 때가 있다. 퇴마 초창기에는 일부러 시험 삼아 빙의 령에게 물어 볼 때도 있었지만 이번처럼 스스로 물어보라고 하는 경우는 처음이었다.

이럴 때마다 필자는 한 가지 확신하는 것이 있다. 무속인들도 다 빙의 환자라는 것이다.

이 선 여인에게 빙의된 빙의 령들을 퇴마하기 위해서 많은 시간과 정력을 낭비했다.

빙의된 영가의 수도 50여 명에 가까운 영가들이 몸 전체에 여기저기 자리를 잡고 있었으며, 영가들도 조상을 비롯하여 부모, 형제 그리고 동자들 또 선 여인이 좋아서 들어왔다는 남자 영가를 비롯하여 일일이 나열하기에는 너무나도 그 수가 많았다.

그러나 여기서 특이한 두 영가를 소개하고 넘어가기로 하자. 한 영가는 큰 오빠로, 큰 오빠는 대학을 졸업하고 대기업에 근무하다가 지병으로 수명을 다하지 못하고 죽음을 맞이했다. 오빠는 살아생전에 취미생활로 새와 그 외에 짐승들을 박제하여 두고 보기를 좋아했었는데, 그 오빠의 영가를 퇴마할 때는 박제된 짐승들이 영가의 팔다리를 잡고 놔주지를 않아서 무척이나 힘이 들었다.

우리가 살아가면서 불교에서 가르치는 '살아있는 생명을 살생하지 말라' 는 교훈을 떠오르게 하는 대목이었다. 여러분들도 다시 한 번 '살생하지 말라' 는 교훈을 음미해 보기 바란다.

그리고 오빠 영가는 살아있는 가족들, 특히나 아내와 자식들을 만나보고 싶어 했으며 걱정을 했다. 퇴마 중에 남겨진 가족들을 보고 와서야 떠나갈 수 있었다.

또 다른 영가는 젊어서 죽은 영가로 선 여인이 19세 때 잠깐 전남 보성에서 생활한 적이 있었는데, 그 당시에 선 여인의 몸에 들어와 빙의된 영가로서 선 여인이 좋아서 들어왔다며 떠나가기를 싫어했다.

이 영가는 사고로 죽을 때 남자의 생식기가 잘려나가고 없었다. 그

러나 어떤 사고로 죽음을 맞이했는지 어떻게 생식기가 잘려 나갔는지
는 기억해 내지 못했다.

그러나 선 여인을 좋아하고 사모한 영가는 꿈속에서 비몽사몽간에
생식기도 없는 몸으로 성행위를 하기도 했다. 성행위를 하지도 못하면
서 여자에게 보채는 모습은 여러분의 상상에 맡기겠다.

이 영가를 위해서 퇴마하기 전에 생식기를 복원해 주고 치료를 해
주었다. 그리고 그 영가를 퇴마할 때 영가는 스님에게 고맙다고 감사
의 표현을 하며 떠나갔다.

선 여인은 퇴마와 천도재가 끝나고 나서 영가의 생식기가 불끈 솟아
오르는 것을 보았다면서 쑥스러워 한다.

이렇게 퇴마를 할 때는 영가들의 아픔을 치료해 주고 떠나 보내주는
것이 좋다.

여고 1학년생의
빙의 퇴마

모범생으로 공부도 열심히 하여 과학고에 입학한 학생이 약 1년 전부터 오후 두세 시가 되면 학교 수업 중에 졸음이 오고 몸이 떨리는 증상이 일어나 집중이 안 되어 학업에 지장을 초래한다면 어떨까? 이 학생은 또 새벽에 아랫배가 아픈 증상이 일어나며, 가끔 머리도 아프다.

이런 증상으로 인해 학교에서 조퇴하는 횟수가 늘어나니 그의 가족과 부모는 절망에 빠져있다.

앞의 사례에서는 죽은 자가 살아있을 때 자기가 좋아해 친구가 되고 싶었는데 그 마음을 몰라주는 친구에게 죽어서도 미련을 버리지 못하고 빙의된 이야기를 했다.

이번에는 자기가 좋아하고 아끼는 물건에 애착과 미련 남아서 죽어서도 떠나가지 못하고, 영혼이 그 물건 곁에 머물다가 그 물건을 따라가 빙의되는 이야기를 한 번 해 보자.

이런 사례들은 일반인들이 잘 몰라서 그렇지 가끔 나타나는 사례다. 자기가 가지고 놀던 장난감이나 인형을 좋아했던 어린애가 어느 날 갑자기 사고나 병으로 죽음을 맞이했을 때, 좋아해서 가지고 놀던 장난감이나 인형에 애착을 느끼고 영혼이 그 곁에서 떠나가지 못하고 죽어서도 그것들을 가지고 놀기도 한다. 그때 그의 가족이나 부모가 그 장난감을 버리거나 혹은 좋은 물건이라서 버리지 못하고 다른 아이에게 주면, 그 영가는 물건을 따라가 빙의되는 경우가 있다.

이런 경우는 어린애들뿐만 아니라 나이가 들어서 죽은 경우에도 마찬가지다. 자기가 좋아하고 아끼는 물건, 즉 책이나 옷 등 어떤 물건이 되었든 간에 해당된다.

이럴 때는 어떻게 하는 방법이 좋을까?

좋은 방법은 본인이 살아생전에 정리하는 것이 좋다. 살아생전에 본인이 가족이나 친구 또는 그 물건을 필요로 하는 사람에게 선물을 하거나 본인 스스로 처리하고 정리하는 것이 좋다.

그리고 우리는 살아있을 때 허심의 마음으로 돌아가 모든 것을 놓아버리고 마음을 비우는 노력을 하여야 한다. 어차피 우리네 인생이란 빈손으로 왔다가 빈손으로 돌아가지 않는가?

비단 물건뿐만 아니라 가족과 친구들 또는 사랑하는 모든 사람들을 자기로부터 떠나 보내주고 떠나갈 마음의 준비를 하는 것이 좋다.

잊지 못할 좋은 관계가 되었든, 혹은 원망과 원한 관계가 되었든 모두 다 내려놓고 떠나보내라.

퇴마를 하다 보면 이런 인과관계 때문에 영혼이 떠나가지를 못하고 좋아서 또는 원한 관계로 복수하려고 떠나지 못하고 빙의되는 경우를 간혹 볼 수 있다.

만약 본인 스스로가 이렇게 정리하지 못했다면 인과관계는 그 사람이 살아있을 때 관계된 사람이 풀어주는 것이 좋다. 그리고 물건이라면 살아있을 때 동의를 얻어 처리하거나 만약 그러하지 못했다면 불에 태워주는 것이 좋다.

이래서 길거리에 버리는 물건을 함부로 집 안으로 가지고 들어오는 것은 안 된다. 이렇게 버려진 물건 중에는 영가가 살아생전에 자기 물건이 아니었다고 하더라도 죽어서 귀신이 되어 그 물건을 가지고 놀면서 자기 것처럼 아끼는 경우가 있다. 이럴 때 그 물건을 누군가가 가지고 간다면 영혼은 그 물건을 따라간다. 그렇게 되면 물건을 가지고 간 그 식구들 중 누군가에게 빙의될 확률이 높다. 그렇지 않으면 그 영가는 그 집 안에 머물러 있을 것이다.

바로 지금 이야기하고자 하는 사례가 이런 경우이다.

여학생에게 들어와 빙의되어 있는 영가를 불러내어 언제, 어떻게 학생에게 들어왔느냐고 물어보니 학교에서 내다버린 텔레비전을 따라 들어왔다는 것이다.

1년 전 학생의 아버지가 학교에서 내다버린 텔레비전이 자기 집에 있는 것보다 품질이 좋아 가지고 와서 시청을 했다. 그런데 그때 그 텔레비전을 따라 영가들이 들어왔던 것이다.

그 영가들 중에는 교통사고로 머리를 다쳐 죽은 영가가 있었고, 어떤 부부도 있었으며 또 어린 칠, 팔세 되는 남자아이도 있었다.

교통사고로 머리를 다쳐 죽은 영가에게는 머리를 치료해 주었으며, 그 외에 다른 영가들에게도 적절한 처방과 치료를 하여주고 그들을 설득하여 내보냈다.

여러분들도 살아가면서 평상시에 마음을 비우고 모든 것을 내려 놓을 마음의 준비를 하십시오. 어차피 한 번 왔다가 한 번 가는 인생, 빈손으로 왔다가 빈손으로 가는 것입니다.

제2장을
마무리하면서

'빙의 령을 퇴마하면서 가장 아쉬운 것이 있다면 무엇일까?' 하는 질문을 스스로에게 해본다.

상담을 하고 있을 때마다 느끼는 일이지만 빙의로 인해 고통을 받고 있는 사람들이 생각보다는 많이 있다는 사실이다.

그런데 이들 대부분의 가족들과 기타 사람들은 빙의, 즉 신들린 현상 때문이라는 사실조차도 모르고 고통스러워하며 피해를 당하고 있다는 것이다. 이들의 대부분은 그런 고통에서 벗어나기 위해 병원으로 혹은 무당집이나 아니면 교회나 절로 찾아다니며 많은 시간과 경비를 낭비하면서 다녀보지만, 결국엔 아무런 결과를 얻지 못하고 자포자기해 버리고 만다.

이런 현실이 필자로 하여금 마음 아프게 한다. 이들이 처음부터 빙의되었다는 현실을 올바로 판단하고, 빙의를 퇴마할 수 있는 능력자를 찾아가 상담하였다면 좋았을 텐데 하는 생각을 해 본다.

정신질환, 즉 우울, 불안, 공포증, 또는 조울증, 정신분열 등으로 불리는 심인성질환들은 반드시 그 원인이 있게 마련이고, 또 그 원인을 찾아 치유하게 되면 얼마든지 정상인으로 살아갈 수 있다.

그런데 여기서 한 가지 알아야 할 것은 그 심인성질환의 원인 중에는 접신(接神), 즉 빙의로 인해서 발병하는 경우가 많다.

세계 보건기구(WHO)에서도 2001년 정신질환에 관한 증상과 그 치료 방안을 설명하면서 "일반적인 정신질환으로 치료가 불가능한 환자가 있다"라고 언급하면서 이들을 치료하는 방법으로 '영적치료(靈的治療)'라는 단어를 삽입했다. 이는 세계 보건기구가 귀신(鬼神)의 피해를 인정하는 것이며, 더구나 치료 방법은 귀신에 접신(接神)된 환자로부터 귀신을 천도하는 것임을 확인했다는 의미이기도 하다. 여기서 천도란 퇴마를 의미하는 말이 아니겠는가?

이렇듯 우리 주위에는 원인을 알 수 없는 병으로 또는 환청과 환시 등 자신도 알 수 없는 이상한 체험에 시달리는 환자들이 해마다 늘어나고 있다.

우리가 몸이 아파서 또는 정신적으로 이상이 와서 병원에 가서 진단을 받았을 때 현대 과학으로 그 원인을 찾아내지 못했다면, 한번쯤 빙의를 의심해 볼 필요가 있다. 또한 빙의 때문일 확률이 많다.

빙의란 우리가 흔히 말하는 신(神)병이라고 말하는 귀신들린 현상을 말하며 이를 무병(巫病), 또는 다중인격 장애 등 정신분열이라고 말하기도 하지만, 그 뜻은 죽은 사람의 영혼이 살아있는 사람의 몸에 들어

오는 현상을 말한다. 이런 빙의 현상을 병원에서는 우울증, 조울증, 정신분열 등 다양한 병명으로 진단하기도 한다.

심지어 난치병이라고 일컬어지는 간질발작증상의 경우도 70%는 후천성 질환으로, 그 원인이 밝혀지면 치료가 가능하다.

현대과학은 지금까지도 많은 성장을 해 왔고 앞으로도 꾸준히 발전해 갈 것이다.

지금 필자가 상담하고 있는 분야도 필자는 학문이나 과학으로 보며, 또한 그렇게 전문분야로 자리매김을 할 수 있도록 열심히 노력하며 공부하고 있다. 특히 제2장에서 다루고 있는 빙의 퇴마에서는 빙의 환자들이 인식이 부족하여 접신되었다는 사실을 잘 모르고 미신적으로 또는 종교의식으로 해결하려고 하여 많은 피해를 당하고 있는 것으로 안다. 여러분들의 올바른 판단과 선택이 중요하다.

필자가 알기로는 미국에서 정신과 의사들은 의과대학 시절에 최면을 배우고 정신질환 환자들을 치료하는 데 사용하고 있는 것으로 알고 있다.

오래 전에 읽었던 책《나는 환생을 믿지 않았다》의 저자 브라이언 와이스(Brian Weiss) 박사는 그 책에서 '캐서린' 이라는 정신질환 환자를 치료하는 과정을 쓰면서 머리말에 이렇게 쓰고 있다.

"캐서린은 불안과 공황, 공포증을 치료하기 위해서 진찰실을 찾아왔다. 캐서린은 어린 시절부터 그런 증세를 겪어왔는데, 그 즈음 들어 더욱 악화되어 날이 갈수록 자신이 정서적으로 마비되면서 점차 기능을 상실해 가고 있다고 느꼈다. (중략) 나는 캐서린의 증세를 치유하기 위해 18개월에 걸쳐 정통적인 방법을 동원해 치료를 했다(*여기서 정통적인 방법이란 병원에서 정신과 의사가 치료한 방법을 말함). 그러나 아무런 효과가 없었다. 나는 결국 최면요법을 사용하기로 했다. 캐서린은 반복되는 최면상태를 겪으며 자신의 증상을 일으킨 결정적인 요인이 된 '전생'에 대한 기억들을 떠올리게 되었다. (중략) 불과 몇 달 만에 증상이 사라졌고, 캐서린은 이전보다 훨씬 행복하고 평화로운 삶을 누리게 되었다. (중략) 나는 이 사건을 과학적으로 설명할 능력이 없다. (중략) 이 책을 쓰게 되기까지 4년이 걸렸다. 이런 비정통적인 이야기를 공개하는 데 따르는 직업상의 위험을 감수할 만큼 용기를 얻기란 쉽지 않은 일이었던 것이다. (중략) 이제 때가 되었으며, 더 이상 이 이야기를 숨겨서는 안 된다는 느낌이 강렬하게 들었던 것이다. 내가 얻는 가르침은 혼자 간직하라는 것이 아니라 사람들과 함께 나누라는 것이다."

참고로 브라이언 와이스 박사는 저명한 정신의학 분석의사로 미국 정신의학계를 대표하는 인물이다. 마운트 사이나이(Mount Sinai) 의료센터의 정신과 과장과 마이애미대학교 의학부 정신과 임상의학 교수를 맡고 있는 그는 우울증과 불안상태, 수면장애, 노인성치매, 뇌화학 분야의 권위자이다.

현재 필자가 상담을 진행하고 있는 상담사례를 잠깐 소개하고 이 장을 끝낼까 한다. 지금 상담이 진행 중인 J군은 현재 36세로 학교와 군 복무를 마치고 직장에 잘 다니던 근면 성실한 청년이었는데, 어느 날부터 환각과 환청증세를 보였다. 그리고 그런 증세가 심해지면서 6년 전에는 정신병원에 1개월간 입원한 경력이 있으며, 현재도 정신과 진료를 받으면서 병원에서 처방해 주는 약을 복용하고 있다. 정신과 병원에서는 그의 병명을 '정신분열'이라고 한다.

이런 J군을 처음 만난 동기는 J군의 부모가 상담을 하러 비룡정사에 찾아왔는데 J군이 병원에 입원하기 전에 환각과 환청 증세를 보였다는 말에 그렇다면 '빙의겠구나' 하는 결론을 내리고 J군을 상담하기를 권했다.

처음 만난 J군은 아무런 표정이 없는 무표정한 얼굴이었다. 자기의 감정이나 생각은 물론 의사표시도 할 줄 몰랐다. 모든 것을 잊고 살아가고 있을 뿐, 오로지 배고프면 먹고, 담배를 피우고, 커피를 마시는 것이 전부였다. 그것도 오로지 습관처럼 할 뿐이지, 담배를 피우면 담배를 잡은 손가락이 타는지도 모르고 담뱃불을 빨아댄다. 집에서는 TV가 켜져 있는지조차도 관심이 없다는 것이다.

본인의 나이도 잊어버리고 살아가고 있으니 여기에 무슨 말을 더 하겠는가?

이렇게 되기까지는 물론 원인이 있다. 부모가 경제적으로 어려운 살림살이를 하다 보니 두 분이 직업을 가질 수밖에 없는 형편으로, 집에는 J군 혼자 있게 되었다. 그러하니 정신병원에서 주는 약의 양은 많아졌고, 그 약에만 의지하다 보니 이렇게 바보가 되어 갔던 것이다.

이런 J군이 상담횟수가 늘어날수록 본인의 나이는 물론 부모와 동생의 나이도 찾아가고 있다. 또 어느 때부터는 정사(精舍)를 찾아오면서 차를 타고 올 때 엄마가 졸고 있는 것 같으면 먼저 내리자고도 한단다. 이 글을 쓰고 있는 어제는 약속된 상담일이었는데 전화벨이 울려 받아 보니 "저 J군인데요. 상담을 오늘 가지 않고 내일 가겠다"는 말을 전해 왔다. 필자를 깜짝 놀라게 하는 소식이었다. 이렇게 희망의 싹이 움트기 시작하면서 보람을 느낀다.

지금까지 많은 빙의 령을 퇴마해 왔지만 J군처럼 모든 것을 다 잊어 버리고 바보처럼 살아가고 있는 경우를, 또 오랫동안 많은 횟수를 상담하기는 이번이 처음이다.

그러나 J군과 상담하면서 필자 또한 많이 배우고 있다.

어떠한 경우라도 빙의, 즉 신들림의 현상으로 고생을 하는 본인이나 가족들이 있다면 반드시 좋아질 수 있다는 희망을 가지고, 포기하지 말고, 인내심을 가지고 시작한다면 좋은 결과가 있을 것으로 믿어 의심치 않는다.

제3장

무당

무당이란?

제2장에서 이 책을 마무리하려고 했는데 여러분들의 이해를 돕기 위해서 본 장을 마련했다.

무당이 되어 이 길을 팔자로 알고 열심히 믿고 기도하며 사회에 봉사하는 분들에게 누가 되지 않기를 바라며, 단지 무당이 되지 않아야 할 사람들이 신병(神病)을 앓아 방법을 모르고 어찌할 수 없이 무당의 길을 가고 있는 분들과 가족들의 이해를 돕고 또 앞으로 이런 고통을 당할 수 있는 이들에게 조금이라도 보탬이 되었으면 하는 마음에서 이 장을 마련하였으니 도움이 되었으면 한다.

무당이 되지 않아야 할 무당들이 나날이 늘어나고 있으며 현존하는 무당들의 대부분을 차지하고 있다는 사실을 여러분들은 알아야 할 것이다. 참으로 안타가운 현실이다. 어떤 저자는 그의 책에서 이런 무당들이 현존하는 무당 중에서 90%를 차지한다고 주장하고 있다.

왜 이런 안타까운 일들이 벌어지고 있는가 하면 첫 번째로 일반인들이 신병에 대해 너무나 모르고 있다는 현실이다. 두 번째로는 무당이 되지 않아야 할 무당들이 무당이 되었으니 해결방법을 잘 모르고 있는 상태에서 단지 자기들이 걸어 온 방법에 따라 안내할 수밖에 없다.

어쩌면 자기들이 여기까지 올 때는 많은 돈을 탕진하고 없앴으니 돈벌이 수단으로 무조건 신병으로 고통을 겪고 있는 사람이 찾아오면, 처음에는 굿을 하라 하고 권하지만 이렇게 굿을 한두 번 해도 신병이 낫지 않으니 결국엔 당신도 우리와 같은 길을 가야 할 팔자라며 내림굿을 하라고 권한다.

고통을 당하고 있는 입장에서는 다른 방법이 없기 때문에 그 말을 믿고 따를 수밖에 없으니 이런 악순환이 계속 이어지고 있다. 이런 악순환들이 어쩌면 무당이 되지 않아야 할 사람들까지도 무당으로 만들어 내고 있는 것이다.

평범하게 살아가고 있던 사람들이 어느 날 갑자기 내림굿을 하고 내림을 받아 무당이 되는 경우를 가끔 우리 주위에서 볼 수 있다. 이렇게 내림굿을 하는 숫자가 정확한 통계는 없지만 하루에도 전국적으로 각 굿당에서 몇 백 명이 내림을 받기 위해서 굿을 하고 있다고 한다.

그런데 더 중요한 이야기는 이렇게 많은 고생과 많은 돈을 없애고 내림을 받고도 제대로 된 무당은 열 명 중에 한두 명에 불과하다는 사실이다.

이제는 과감히 이런 폐단에서 벗어나야 할 것이다. 그러기 위해서는 올바른 상담자를 만나야 하겠지만 또한 올바른 판단과 선택이 필요하다. 올바른 상담자를 만나고, 또 올바른 선택과 판단을 하기 위해서는 무엇보다 당사자는 물론 그의 가족이나 보호자들이 제대로 알아야한다.

그들의 이해를 돕기 위해서 마련한 장이니 참고하기 바란다.

무당이란 이희승 편《국어대사전》에 보면 '귀신을 섬겨 길흉(吉凶)을 점치고 굿을 하는 여자, 선악(善惡)의 정령(精靈)과 직접 통하여 다룰 수 있는 신비한 능력을 가졌다고 하는 원시적 샤머니즘의 한 형태임, 현재에도 안택, 성주, 대감, 질병 굿 등을 하며 수십 종의 경문이있음, 무녀(巫女), 무자(巫子) 등' 이렇게 해석해 놓고 있다.

여기서 귀신을 섬겨 길흉을 점친다고 했는데, 그러면 귀신이란 무엇일까? 사전에 보면 '귀신이란 1. 죽은 사람의 혼령 2. 눈에 보이지 않으면서 사람에게 화복(禍福)을 내려 준다고 하는 정령(精靈) 3. 어떤일에 특수하게 재능이 많은 사람' 이라고 또 풀어 놓고 있다.

여기서 두 번째 해석에 보면 눈에 보이지 않으면서 사람에게 화복을 내려 준다고 하는 정령(精靈)이라고 했으며, 또 정령의 뜻을 보면 정령이란 육체를 떠난 죽은 사람의 혼백(魂魄)이라고 했다.

여러분들의 이해를 돕기 위해서 이런 뜻풀이를 모두 합해서 해석해보면 '무당이란 죽은 사람의 혼령을 섬겨 길흉화복을 점치며 안택, 성주, 대감, 질병 굿을 하며 경문을 읽는 사람이다' 라고 할 수 있다.

그런데 이런 뜻풀이는 강신무(降神巫)를 두고 이르는 말이다.

보다 엄밀히 무당을 분류하자면 세습무(世襲巫)와 강신무(降神巫)

로 나눌 수 있다.

첫 번째로, 세습무란 가업(家業)으로 물려받아 대대로 이어 내려오는 무당을 말하며, 주로 경문을 읽어주고 굿을 해 주는 무당을 말한다. 필자는 지금도 그런 무당을 기억하고 있다. 필자의 고향은 전라남도인데, 그때 무당은 지금 무당들처럼 점을 쳐주는 일이 주업이 아니고 주로 흉(凶)과 화(禍)를 없애고 길(吉)과 복(福)을 빌어주기 위해서 무당을 불렀다. 그때 불려간 무당은 큰 물그릇 안에 바가지를 엎어 두고 두들겨가면서 박자를 맞추면서 경문을 읽었던 모습이 지금도 선하다. 그리고 수고비용으로 곡식을 얻어가곤 했으며, 또한 봄, 가을로 나누어 쌀과 보리를 얻어갔다. 그때는 무당마다 자기의 담당구역이 있었으며, 그 구역 내에서도 성씨(姓氏)별로 나누어 있었던 것 같다. 그런데 현재는 이런 세습무들은 모두 고향을 떠나 사라지고 없다. 단지 몇 년 전에 뉴스에서 한 사람이 유일하게 어딘가에 현존하고 있다는 소식을 들었다.

두 번째로, 강신무가 있는데, 강신무란 접신이 되어 내림굿을 받고 무당이 되거나 혹은 내림굿을 받지 않았다 하더라도 접신이 되어 자연히 말문이 열린 경우를 말한다. 주로 우리 주위에서 흔히 볼 수 있는 무당으로, 무당의 뜻풀이에서 말했듯이 죽은 사람의 혼령을 섬겨 길흉화복을 점치며 굿을 하고 경문을 읽어주는 사람을 이르는 말이다.

지금부터 하는 이야기는 이렇게 접신이 되고, 신병을 앓고 하여 무당이 되는 강신무를 말한다.

무당은
어떻게 되는가?

앞에서 무당이란 죽은 사람의 혼령, 즉 귀신을 섬겨 길흉화복을 점치며 굿도 하고 경문을 읽는 사람이라고 했다.

그렇다면 무당들이 처음부터 귀신을 섬기고 점을 치며 굿을 했겠는가? 그렇지 않다. 그들도 우리와 똑같은 일반인으로 살아가다가 어느날 자신이 원하든 원하지 않든 본인의 의사와는 상관없이 접신(接神)이 된다. 접신이란 죽은 사람의 혼령, 즉 귀신이 살아있는 사람의 몸 안으로 들어오는 현상을 말한다. 누차 말하지만 이런 현상을 접신, 신들림, 빙의, 다중인격 장애, 정신분열 등 여러 가지 이름으로 불린다.

이렇게 접신이 되게 되면 앞 장의 빙의 퇴마에서 많은 사례를 들어가면서 이야기했듯이 원인 모를 병으로 아프게 되니 병원에서는 병명이 나오지 않고, 병명이 나온다 하더라도 병원마다 그 병명을 다르게 진단한다. 또는 까닭 없이 시름시름 앓기 시작한다. 어떤 사람은 음식을 먹지 못하는가 하면, 물도 못 마시는 경우도 있으며, 꿈을 자주 꾸는가 하면, 꿈속에서 어떤 계시를 받거나 또 꿈이 잘 맞아 두렵기도 하다. 또는 평상시에도 귀신의 환시, 환각, 환청을 체험하기도 한다.

이러하니 자연히 정신적으로 이상이 나타나 우울, 불안, 공포증에 시달리기도 하며 불면증이 오기도 한다. 이런 여러 가지 증상들이 나타나면 일단 접신을 의심해 보아야 하고, 이런 증상이 심해지면 신병을 의심해봐야 한다.

이렇게 신병을 앓게 되면 건강했던 사람이 어느 날부터 행동이 이상해지고, 평상시에 안 하던 행동을 하게 되고, 또는 혼자서 웃고 울기도 하며, 마치 어린아이들이 혼자서 소꿉장난을 하며 놀듯이 혼자서 많은 사람들의 역할을 맡아 중얼거리기도 하며, 또는 뚜렷한 병명도 없이 아프게 되니 병원으로 또는 평상시에 종교가 없던 사람이 종교를 찾아 교회나 절, 아니면 그 외의 종교에 매달리기도 하고 용하다는 무당집을 찾아 나서기도 한다.

이때부터 평온했던 가정과 가족들은 근심걱정에 힘겹게 된다. 그리고 좌절하고 무너지거나 아니면 정신병동에 입원시키기도 하고, 어찌할 수 없이 무당의 말을 쫓아 내림굿을 하고 무당이 된다.

그러나 내림굿을 하지 않고도 무당이 되는 경우도 있다. 이런 경우를 자통(自通)이라고 부른다. 스스로 귀신과 통하여 말문이 트이고 점을 치는 경우를 이르는 말이다.

이렇게 하여 무당의 숫자는 늘어만 간다.

접신이 되고 내림굿을 한다고 해서
모두 무당이 되는 것은 아니다

우리가 사회생활을 해 가려면 자기의 직업에 대한 전문지식이 있어야 한다. 그래야 성공도 하고 출세도 할 수 있다.

무당의 세계 또한 마찬가지다. 무당에게 접신된 귀신이 능력이 있어야 찾아온 사람의 운명을 점칠 수 있으며, 또한 병든 사람을 치유할 수 있으며, 그리고 집터나 묘(墓) 자리도 잡아줄 수 있는 것이다.

이런 능력이 있는 무당을 그들은 "글문도사, 약명도사, 지리도사가 들어왔다. 즉, 이런 도사들이 접신되었다"라고 한다.

이런 능력이 있는 귀신들이 접신되었을 때 내림굿을 하고 내림을 받든, 아니면 자통이 되었든 간에 제대로 된 무당 노릇을 할 수 있는 것이다. 그런데 이런 공부와는 아무런 인연도 없이 조상귀신이나 오다가다 붙은 잡귀(雜鬼)가 접신되어 신병을 앓고 내림을 받았다고 해서 무당 노릇을 제대로 할 수 있겠는가?

이렇게 무당이 된 무당들이 현존하는 무당들의 대부분을 차지하고 있으니 문제인 것이다. 무당이 되고 나서 처음에는 점을 치면 제법 아는 체하다가도 말문이 막히는가 하면, 아니면 처음부터 말문이 안 터지는 경우도 있으며, 헛소리를 하는가 하면, 술 마시고 주정하거나 우울증에 시달린 경우, 내림을 받은 뒤에도 이상한 행동이 지속되는 경우 등 무당이 되지 않아야 할 무당들이 많다.

이런 무당들이 종종 찾아와 필자에게 상담을 의뢰한다. 며칠 전에도 자기를 ○○산 보살이라고 밝힌 무당이 찾아와서 상담을 하고 갔다. 내림을 받고 처음에는 찾아온 손님이 많아 돈을 많이 벌었다고 한다. 그런데 지금은 한 달에 한두 사람이 찾아올 정도라면서 아르바이트 자리라도 구하려고 나온 걸음에 들렀다고 했다.

참으로 한심스러운 일이다. 이런 무당을 우리는 보통 '선무당' 이라고 한다. 이런 선무당이 많은 만큼 무당이 되지 않아야 할 무당들이 생겨난 것이다. 기존 무당들은 이런 선무당을 만들어 내지 않아야 한다.

그렇지만 그들 또한 무지(無知)한 것을 어찌하리. 자기가 걸어왔던 길이 잘못된 길인 줄을 알면서도 그 방법밖에 모르니 내림을 받고 무당이 되라고 할 수밖에 다른 방법이 없다.

또한 일부 무당들은 잘못된 줄 알면서도 그래야 돈벌이가 되니 돈벌이에만 집착하게 된다.

이제 더 이상의 업장을 쌓지 말고 올바른 길로 안내해야 한다.

내림을 받고도
무당이 못된 사례

지금부터는 내림굿을 하고 내림을 받고도 무당이 되지 못하고, 재산만 탕진하고, 지금도 헤매고 있는 선무당들이 필자를 찾아와 상담하고 간 사례들을 간단히 소개한다.

사례 ❶_ 서울 당산동에서 찾아온 무당

신도의 소개로 서울 당산동에서 찾아온 무당은 내림을 받고도 말문이 트이지 않아 점을 쳐주지 못하니 무당집이라는 표시인 깃발을 보고 찾아온 손님들로부터 "뭐 이런 보살이 있어?" 하고 면박을 당한 적이 한두 번이 아니라고 한다.

그래서 꽤 유명하다는 법사를 찾아가 상담을 했다. 그 법사는 이름만 대어도 무속인들의 세계에서는 알 만한 사람으로 한때는 방송에 출연도 자주했었다.

유명세를 탄 만큼 상담실은 번호표를 받고 기다려야 할 정도로 대기자가 많았다. 한참을 기다린 끝에 무당 차례가 되어 면담을 하니 법사는 가리(내림굿을 하며 내림을 받을 때 무당이 모셔야 할 신(鬼神)과 보내야 할 신(鬼神)을 선별하는 일을 가리잡는다고 함)를 잘못 잡아서 그러니 가리를 다시 잡아주겠다며 천오백만 원을 요구하여 그렇게 하기로 약속하고 날을 잡았다.

보살은 생활이 어려웠지만 진퇴양난의 길에서 물에 빠져 지푸라기라도 잡는 심정으로 남편이 운영하고 있는 분식집 보증금을 빼고 또 부족한 금액은 사채를 얻는 등 어렵게 돈을 마련하여 그 법사에게 가리를 잡았지만 아무런 소용이 없었다.

필자를 찾아온 날도 보살의 입에서는 동자가 나와 말을 하려고 하지만 또 다른 영가가 입을 막으니 아무런 말을 하지 못했다.

이런 경우 보살의 몸 안에 들어있는 영가들을 불러내어 하나하나 사연을 들어보면 어떤 영가가 말을 하려고 하고, 또 어떤 영가가 입을 막으려고 하는지 알 수 있다. 그리고 얼마나 많은 영가들이 들어와 있는지 또는 보살이 되어 그 영가들, 즉 그 귀신들을 섬겨 점을 칠 수 있는 능력이 있는 영가인지를 판별하여야 한다.

그리고 나서 무당의 길을 계속하여 가야 할지 아니면 무당의 길을 포기하고 몸 안에 들어와 있는 영가들을 퇴마하고 천도해 주어야 할지를 결정해야 한다.

그러나 무당은 이런 필자의 말을 받아들이면서도 어떻게 하지를 못한다.

그런 그를 필자인들 어떻게 하겠는가? 열심히 기도하라며 보냈다.

사례 ❷_ 경기도 양주에서 찾아온 무당

그는 신병을 앓고 나서 내림을 받고 무당이 되었지만 손님도 없고, 행여 손님이 와도 헛소리를 해대니 손님도 받을 수 없다고 한다.

내림을 받은 뒤로도 신엄마(신내림을 해 주는 무당)에게 조상굿이다, 무엇이다 하여 굿도 여러 번을 했지만 아무런 효험이 없다는 무당은 그 사이에 신엄마에게 이렇게, 저렇게 없앤 돈은 말할 것도 없고, 이로 인해 남편과도 이혼하고, 이제는 월세도 못내 쫓겨나게 되었다고 하소연을 한다.

거기다 대고 무슨 말을 하겠는가? 그저 죽을 각오로 기도하라고 권하니 산으로 기도하러 갈 교통비도 없다고 한다.

그래서 본인의 신당이 있으니 거기서 기도하라고 보냈다.

방법을 알고 가르쳐주어도 어찌하지 못하니, 그저 필자의 마음만 답답하다. 배고픈 설움은 나라님도 구제하지 못한다고 했던가?

사례 ❸_ 서울 미아리에서 찾아온 무당

서울 미아리에서 찾아온 무당은 시숙, 그러니까 남편의 형님이 죽은 뒤로 온 집안이 풍비박산이 났다고 한다.

시숙 집은 물론 자기 집안도 가족들이 아픈가 하면, 하는 일마다 되는 일이 없다고 하소연한다.

그 사이 무당을 찾아 굿도 여러 번 했단다. 그래도 좋아지지 않고 몸이 아프고 하여 끝내는 내림굿을 하고 내림을 받아 신당을 차렸지만, 그렇다고 무당 노릇을 하는 것도 아니다. 여기서 무당 노릇을 못한다는 것은 점도 치지도 못한다는 뜻이다.

즉석에서 접신된 영가를 불러내보았지만 굴러먹을 수 있는 영가가 아니었다.

그래서 퇴마 후 천도를 해 주고 신당을 치울 것을 권했다.

사례 ❹_ 서울 면목동에서 찾아온 무당

서울 면목동에서 찾아온 무당은 같이 온 사람의 말에 의하면 큰 무당이라고 소개했다. 그런데 찾아올 당시 우울증으로 시달리고 있었으며, 자기에게 들어온 주신(主神)이 알고 싶다고 했다.

면목동 무당에게 우울증을 일으키는 영가를 불러내어 물어보니 보살이 도봉산으로 기도를 갔을 때 들어왔다고 한다. 그 영가는 교통사고로 죽은 영가로, 마음이 답답하고 불안하다고 했다. 그래서 그 영가를 설득하고 달래서 보내 주었다.

이렇게 영가가 들어오게 되면 그 영가에 따라서 접신된 사람이 영향을 받는다. 누차 설명했지만 약 먹고 자살한 영가는 위를 쓰리게 하고, 머리를 다쳐 죽은 영가는 머리를 아프게 하는 식이다.

무당들이 자기가 모시고 있는 주신(主神) 이외에 다른 영가가 들어오는 것을 허주(虛主)라고 부르는데, 이런 허주로 인해서 면목동 무당처럼 우울증을 일으킨다든가 또는 몸이 아프기도 하고, 평상시 술을 마시지 않던 무당이 술을 마시고, 담배도 피우기도 하며, 때로는 헛소리도 하는 등 평상시 안 하던 행동이 나타나기도 한다.

무당에게 이런 허주가 들어온다는 것은 주신이 주신의 역할을 못하기 때문이다. 바꾸어 말하자면 본인들은 큰 무당이라고 큰소리치지만 이런 무당도 무당이 되지 않아야 할 사람이 무당이 되었다는 것이다.

제대로 된 무당이라면 어찌 허주가 붙을 수 있겠는가?

그리고 본인이 알고 싶어 하는 주신을 불러내어 보니 죽은 지 오래된 고모로, 자기가 다 가르쳐 준다고 말한다. 즉, 손님이 오면 점을 쳐 준다는 것이다.

사례 ❺_ 경기도 의정부에 거주하는 무당

이 무당의 사례도 면목동에서 찾아온 무당과 비슷한 사례로, 처음 무당이 되었을 때는 꽤 많은 돈을 만지기도 했지만 지금은 술을 마시면 동네가 시끄럽다. 혼자서 소주 서너 병을, 그것도 안주도 없이 강술로 마셔댄단다. 그런가 하면 온 동네를 돌며 사람들에게 시비를 걸고 소리친다.

그러다 들어와 또 마셔대고 골아 떨어져 잔다. 그것도 2, 3일이 멀다 하고 마셔댄단다.

이런 경우도 허주가 붙어서 그렇다. 처음에는 기도로 한때 좋아지기도 했지만 잠시 잠깐일 뿐, 허주를 찾아내어 퇴마를 해 주고 천도해 주는 방법이 올바른 방법이다.

사례 ❻_ 서울 중화동에서 찾아온 무당

서울 중화동에서 찾아온 무당도 미아리에서 찾아온 무당과 사례가 비슷하다. 아버지와 어머니가 일 년 간격으로 사망하고, 그 뒤 장남인 남동생 집안과 자기 집안의 하는 일마다 되는 일이 없고, 이제는 두 집이 다 망하여 경제적으로 큰 타격을 받았다. 거기다 자신마저 원인 모를 병으로 시달리게 되었다.

이때 자기가 다니던 절의 스님의 권유로 삼산(무당이 처음 내림을 받기 전에 명산 세 곳을 돌며 산신기도를 올린다)을 돌며 기도를 올리고 나서 자기 집에 부처님과 부모의 위폐를 모셨다고 한다.

필자를 찾아올 당시도 모든 일이 잘 풀리지 않고 건강도 좋지 않아 힘들어 하는 모습이었다.

그래서 "삼산(三山)을 돌며 기도하고 집안에 부처님을 모시는 행위가 스님이 뭐 할 짓인가? 무당들이 하는 행위지!" 하고 한마디 했더니 그래도 본인은 자기가 다니는 절의 스님을 절대적으로 신임하며 원력이 높은 큰 스님이라고 거든다.

스님을 받들어 모시는 모습은 좋을지라도 무엇이든 알고 행해야 할 것이다.

부처님을 퇴불해 주고, 더불어 영가도 퇴마해 주고 천도를 해 주라고 권했지만 벌써 천도재는 여러 차례 해 주었다며 말을 듣지 않는다.

다시 말하지만 이런 경우 반드시 퇴마를 해 주고 나서 퇴마한 영가와 더불어 부모의 천도재를 해 주어야 한다.

인천에서 찾아온 보살은 19세 된 아들이 사고로 사망했다.

그런 일이 있고 난 뒤 보살은 아들을 떠나보낸 슬픔과 아픈 마음을 감당하기에는 힘에 겨운 세월을 보내야 했다. 그렇게 보살은 불면증과 우울증에 시달려야 했다.

그런 마음을 달랠 방법이 없어 하루는 친구의 권유로 무당을 찾아갔다. 무당은 아들이 갑자기 죽어 저승에도 가지 못하고 구천을 떠돌고 있다며 아들을 저승으로 갈 수 있도록 천도재를 해 주라고 했다.

엄마로서 무당에게 이런 말을 듣고 나니 슬픔은 더 했고 기가 막히지 않은가? 죽은 것도 서러운데 아직도 저승에 가지 못하고 구천을 떠돌고 있다니.

그래서 남편과 상의하여 무당에게 굿을 해 주었다.

아들의 혼령을 몸에 실은 무당의 입에서 아들은 어머니께 눈물을 흘리며 "고맙습니다, 어머니. 이제는 편안히 떠나가겠습니다"라는 인사말과 함께 절을 한다.

이때 엄마는 한없이 흘러내리는 눈물을 감당하지 못하면서도 무당의 말을 듣고 굿을 해 주기를 잘 했다고 생각했다. 그러면서 마음은 한결 편안해졌다.

이런 일이 있고 난 뒤에도 마음이 편안했다가도 때때로 아들이 그리워지는 어머니 마음은 어찌하지 못했다.

이렇게 처음의 시작은 아들의 영가를 달래주기 위해서 굿을 했던 것이 1년에 한 차례씩 삼, 사년이나 계속되었다.

그런 사이 아들 영가는 떠나가지를 못하고 어머니에게 접신, 신병에 시달리게 되었다.

이때 무당은 어머니에게 "당신도 우리와 같은 팔자이니 내림을 받아라" 하고 권한다. 팔자이니 피해갈 수 없다. 몸은 아프고, 고민 끝에 무당의 말을 쫓아 내림굿을 하고 내림을 받아 집 안에 신당을 차렸다.

무당 말대로 여기까지는 어쩌면 피할 수 없는 운명이었다면 문제는 그 다음에 나타난다. 많은 돈을 들어 굿도 하고 신당도 차렸으니 이제는 손님도 받고 점도 쳐야 하지 않겠는가? 그런데 찾아온 손님도 없고, 어쩌다 손님이 찾아와도 점을 치지 못한다. 그때까지는 할 수 없이 응했던 가족들도 이제는 원망을 하며 신당을 치우라고 원성이 높다.

그래서 소문난 무당을 찾아가 물으니 당신은 무당이 되지 않아야 할 사람이 무당이 되어서 점도 칠 수 없다는 것이다.

이후에도 몇 군데를 더 찾아다니며 물어 보았지만 대답은 똑같다.

그렇게 헤매던 중 인천에 계신 필자의 스승이신 스님을 찾아가 물으니 그렇다면 의정부에 있는 제행스님을 찾아가면 모든 의문이 풀리고 해결책을 찾을 수 있을 것이라며 소개해 주셨다고 한다. 보살과는 이렇게 인연이 되어 만났다.

인천에서 찾아온 무당에게 들어와 있는 영가들을 불러내어 보니 무당의 친정아버지가 나와서 딸이 불쌍하다며 슬피 운다. 그리고 외할아버지와 보살의 아들 영가, 보살이 낙태시킨 영가, 또 1년 전에 죽은 사돈 할머니가 이렇게 보살의 몸에 자리를 잡고 있었다.

이런 영가들을 설득하여 내보낼 수 있었지만, 친정아버지는 불쌍한 딸을 두고 떠나지 않겠다고 떼를 쓰는 바람에 설득하는 데 시간이 많이 소모되었다.

이렇게 무당이 되지 않아야 할 무당들이 많이 있다. 요즘도 이런 무당들이 찾아와 상담을 하고 돌아간다.

그럼 이런 무당이 되지 않으려면 어떻게 해야 할까?

이렇게 무당이 되지 않아야 할 사람이 무당이 되었다면 그 또한 방법은 마찬가지다. 자기가 모셨던 영가들을 퇴마해 주고 천도해 주어야 한다.

우리 주위에는 무당이 되지 않아야 할 이런 무당들이 생각보다 많이 있다.

반드시 퇴마해 주고
천도해 주어라

영가를 불러내어 사연을 들어보면 반드시 영가들이 원하는 것이 있다.

그 영가들의 원하는 한을 풀어주고 내보내 주고(퇴마 후) 나서 천도재를 해 주어야 한다.

보통 퇴마를 제대로 할 줄 모르는 스님들이 천도재를 해 주는데, 그래서는 안 된다. 또한 무당들도 마찬가지로 퇴마할 능력이 없으니 그저 귀신을 불러내어 음식을 대접할 뿐이다.

이렇게 하면 잠시 잠깐은 조용할지 모르지만 오래가지 못한다. 그렇기 때문에 다시 찾아가면 또다시 천도재나 굿을 하라고 하고 끝내는 내림을 받으라고 한다.

이렇게 무당이 된 무당들도 신당을 치울 때는 무당이 모셨던 영가들을 다 내보내 주고 나서, 그 영가들의 천도재를 해 주어야 한다. 그리고 할 수 있다면 구병시식까지 해 준다면 금상첨화일 것이다.

무당 생활을 그만둘 때
어떻게 해야 할까?

이도 마찬가지로 무당에게 들어와 있는 귀신들을 하나하나 불러내어 그들의 한을 풀어내고 그들이 저승으로 갔다가 다시 태어날 수 있도록, 즉 윤회할 수 있도록 도와주어야 한다.

다시 말하자면 퇴마 후 천도재와 구병시식을 하고 나서 신당을 치우면 된다.

이렇게 마무리하지 않고 무당이 나이가 들어 적당이 그냥 신당을 치우거나 혹은 나름대로는 자기 자식들에게 피해를 주지 않는답시고 자식들을 멀리 떨어져 살게 하는 무당들을 종종 보는데, 그 방법은 올바른 해결책이 아니다. 잘못하면 무당 자손들, 특히 딸에게 아니면 며느리에게 다시 접신이 된다. 그렇지 않으면 한 대를 건너뛰어 손자손녀에게 내려가 접신된다. 이런 사실들을 명심 또 명심하라.

반드시 퇴마해 주고 천도해 주어라.

무당의 대물림

주로 무당이 되지 않아야 할 무당들이나 무당 노릇을 잘 했다고 하는 무당들이 나이가 들어 무당 생활을 정리할 때 올바른 방법으로 정리하지 않으면, 그 무당의 귀신들이 갈 곳이 없기 때문에 여기저기 헤매다가 종국엔 그들의 딸이나 며느리에게 옮겨 간다.

만약 당대에 옮겨 가지 않으면 다음 대에 옮겨가기도 한다.

이렇게 대물림이 되지 않는다고 하더라도 무당 자신의 생활 터전이었고, 또한 그 귀신을 모시고 온 가족이 먹고 살고, 자식들을 공부시키고, 시집 장가를 보냈으면 응당 감사하는 마음으로라도 윤회할 수 있도록 천도해 주는 것이 살아가는 사람의 도리일 것이다.

무당을 대물림을 하지 않으려면 꼭 올바른 방법으로 정리를 해야 한다는 말이다.

무당의
길을 가다

_경기도 의정부 문 보살 , 당시 51세

"어떻게 오셨습니까?"

"앞으로 가야 할 길이 궁금해서 왔습니다."

"무슨 일이 그렇게 궁금하신가요?"

필자의 물음에 한참을 망설이다가 자기가 내림을 받고 무당이 되어야 할지가 알고 싶다는 것이다.

여기는 어떻게 알고 찾아왔느냐는 물음에는 소개로 왔다면서도 누구의 소개로 왔는지는 말을 하지 않는다.

"왜 무당이 될 생각을 했습니까?"

그제야 지금까지 살아오면서 있었던 지난 일들을 털어 놓는다.

우선 과연 내림을 받고 무당이 되어도 될지 알아보기 위해서 몸 안에 들어와 있는 영가들을 불러내어 알아보기로 했다.

제행스님   무엇이 보이거나 느껴지면 말하십시오.

문 여인   부처님이 보입니다.

제행스님   좋습니다. 그러면 부처님의 마음을 한 번 느껴보십시오.

문 여인   부처님이 보이고, 부처님 앞에 고깔을 쓰고 앉아있는 스님
          이 보여요.

제행스님   스님이 부처님 앞에서 무엇을 하고 계신가요?

문 여인   기도를 하고 있는 것 같아요.

제행스님   그럼 고깔을 쓰고 계신 스님은 비구니스님인가요?

문 여인   네, 여자스님이에요.

제행스님   알겠습니다. 그럼 제가 스님을 한 번 불러 보겠습니다. 스
          님, 제 목소리가 들리면 대답해 보십시오.

문 여인   그냥 부처님 앞에 서 계세요.

제행스님   (다시 한 번 더 스님을 부르며) 스님이 이 문 여인을 지켜
          주었지요?

문 여인   (길게 한숨을 내 쉼. 그러나 한숨은 안에 있는 스님이 내 쉬
          고 있다는 것을 알아차림)

제행스님   스님, 이 문 여인한테는 언제 들어 왔지요?

스님   오래 됐지. 문 여인이 10대 때 들어왔다.

제행스님   어디서 들어왔지요?

스님   절에서 들어 왔다.

제행스님   어느 절에서 들어왔지요?

스님   춘천 소양강 근처 절에서(끝난 뒤 문 여인에게 들어 보니 19

세 때 소양강 근처 절에 간 일이 있었다고 함)

제행스님　그럼 문 여인이 큰 사고가 날 때마다 자기도 모르는 사이
　　　　에 "관세음보살" 하고 입에서 나온다고 했는데, 그때마다
　　　　스님이 그렇게 하고 도와주었는가요?

스님　어려울 때마다 도와주웠지.

제행스님　그럼 교통사고로 문 여인이 운전한 차가 폐차시킬 정도로
　　　　큰 사고가 났을 때, 문 여인은 크게 다치지 않은 기적 같
　　　　은 일이 있었다고 하던데 그때도 스님이 도와주었나요?

스님　관세음보살.

제행스님　스님은 죽음을 맞이할 때 어떻게 죽음을 맞이했는가요?.

스님　아파서, 가슴이 아파서 죽었다.

제행스님　그때 나이가 몇 살이었지요?

스님　30에, 알아주지 않아서 답답했다.

제행스님　그럼 어떻게 했으면 좋겠는가요?

스님　기도를 많이 하고 싶다.

제행스님　그럼, 문 여인이 중이 되기를 바라는가요?

스님　아니, 기도를 많이 해라.

제행스님　문 여인이 지금 이혼소송 중인데 어떻게 하면 좋겠습니까?

스님　답답하다.

제행스님　이번에도 도와주세요.

스님　(길게 한숨을 내쉼) 답답하다. 가슴이 무겁다. 기도 많이 해
　　　라. (길게 한숨) 합장하고 기도 많이 하고 살아라.

제행스님   그럼, 스님 말고 또 다른 사람(영가)이 있는가요?

문 여인   앞에 선비가 보여요. 장군이라고 해요

제행스님   장군은 언제 들어왔나요?

장군   오래됐다. 문 여인 30대 때.

제행스님   왜 문 여인에게 들어왔는가요?

장군   불쌍해서 도와주려고 왔다.

제행스님   어떻게 도와주겠다는 것인가요?

장군   나쁜 것을 다 막아 주었다.

제행스님   장군이 있어서 더 괴로울 것 같은데 장군은 문 여인과 어떻게 되는가요?

장군   조상.

제행스님   앞으로 어떻게 했으면 좋겠습니까?

장군   기도를 많이 해라.

제행스님   장군 말고 또 누가 있는가요?

문 여인   할아버지가 책상 앞에 앉아서 공부를 하고 있다.

제행스님   할아버지 나와 보세요. 할아버지는 언제 들어왔나요?

할아버지   오래됐다. 이 애 35세 때.

제행스님   할아버지는 문 여인 할아버지인가요?

할아버지   윗대 조상이다.

제행스님   할아버지는 공부를 많이 했어요?

할아버지   한문 공부를 많이 했다. 너무 답답하다.

제행스님   스님이 어떻게 해 주면 좋겠어요? 천도를 해줄 까요?

할아버지   천도는 싫다.

제행스님   그럼 문 여인이 어떻게 하면 좋겠는지요?

할아버지   기도해 주라. 남편이 나쁜 놈이다. 조상도 나쁘고. 마음을
　　　　　편하게 가져라. 기도 열심히 하고 운명에 맡겨라.

제행스님   할아버지가 무슨 일이 있을 때 문 여인에게 꿈을 선몽해
　　　　　주고 하셨어요?

할아버지   스님이 제일 많이 해준다.

제행스님   그럼, 세 분 말고 또 누구 있나요?

문 여인   엄마, 아빠가 멀리 있다.

제행스님   (엄마, 아빠를 불러내어) 왜 멀리 떨어져 있나요?

엄마   오면 힘들어 하니까 그리고 스님과 조상이 있어서 갈거다.(여
　　　기서 엄마, 아빠를 보내줌. 그리고 아빠는 교통사고로 식물인
　　　간이 되어 죽었다. 치료 후 보내줌)

제행스님   (조상을 다시 불러내어 단호하게) 스님이 천도해 줄 테니
　　　　　나가라.

조상   아니, 스님에게 물어 보아라.

제행스님   (스님을 다시 불러내어) 천도해 줄 테니 조상과 함께 나
　　　　　가라.

스님   아니.

제행스님   그럼 내림굿을 하고, 내림을 받게 하여 부려 먹겠다는 것
　　　　　이냐?

스님   아니, 기도해라.

제행스님   그럼 기도로 통하라는 말인가?

스님   그렇다.

제행스님   그럼 얼마 동안 기도를 하면 되겠는가?

스님   1년 기도해라.

제행스님   어떤 기도를 하면 좋겠는가?

스님   미륵부처님 앞에서 허공기도를 하라.

제행스님   그렇게 하면 스님이 도와주겠는가?

스님   그렇게 해 주겠다.

제행스님   그런데 문 여인이 앞으로의 일을 궁금해 하니 한마디 해달라.

스님   지금 말하면 안 돼! 말할 수 없다.

제행스님   (여기서 호기심이 발동해 필자의 앞날에 대해서도 물어보
          았다.)

스님   묻지 마라. 지금은 아무 말도 할 수 없다.

제행스님   그럼 기도하고 나오면 그때는 말해 줄 수 있겠는가?

스님   그때는 말해 주겠다.

제행스님   그럼 마지막으로 하고 싶은 말은?

스님   잘 될 것이다. 너무 불쌍해서, 너무 안쓰러워서 마음이 아프
       다. 다 해 주고 싶은데……. 열심히 기도해라.

제행스님   내가 문 여인을 위해서 도와줄 수 있는 방법은 없겠는가?

스님   기도하는 방법을 가르쳐 주어라, 경문을 외우게 해라.

제행스님   내가 가르칠 능력이 되는가?

스님   스님도 능력이 있다. 가르쳐 주어라. 너무 힘들게 하지 말고.

제행스님 그럼, 스님과 두 분 조상 외에 또 누가 있는가?

스님 없다. 다른 영가들은 못 들어온다.

제행스님 끝으로 한 가지 궁금한 것이 있다. 스님과 문 여인과는 어떤 관계인가?

스님 전생에 문 여인은 대궐에서 살았다. 그 여인이 바로 나다.

제행스님 그럼 스님이 문 여인의 전신(前身)이라는 말인가?

스님 그렇다.

제행스님 (여기서 스님이 가슴이 아픈 병으로 젊은 나이에 죽음을 맞이한 것이 생각나서) 그럼 그때 대궐에서 살 때 결혼도 하였나요?

스님 그때 좋아하는 사람이 있었지만, 그때도 몸이 아파서 결혼하지 못하고 일찍 죽었다.(여기서 궁금한 것이 많았지만 윤회과정에서 이루어질 수 있겠구나 하는 생각으로 그냥 끝냈다. 다음 기회가 주어져 보다 자세한 것을 밝혀낸다면 흥미로울 것 같다.)

여기까지 끝내고 미래가 궁금하다고 하여 5년 후로 유도했다.

제행스님 지금 어디에 있는가?

문 여인 암자에 있다.

제행스님 지금 상황을 보이는 대로 말해 보아라.

문 여인 암자에서 부처님을 모시고 상담을 한 것 같다.

제행스님　손님은 많이 있는가?

문 여인　손님들이 계속해서 찾아온다.

이외에도 궁금해 한 여러 가지를 묻고 대답했지만 여기서는 개인사이므로 생략한다.

이렇게 상담을 하면서 문 여인이야말로 제 갈 길을 옳게 찾아 갈 것 같다는 생각을 해 본다.

그리고 무엇보다도 중요한 것은 무당의 길을 가야 할 사람은 주신(主神)이 다른 영가들을 못 들어오게 막아주며 무당을 보호해 준다는 사실이다.

올바른 판단과
선택이 중요하다

지금까지 많은 이야기를 했다. 아마 현명한 독자들은 필자가 지금까지 하고 싶은 말이 무엇인지 또 앞으로 살아가면서 어려운 일에 봉착했다면 어떤 방법으로 누구와 상담을 하면서 풀어가야 할지 결심이 섰으리라 믿는다.

미신과 학문의 차이는 무엇일까? 그것은 아마 종이 한 장 차이일 것이다. 맹신적으로 믿고 의지하면 미신일 것이고, 사리를 분별하여 알고 판단할 수 있으면 그것은 학문이고 과학이 아닐까?

그렇지만 미신이든 학문이든 사용하기에 따라서 우리에게 득도 주고, 해도 끼칠 것이다. 한 자루의 칼처럼 말이다.

그래도 못 다한, 하고 싶은 이야기가 많이 남아 있지만 다음을 위해서 남겨두기로 하자.

올바른 상담자를 만나라.

상담은 지난 과거를 맞추는 것도, 또한 앞으로 다가올 일을 예언하는 것도 중요하다. 하지만 그것보다는 대화를 하면서 지난날에 있었던 상처를 치유해 주고, 또 앞으로 닥쳐올 일들을 준비하고 함께 풀어 나가는 것이리라.

어떻게 하면
잘 살아갈 수 있을까?

사주팔자(四柱八字)를
알아야 운명을 바꿀 수 있다

우리가 사주팔자를 바꾸어 잘 살 수 있다면 얼마나 좋을까. 그러기 위해서는 자기의 사주팔자를 알아야 팔자를 바꾸어 잘 살아 갈 수 있다.

현재의 삶을 똑바로 알고 이해하려면 사주팔자만 공부해서는 해결되지 않고, 전생을 알아야 한다. 전생을 알아야 현재 당신의 입장에서 처하고 있는 모든 문제들, 즉 부부문제, 자식문제, 부모와의 연결고리 등 현재 당신과 연결된 문제들과 당신이 지금 알고 싶어 하는 모든 문제들을 풀어낼 수 있다.

그런데 이것을 모르고 사주팔자만 공부하는 사람들은 그 원인은 찾아내지 못해서 알지 못하니 사주팔자만 가지고 당신은 이혼할 팔자니, 혹은 팔자에 돈이 없다느니, 명예가 없다느니, 사람 덕이 없다느니 하고 단순이 말할 따름이다. 그러한데도 우리 국민의 대다수는 자기의 사주팔자에 대해서 알고 싶고 궁금해서 한번쯤은 철학관이나 무속인, 또는 사주를 상담해 주는 스님을 찾아 간다고 한다.

대관절 사주팔자가 무엇이기에 그렇게 할까? 국민들의 대다수가 그렇게 궁금해 하고, 또 그 상담료로 지출된 금액이 1년이면 가히 천문학적인 돈이라고 하니 말이다.

우리는 다 사주팔자대로 살아간다고 한다. 과연 그럴까? 우리가 현재 잘 살고 있는 것도 팔자요, 어렵고 힘들게 살아가는 것도 팔자라면, 그리고 그 팔자를 고쳐 살아갈 수 있다면 누구나 다 잘 살 수 있지 않을까? 타고난 사주팔자는 고칠 수 없지만, 사주팔자를 알면 누구나 다 그 팔자를 바꾸어 살아갈 수 있다.

그렇게 하기 위해서 우리는 자기의 사주팔자를 알아야 한다. 그래야 팔자대로 흘러가듯 살아가지 않고 올바로 살아갈 수 있으며, 또한 잘 살아갈 수 있는 것이다.

사주팔자(四柱八字)란 무엇일까?

우리는 살아가면서 한번쯤은 사주팔자를 궁금해 하고, '과연 사주는 있는 것인가? 있다면 우리는 사주팔자대로 살아가고 있는가?' 하고 의아심을 가지고 생각해 보았을 것이다. 그리고 살아가면서 팔자타령도 사주팔자를 믿든, 믿지 않든 아마 한두 번쯤은 해 보았을 것이다.

그렇다면 과연 사주팔자란 있을까요? 없을까요?
이렇게 질문을 한다면, 당연히 사주팔자는 있습니다!

사주팔자란 역학적(易學的)으로 말한다면 한 사람이 태어난 해(年), 태어난 달(月), 태어난 날(日), 태어난 시(時間)를 가지고, 태어난 해를 년주(年柱), 태어난 달을 월주(月柱), 태어난 날을 일주(日柱), 태어난 시를 시주(時柱)로 하여 네 개의 주이니 사주(四柱)가 되고, 또한 태어난 년에는, 예를 들어 만약 2011년에 태어났다면 2011년은 신묘년 (辛卯年)이 되므로 년 주에는 신묘(辛卯), 두 글자가 된다.

이렇게 각 주(柱)에는 두 글자씩이므로 합하면 여덟 글자가 된다. 고로 네 주(四柱)에 여덟 글자가 되므로 사주팔자(四柱八字)라고 말한다.

그러하니 사람은 누구나 자기가 태어난 년, 월, 일, 시가 본인의 사주팔자가 된다. 이렇게 누구에게나 사주팔자는 있게 된다. 다만 경우에 따라서 자기가 태어난 날이나 혹은 시간을 잘 모르고 있는 사람이 있을 뿐이다.

우리는 사주팔자대로
인생을 살아가는 것일까?

대답부터 하자면 필자의 견해는 그렇지는 않다고 생각한다. 그렇지만 사주팔자대로 살아가는 사람이 대부분이다. 그렇기 때문에 일간에서는 "사주팔자는 도둑질도 못한다", 또는 "사주팔자는 죽어서도 그 액땜을 한다"고 말하기도 한다.

그러나 필자의 견해는 꼭 사주팔자대로 살아가는 것은 아니라고 생각한다. 즉, 자연의 변화는 우리네 인간의 힘으로는 막을 수 없듯이 우리들은 주위의 환경이나 여건에 따라서 적응하고 거기에 맞춰서 변해가면서 살아가게 된다.

그러하므로 우리들의 팔자 또한 우주 변화의 절대적인 영향력을 받게 되는 것이다.

역학적(易學的)으로 사주를 평(評)하는 것도 그 사람이 태어날 때, 즉 생년월일시와 우주의 변화인 음양오행을 가지고 그 사람의 사주팔자를 보는 것이다.

사람이 살아가는 것도 절대적으로 환경의 변화에 따라서, 또 주변의 여건에 따라서 변화하게 되어 있다.

그러면 우리는 어떻게 하면 주변의 여건이나 환경에 따라서 적응해 가면서 잘 살아갈 수 있을까? 지금부터 그런 이야기를 해보려고 한다.

사주팔자는
바꿀 수 있을까?

물론 사주팔자를 바꿀 수는 없다.

어떻게 자기가 태어난 해와 달과 날짜와 시간을 바꿀 수 있단 말인가? 또 바꾼다고 해서 바꾸어지겠는가?

그런데 우습게도 어떤 사주상담자는 "생일을 바꾸어 세라" 또는 "나이를 바꾸어서 말해라", 아니면 "태어난 시간을 바꾸라"고 한다. 어떤 특별한 비법이라도 가르쳐 주듯이 은밀하게 말을 해준다. 필자는 이런 이야기를 듣고, 속으로 나오는 웃음을 꾹 참았다.

실지로 필자가 아는 사람 중에 한 분은 자기 나이를 똑바로 말하지 않아 다음에 그 이유를 알고 보니 상기에서 말한 팔자 때문이었다.

한술 더 떠서 어떤 상담자는 "굿을 해라", 또는 "부작을 지녀라", "무슨 액땜을 해라" 하기도 하니 지금 이 책을 읽고 있는 독자들은 그런 말에 현혹되지 않기를 바란다. 사주팔자란 자기의 사주를 잘 알고 대처해 나가는 것이 현명한 방법이다.

무조건 미신적이어서는 안 된다.

요즘은 일기예보도 학문과 과학이 발달하여 적중률이 높듯이 사주풀이 또한 공부를 많이 하고 많은 경험을 쌓고 하는 이들은 예지 능력이 발달하여 적중률이 높다. 그러나 이 공부는 혼자서 한 평생을 두고 열심히 한다고 해서 되는 것이 아니다. 이천여 년을 이어 내려오는 통계학이라고 하지 않는가? 그것은 꾸준히 대를 이어오면서 전해져 내려오는 학문이기 때문이다.

그래서 필자는 이 학문을 전수학문이라고 말한다.

우리는 어떻게 하면
사주팔자대로 흘러가듯 살지 않고
잘 살아갈 수 있을까?

사주팔자를 알면 사주팔자 자체는 바꿀 수 없지만, 사주팔자가 가져다주는 운명(運命)은 바꾸어 가면서 살아갈 수 있다.

여기서 바꾸어 가면서 살아간다는 뜻은 사주를 바꾼다는 의미가 아니라 그때그때 대처해 가면서 살아갈 수 있다는 뜻이다.

우리는 오늘도 그렇게 대처해 가면서 생활하고 있지 않은가. 일기예보를 듣고 비가 내린다면 우산을 준비해서 집을 나서고, 또 출발하기 전에 교통정보를 확인하고 막히는 곳을 피해 돌아가기도 한다. 물론 그 정보가 틀려 때로는 고생을 하기도 하지만, 그래도 미리 준비하고 떠난다면 마음만은 편안하지 않겠는가?

이렇듯 우리가 사주팔자를 알고 있다면 살아가면서 얼마든지 우리의 운(運)을 바꾸어 가면서 살아갈 수 있다. 운이 안 좋을 때는 조금 기다렸다가 갈 수도 있고, 또는 피해갈 수도 있고, 때로는 돌아 갈 수도 있고, 아예 가지 않을 수도 있다.

필자는 뒤 늦게 은사 스님과 인연이 되어 이 공부를 하면서 그야말로 밤과 낮을 가리지 않고 열심히 공부했다. 지금 생각해 보아도 어떻게 그렇게 열심히 할 수 있었는지 대견하다.

그러나 생각해 보면 열심히 공부했던 이유 중 하나는 공부를 시작할 때 이미 반평생을 살아온 필자로서 인생살이에서 꼭 알아야 할 기가 막힌 공부라고 생각했기 때문이다.

필자는 조금 더 일찍 이 공부를 알았더라면 하는 마음이 들어서 더 더욱 열심히 했고, 더 중요한 것은 아마 이 공부가 필자의 흥미와 적성에 잘 맞지 않았나 하는 생각에서였다.

그래도 궁금증이 풀리지 않아 전생(前生)을 볼 수 있게 전생으로 유도하는 공부와 또 미래를 볼 수 있게 앞으로 다가올 미래로 유도하는 공부, 마음을 다스리고 심인성질환을 치유할 수 있는 공부, 또 영가(靈駕)를 불러내어 설득, 영가가 원하는 곳으로 보내주는 퇴마를 할 수 있는 공부 등을 모두 해냈으니 지금 생각해 보아도 가슴 뿌듯하다.

인생살이는 누구에게나 이렇게 자기에게 맞는 공부가 있다. 어디 이런 공부가 누가 시킨다고 해서 될 공부인가 말이다.

요즘 젊은 친구들도 하루라도 빨리 자기에게 잘 맞는 공부를 찾아

한다면 아마 자기가 가야 하는 방면에서 크게 성공할 수 있을 것이다.
이 말을 허투로 듣지 말고 명심하기 바란다.

이런 일들이 자기 사주팔자를 바꾸어 살아갈 수 있는 하나의 방법이
될 수 있을 것이다.

좋은 사주팔자도
있는가?

대답부터 하자면, 있다!

예를 들어서 말하자면 우리가 어떤 집을 방문하였을 때 그곳의 풍경이 아름답고, 햇볕이 잘 들고, 정원에 크고 작은 나무들이 잘 가꾸어져 있고, 연꽃이 피어있는 연못에 금붕어라도 몇 마리 놀고 있다면 얼마나 운치가 있겠는가?

거기다 잔디가 깔려있고 작은 바위라도 있어 앉아 쉴 수 있는 공간이 있다면, 누구라도 마음의 여유를 만끽할 수 있을 것이다.

이런 집을 방문하였다면 누구나 마음속으로는 이런 집에서 한평생 살았으면 좋겠다고 생각할 것이다. 아니 며칠이라도 쉬어 가면서 삶에 있어 재충전을 하고 싶지 않을까?

바로 이런 집을 풍수(風水)에서는 음양오행(陰陽五行)이 잘 갖추어진 집이라고 한다. 물론 풍수에서는 더 많은 다른 여건들을 갖추고 있어야 하겠지만…….

이렇게 잘 갖추어진 집이라도 조화를 잘 이룰 수 있게 배치를 잘 하여야 한다. 모든 것이 다 제 위치에 있어야 할 곳에 있어 조화를 이루어야지, 그렇지 않다면 어떻게 되겠는가? 만약 대문이 집 뒤쪽으로 나 있다면 어떠할까? 그래서 양택(陽宅) 풍수에서는 자리를 중요시 본다.

이렇듯 우리네 사주에도 음(陰)과 양(陽)이, 또 목, 화, 토, 금, 수(木火土金水), 즉 오행(五行)이 많지도 부족하지도 않게 잘 갖추어진 사주팔자를 좋은 사주라고 한다.

그렇지만 무엇보다 중요한 것은 그 오행이 있을 자리에 있어 조화를 잘 이룰 때 좋은 사주이지, 오행이 골고루 잘 갖추어졌다고 해서 좋은 사주라고 보지는 않는다.

그런데 이렇게 이상적인 사주를 가지고 태어난 사람이 과연 몇 사람이나 될까?

보통은 넘쳐흐르고, 아니면 부족하고, 없고, 또 골고루 오행을 다 갖추었다고 하더라도 오행이 있어야 할 자리에 있지 않고 조화를 이루지 못하고 있다면 아무짝에도 쓸모가 없는 것이다.

집의 경우 정원에 소나무가 필요하다면 소나무를 한 그루 옮겨다 심으면 될 것이고, 또 남향집인데 대문이 뒤쪽으로 나 있어서 좋지 않다면 생기 방향인 동쪽으로 대문을 내면 될 것이다.

그렇지만 이렇게 마음대로 할 수 있다면 좋겠지만 생활여건은 그렇지 못한 경우가 더 많다. 길은 북쪽방향으로 나 있어 여건상 동쪽방향으로 대문을 낼 수 있는 여건이 도저히 안 된다면 어떻게 하겠는가?

이럴 때는 집 방향을 동남간으로 지으면 될 것이다.

그렇지만 문제는 그렇게 간단하지만은 않다. 나는 꼭 집을 남향으로만 짓고 싶다면 어떻게 할까? 이럴 때도 해결 방법은 있다. 그렇기 때문에 전문가를 필요로 하는 것이다.

우리가 자기의 운명을 개척하고 자기의 삶을 만들어 가면서 살아간다는 것은 쉽지가 않다. 그렇기 때문에 대부분의 사람들은 자기 사주팔자대로 흘러가듯 사는 것이다.

그렇지만 운명은 개척해 가는 것이다.

사주팔자를 알아야
바꿀 수 있다

이제 사주팔자 이야기를 좀 더 구체적으로 해보자.

사람은 누구나 두 가지 운(運)을 가지고 태어난다.

하나는 태어난 운(運), 즉 사주팔자를 말하며, 이것을 선천운(先天運)이라고 말한다. 이 선천운(先天運)은 바꿀 수 없는 운(運)이기 때문에 숙명(宿命)이라고 한다. 선천운(先天運), 즉 숙명(宿命)은 자신이 전생(前生)에 지은 업(業)에 따라 이루어진 명(命)이라고 한다.

또 다른 하나는 후천운(後天運)이라고 하는데, 이것은 우리가 현생(現生)을 살아가면서 스스로 만들어 가는 명(命), 즉 운명(運命)이라고 한다. 현재의 삶, 즉 운명(運命)은 다음 생(生)의 숙명(宿命)이 될 수 있다.

그래서 부처님께서는 "전생을 알려거든 지금의 자신을 보고, 래생

(來生)이 궁금하면 자신이 어떻게 살아왔는지를 보라"고 말씀하셨다. 즉, 현재의 삶은 전생에서 자신이 살았던 결과이다. 그래서 우리는 현생을 이해하려면 전생을 알아야 한다. 전생을 모르고서는 현생에서 이루어지는 일들을 풀어낼 수가 없다.

이것은 인과의 법칙이며 뿌린 대로 거두는 자연의 섭리인 것이다.

우리는 타고난 사주팔자, 즉 선천운은 바꿀 수가 없지만, 태어난 후의 후천운은 스스로 개척하여 만들어 가는 것이기 때문에 얼마든지 바꿀 수 있다.

그런데 상담을 하다 보면 스스로 운명을 바꿀 생각은 하지 못하는 것 같다. 그렇기 때문에 사주상담을 할 때 사주가 잘 맞는 것이다. 만약 그 사람이 스스로 운명을 개척하여 살아왔다면, 그 사람은 타고난 오행이 변하기 때문에 사주가 잘 맞지 않는다.

'산은 오르지 않고, 산만 높다 하더라' 하는 옛 시 한 구절이 생각난다. 우리는 산을 정복하기 위해서는 산 밑에서부터 땀을 흘리며 스스로 열심히 노력하여 산을 올라야 종국에 정상에 올라설 수 있는 것과 같이 우리의 삶도 열심히 노력하여 자기 운명을 개척하여야 한다. 그런데 모든 문제가 열심히 노력한다고만 해서 다 이루어지지는 않는다. 노력하여 무엇이든 이루기 위해서는 각자 자기의 사주팔자를 알아야 바꿀 수 있는 것이다. 그것은 사주 속에 그 사람의 운명이 들어 있기 때문이다.

손자병법에도 "적을 알고 나를 알면 백 번 싸워도 위태롭지 않다"고 했다. 마치 우리가 현재를 살아가면서 자기의 개성과 적성을 알고 자기에게 맞는 직업을 선택한다면, 자기에게 맞는 직업에서 누구보다도 앞서갈 수 있고, 그 분야에서 보다 높은 경지에 오를 수 있을 것이다.

사주팔자를 알고 팔자에 맞추어 살아가야 운명을 바꿀 수 있다. 그렇다면 사주팔자를 보면 무엇을 알 수 있을까? 사주를 보면 육친(六親)과의 관계를 알 수 있다. 나와 부모, 형제, 자식, 남편, 마누라와의 관계, 즉 육친과의 길흉(吉凶)의 운(運)을 알 수 있으며, 재물 운과 직업 운을 알 수 있다. 여기서 직업 운을 명예라고 표현하기도 한다.

이 책에서는 이 모든 것들을 다 다룰 수 없어 우선 나, 본인과 관련된 이야기를 위주로 풀어 나가려 한다.

사주팔자를 보면
그 사람의 성격(性格)을 알 수 있다

사주 속에는 그 사람의 성격이 들어 있다.

여러분은 지금까지 살아오면서 자기의 성격 때문에 사업을 망쳤다거나, 좋은 친구와 싸우고 사이가 멀어졌다거나, 혹은 부부간 싸움은 물론 이혼을 경험한 사람도 있을 것이다.

누구나 자기 자신이 자기의 성격을 잘 알고 있으면서도 순간에 그 성격을 잘 조종하지 못하고 일어난 일들이다. 그만큼 스스로 타고난 성격을 고치기가 쉽지 않듯이 자기의 후천운, 즉 운명을 바꾸기란 어려운 것이다. 그래서 성격이 운명을 만든다고도 한다.

그럼 성격 이야기를 좀 더 자세히 해 보기로 하겠다.

첫 번째로, 불화(火)의 성격을 타고난 사람은 어떠할까?

불화(火)의 성격을 가진 사람들은 예의가 바르고 손위 사람을 대접

할 줄 알아 덕이 있고 총명한 사람이며, 머리도 잘 돌아가지만 천성적으로 거짓말을 하지 못한다.

그러나 성질이 급하여 불같이 욱하는 성격이 있다. 그러나 불꽃이 사그라지듯이 성격 또한 금세 언제 그랬냐는 듯이 사그라진다.

이런 사람들은 정도 많고, 마음이 따뜻한 사람이지만 인내심이 부족하여 잘 참아내질 못하고, 어떤 일을 계획하고 실천하다가도 끝까지 밀고 나가지를 못하여 중도에 포기를 잘한다. 또 상대와 대화를 할 때도 끝까지 상대의 이야기를 듣지 않고 자기 말을 앞세워 낭패를 당하기도 한다.

성질이 급하여 술값도 먼저 내고, 바른 말을 잘하니 대인관계에서는 단점이 되며, 양심적이지만 경솔한 자가 많다.

화(火)가 과다(過多)한 사람은 어떨까?

이런 사람들은 성격이 급하다 못해 말을 더듬기까지도 한다. 주로 남의 보증을 서주어 패하고, 금전을 남에게 빌려주면 받아내지 못하고 포기한다. 또 술 중독, 약물중독 등 심하면 본드 흡입을 하는 사람이나 마약중독자도 있다. 그러하니 화란(禍亂)이 끊이지 않다. 날이 새는 줄도 모르고 술을 마시기도 한다.

꼭 다 그렇다는 이야기는 아니다. 여기서 불화(火)가 과다(過多)한 필자의 친구 이야기를 하나 해본다. 그 친구는 성질이 급하여 운전을 하여도 차가 신호에 막힌다거나 또 정체되어 막히면, 그 순간을 기다리지 못하고 신호위반이나 갓길 운행을 일삼는다. 하지만 절대 과속은 하지 않는 좋은 습관을 가지고 있다. 또한 결단력이 있어 술은 입에도 대지 않으니, 상기에서 말한 불화(火)의 습성에도 해당되지 않는다. 이런 경우가 사주의 오행이 바뀌는 경우가 아닌가 생각해 본다.

여러분 중에도 불화(火)의 성격을 타고난 사람이 있다면 성격을 바꾸는 노력을 게을리 하지 마라.

그럼 이런 불화(火)의 성격을 가진 사람은 어떻게 해야 할까?

우선 많은 인내심을 길러야 한다. 상대와 대화를 할 때도 끝까지 상대의 이야기를 경청하고 나서 자기 의견을 표현할 수 있게 평상시에도 많은 노력을 하여 습관화시켜야 한다.

또 어떤 일을 계획하고 실천에 옮길 때는 끝까지 그 목표를 달성하려는 마음을 게을리 해서는 안 된다. 그러하면 주위 사람들로부터 예의도 바르고 참고 견디는 인내심도 있으니 서로 친구 되기를 원하며, 칭찬 또한 자자할 것이므로 결과적으로 자기 삶을 성공으로 이끌 수 있을 것이다.

두 번째로, 나무 목(木)의 성격을 가지고 태어난 사람은 어떠할까?

목(木)의 성격은 인자하고 마음이 너그럽고 관대하며, 외형도 늘씬하고 미남미녀형(美男美女形)이지만 외모에 신경을 쓰고 너무 깔끔한 것이 단점이다.

애교도 있고 활동력도 좋으니 은근히 남의 덕을 보려고 하는 마음도 있으며, 또한 동물 기르기를 좋아한다.

목(木)이 과다(過多)하면 이해관계로 인해 화병(火病)에 마음을 상(傷)하고 손과 발의 골절이 발생할 수도 있다. 또한 음밀하여 밀회도 좋아하고, 명예 얻기를 좋아하며, 음침함도 있으니 다른 사람으로부터 덕을 보기도 한다.

사주에는 공망살(空亡殺)이 있다. 만약 목(木)이 공망살에 들어가게 되면, 나무가 속이 텅 빌 때 부러지기가 쉽듯이 팔 다리에 골절상을 당하기 쉬우니 특히 겨울철에 조심하여야 한다. 자칫 넘어져 팔이나 다리가 부러질 수도 있으니 말이다.

세 번째로, 흙 토(土)의 성격은 어떠할까?

토(土)의 성격은 한 마디로 말하자면 믿음이 있고, 인내심이 있으며, 활동력도 강하고, 욕심도 많다.

그러나 내성적인 성격이 되기 쉽고 말을 잘 안 한다. 그러하니 고집도 있고 어둔한 성격이지만, 좋게 표현하면 과묵한 성격의 소유자이다.

그렇다면 토(土)가 과다(過多)하면 어떻게 되겠는가?

둔하다 못해 미련하고 자기 욕심만 생각한 나머지 남을 배려하는 마음이 없다.

흙 토(土)가 공망살(空亡殺)에 들어가면 흙 속이 텅 비는 격이니, 무너져 산사태와 같은 일이 발생할 수 있어 매몰되거나 패하는 자가 많다.

흙 토(土)의 성격을 가지고 태어난 사람은 신용과 믿음을 밑천으로 넘쳐나지 않게 상대를 배려하고 나눔을 실천하려고 부단히 노력을 하여야 할 것이다.

네 번째로, 금(金)의 성격을 가지고 태어난 사람은 어떠할까? 금(金)

의 성격은 머리는 좋으나 의리를 중시하며 고집도 있다.

그러하니 학창시절에는 운동권에 빠지기 쉽고, 또한 사회에 나와서는 노조를 결성하고, 혹은 잘못되면 조직 폭력배 쪽으로 빠져 호형호제(呼兄呼弟)하며 의리를 중시하니 남자답게 보일 수 있지만 실속이 없다. 요령도 피우지 못하고 강직하여 결벽증을 가질 수 있으며 끊고 맺음이 분명하니 칼 같은 성격이다.

금(金)이 과다(過多)하면 다치고, 수술하고, 사고나고, 매사에 혹독한 성격이 나타나니 주로 인덕(人德)이 부족하지만 의리는 하늘을 찌를 듯하다. 그러나 그게 별 볼일 없으니 어떻게 하겠는가?

금(金)이 공망살(空亡殺)에 들어가면 마치 철(鐵)이 비어 있는 파이프와 같으니 노래는 잘할 것이다. 그러나 소리가 크고, 심하면 우리가 귀 창이 떨어진다는 말처럼 귀가 먹을 수 있다.

그렇다면 금(金)의 성격을 가지고 태어난 사람은 어떻게 해야 하겠는가?

아마 좋은 머리로 자기 실속도 조금 채우고, 근면 성실하게 생활하면서 군중들 앞에 나서는 것을 자제하고 유(柔)하게 행동해야 할 것이다. 강(剛)하면 부러지고 유(柔)하면 휘어진다는 말이 있잖은가.

마지막 다섯 번째로, 수(水)의 성격을 살펴보자.

수(水)의 성격을 타고 태어난 사람은 지혜롭고 머리가 잘 회전되어 꾀도 많다. 그래서 때로는 거짓말도 하며, 남의 말을 잘 믿지 못하고, 의심도 하고, 잔머리를 굴리고, 말도 잘 하니 수단이 좋은 사람이다.

수(水)가 과다(過多)하면 수단이 좋아 사기성도 있고, 남을 배신하고, 술을 좋아하고, 바람도 피운다. 또한 잔머리를 잘 쓰니 토끼가 제 방귀에 놀라 달아나듯 자기 꾀에 자기가 당하는 꼴이다.

수(水)가 공망살(空亡殺)에 들어가면 유수(流水)와 같이 흘러가니 인생을 헛되이 흘려 보내는 수가 있다.

그러나 장점으로는 붙임성이 좋아 적응을 잘 하니 직장이나 사업에서 수완이 좋아 득이 되기도 한다. 어떤 이는 남을 도와주는 적선가도 있다.

이런 수(水)의 성격을 가지고 태어난 사람은 그 좋은 머리로 잔머리를 굴리지 말고 믿음을 갖도록 노력을 한다면 붙임성도 좋고 하니 직장이나 사회생활에서 환영을 받지 않겠는가?

여기서 수(水)의 성격을 가지고 태어난 사람의 이야기를 한 번 하고 넘어가기로 하자.

성(姓)이 김(金) 씨인, 그가 몸이 아파 종합병원에 입원하여 종합검진 결과 암 선고를 받았지만 초창기에 발견을 하여 충분히 치료가 가능하였다.

그때 필자도 병문안을 가보았지만 환자라기보다는 건강한 모습이었다. 친구들이 병문안을 가면 화투를 치며 놀기도 하는 등 피로한 기색도 별로 없어 보였다. 그 김 씨 말로는 며칠 병원에 입원하여 치료를 받고 난 후 어디 공기 좋은 곳으로 가서 요양을 하려고 갈 곳을 알아보고 있다고 했다. 그래서 치료 잘 받으라는 말을 남기고 병원을 나왔었다.

그 뒤 건강하다는 이야기를 가끔 지인들로부터 전해 듣고 있었는데, 한두 달이나 지났을까 뜻밖에도 그가 사망하였다는 소식을 들었다.

장례를 치른 뒤에 그 사람의 가까운 친척으로부터 전해 들으니 병원에 입원해 있으면서 놀고 있다가도 가까운 친척이나 친구들이 찾아오면 재빨리 침대에 가서 누워 중환자처럼 보이며 그들이 위로금으로 봉투라도 전해 주면 챙기곤 했다는 것이다.

필자는 그 이야기를 듣고 웃음을 금할 수 없었다. 마음속으로 '그의 사주에 과다한 수(水)가 그를 죽음으로 몰고 갔군!' 하고 생각을 했다.

아직 살아 있어야 할 시간이 많이 남아있는데……

자, 다시 본론으로 들어가서 이야기하기로 하자.

이렇게 간단하게 성격을 오행으로 나누어서 말했지만, 같은 오행이라도 음양에 따라서 또 달라지고 주변의 여건에 따라서 성격의 변화가 무궁무진하게 일어난다.

전문적인 깊은 이야기까지는 여기서 다 말할 수 없지만 우리는 각자가 다 다른 성격을 가지고 태어났으며, 그 성격에는 각각 장점도 있고 단점도 있다. 장점은 더욱더 장려하고, 단점은 과감히 고치려는 노력이 필요하다.

그런데 어찌 노력한다고 해서 그렇게 쉽게 성격이 고쳐질 수 있겠는가? 그래서 성격이 운명을 만든다고 하지 않는가? 그만큼 타고난 성격은 고치기가 힘든 것이다.

그래서 근·현대사를 보면 예로부터 군왕 옆에는 제갈공명과 같은 재사(才士)가 있어 간(諫)해 주었으며, 현대에도 비서나 보좌진이 있어 그의 상관을 보좌해 준다. 그리고 보좌해 주는 보좌진들이 얼마만큼 현명하게 보좌해 주며, 또한 당사자가 조언해 주는 말들을 경청하고 현명한 결단을 내리느냐에 따라서 나라나 개인의 운명이 바뀌는 것이다.

그래서 우리는 바로 멘토와 같은 상담자를 필요로 하는 것이다.

그런데 현실에서 우리의 실정은 어떠한가? 상담하러 오는 사람들은 자기를 털어놓고 조언을 들으려 하지는 않고 그저 지난날을 잘 맞추는지에 더 큰 관심을 가지고 있는 것 같다.

지난 과거에 어떤 일이 벌어졌는지가 뭐가 그리 대단한가?

지난날은 본인이 더 잘 알고 있을 터이고, 그보다는 앞으로 닥쳐올 일을 어떻게 대비하면서 살아 갈 것인가가 더 중요하지 않겠는가?

그래서 상담이 필요한 것이다.

지난 일들은 무속인들이 잘 맞춘다고 한다. 무속인들은 속성상 많은 영가(鬼神)들이 그 무속인의 몸속에 들어와 있다. 그들이 말한 대로 큰 신(神)이 들어와 있는 것이 아니고 자기들 조상 또는 주위의 죽은 영가들이 그 무속인의 몸 또는 신당(神堂)에 머물러 있는데, 그들은 큰 신인 양 속이고 있다.

그래서 손님이 점(占)을 보러 오면 그 영가(鬼神)들이 손님의 뇌를 읽어 무속인의 몸에 있는 다른 영가에게 전해 주면, 다른 영가가 무속인의 입을 통하여 지난 과거사와 무슨 일 때문에 왔는지를 말한다.

그래서 무속인이 점을 칠 때는 자기 인격이 아닌 자기 몸 안에 있는 영가, 즉 동자 또는 무슨 할머니, 할아버지, 장군 등등이 무속인의 입을 통하여 말을 하는 것이다. 그래서 무속인도 빙의 환자, 즉 다중인격자(多重人格者)인 것이다. 그렇기 때문에 손님의 뇌에 있는 지난날의 일이나 무슨 일 때문에 찾아왔는지를 꼭 보고 말하듯이 조목조목 뱉어 낼 수 있다.

그러나 찾아온 손님들은 그것을 알지 못하니 그저 용하다고 맞장구를 쳐대거나 시키는 대로 조상굿을 하고, 액땜이나 무슨 방편도 하고 부작도 써서 몸에 지니기도 한다.

그렇게 하다 보면 심한 경우에는 패가망신하는 경우도 가끔 있어 뉴스에 보도되곤 한다.

이렇게 요령이 좋아 수입을 많이 올리는 무속인이나 상담자들이 유능하다고 소문이 나서 손님이 몰려 많은 재물을 모은다. 그의 자손들은 그 눈먼 돈을 가지고 그야말로 물 쓰듯이 하니 어찌 그의 자손이 잘 되기를 바라겠는가. 그저 함구무언(緘口無言)할 수밖에……

중요한 것은 앞으로 다가올 일이다. 그러나 미래 일에 대해서는 손님의 뇌 속에 없으니, 앞으로 일이 궁금하여 찾아왔지만 무속인들이 어떻게 앞날을 알 수 있겠는가? 결국 무속인은 자기가 판단하여 "되겠다 혹은 안 된다"라고 뱉어 낼 뿐이다.

그러하니 맞든지, 틀리든지 둘 중에 하나가 아니겠는가?

그렇기 때문에 지난 과거사나 무슨 일로 찾아 왔는지 정도라도 알아내는 무속인은 그리 흔하지 않다.

대부분의 무속인들은 빙의되어 퇴마를 하지 못하고 고통을 받다가 다른 무속인, 즉 자기에게 신내림을 해준 소위 말하면 신엄마의 꼬임에 빠져 내림굿을 받고 무속인이 되었으니 제대로 된 무속인 노릇도 못하는 무속인이라고 봐야 한다.

필자는 빙의 퇴마를 하면서 그런 무속인들을 여러 차례 상담해 왔다. 그렇기 때문에 그 실태를 누구보다도 잘 알고 있다.

어쩌면 무속인들의 이러한 악순환이 반복되어 수많은 무속인이 양성되고 있는지도 모른다. 안타까운 일이다.

이제 빙의로 고생하는 당신이나 당신 주위에 환자가 있다면 어떻게 해야겠는가?

그것은 영(靈) 능력자인 소승(小僧)과 같은 퇴마사를 찾아가 어떤 영가가 왜, 언제, 무엇 때문에 들어와 빙의되었는가를 밝혀내고, 원하는 곳으로 퇴마를 잘 하여 내보내 주어야 하는 것이다.

보다 더 자세한 이야기는 앞 장의 빙의 퇴마에서 이미 설명하였으니 생략하고, 여기서 5년 전쯤에 상담했던 재미있는 이야기를 하나 하고 넘어가자.

5년 전쯤 어느 가을날 오후 법당에 앉아 책을 읽고 있는데 이십대로 보이는 예쁘게 생긴 아가씨가 들어왔다.

어떻게 찾아 왔느냐고 물으니 우리 절에 다니는 신도의 소개로 서울에서 찾아 왔다는 것이다.

그래서 자초지종 증상을 물어보니, 꿈속에서 자꾸 아이가 보이고,

잠을 설치며, 깊은 잠을 이루지 못한다고 한다.

듣고 보니 빙의 증상이 분명하여 깊은 최면으로 유도, 영가를 불러내어 영가와 이야기를 나누어 보았다. 그러자 그 영가는 다름 아닌, 그때로부터 5개월 전쯤 남자 친구와 서해안으로 여행을 가서 술을 마시고 하룻밤을 보냈는데 임신이 되었다. 그런데 그 남자 친구가 결혼까지는 원하지 않아 낙태를 시키게 되었다. 그 후 낙태시킨 그 아이가 빙의되어 그 아가씨의 몸 속, 아래 배 쪽에 자리를 잡고 있는 것이었다.

이렇게 확인을 하고 최면에서 각성시켜 "영가를 퇴마한 후에 천도를 해 주라"고 권했더니 다음에 생각해 보고 나서 결정하여 다시 오겠다는 말을 남기고 떠나갔다.

그 후 까맣게 잊고 지내고 있는데 어느 날 다시 찾아왔다.

그간의 이야기를 듣고 보니, 그 사이에 자기가 알고 지내는 스님을 찾아가 영가 천도를 해 주었는데 여전히 시달림을 당하고 있다는 것이었다.

그래서 영가는 퇴마를 한 다음에 그 영가를 천도해 주어야 한다고 말해 주었지만, 본인으로서는 또 다시 퇴마를 하고 천도재를 다시 한다는 것이 쉽지 않는 일이었던 모양이다.

그런 이야기를 듣던 중 더욱 가관인 것은 내림을 받아 무속인이 된 자기 친구가 있는데, 그 친구인 무당의 말을 빌리면 자기에게는 큰 신이 들어와 있어서 친구인 무당은 입이 떨어지지 않아 말을 할 수 없으니 자기 신(神) 엄마(신내림굿을 해 주는 무당)에게 찾아가 내림을 받으면 큰 무당이 될 수 있다고 말했단다. 그래서 어떻게 했으면 좋겠는지 물어보러 왔다는 것이다.

그 이야기를 듣고 나서 자기가 낙태시킨 낙태아가 무슨 큰 영가이며, 그 영가를 내림받아 어떻게 점을 치고 무속인의 생활을 하겠다는 것인지 한심스러운 일이 아닐 수 없다고 말해주었다.

다 그렇다는 말은 아니지만 더 한심스러운 것은 요즘 무속인의 길을 가는 것을 마치 하나의 직업으로 생각하고 있는 젊은이들이 가끔 있는 것 같아 걱정스럽다.

여기서 분명히 하고 넘어갈 것이 있다.

빙의 환자들이 무속인이나 일부 스님들을 찾아가면 "조상 천도재를 해 주어라" 또는 "구병시식을 해라" 하고 말하지만, 그것은 잘못된 것이다.

반드시 퇴마를 한 후, 천도재를 할 때도 퇴마한 영가와 더불어서 조상을 천도해 주는 것이 옳고, 또한 그 후에 구병시식을 해 주어야 한다.

단지 초상집에 갔다 와서 아무런 이유 없이 몸이 아파 병원에 가면 병원에서도 병명이 나타나지 않고 고생을 하고 있을 때나 또는 요즘 흔히 말하는 상문살(喪門煞)로 시달림을 당하고 있다면 천도재나 구병시식을 해 주어도 된다. 하지만 그 또한 영가가 몸 안에 들어와 자리를 잡기 전에 해야 하며, 이미 몸 안에 들어와 자리를 잡으면 그렇게 해서는 안 된다. 이때는 반드시 퇴마 후 천도재나 구병시식을 해야 한다.

사주팔자를 보면 재물을 써야 할지, 명예를 써야 할지를 알 수 있다

사람이 살아가려면 두 가지 중에 한 가지 일을 해야 먹고 살아갈 수 있다. 한 가지는 봉급생활자이다. 봉급생활자라고 하면 공무원이나 회사원을 비롯하여 일용직 근무자에 이르기까지 일정한 일을 하고 노력의 대가, 즉 봉급이나 수당 내지 일당을 받아서 생활하는 사람들을 말한다. 또 한 가지는 자영업을 하여 생활하는 자이다. 여기서 자영업자라 하면 크고 작은 회사를 경영하든, 또는 크고 작은 상점이나 음식점, 포장마차를 하든, 노점상을 하든 간에 자기가 스스로 운영하여 수입을 내어 생활하는 사람들을 말한다. 물론 자영업에는 농사를 짓는 사람도 포함된다. 그러나 여기에도 농사일을 하지만 남의 집 일을 해 주고 품삯을 받은 사람은 봉급생활자에 해당될 것이다.

이렇듯 우리는 자영업인 사업이나 장사를 하든가, 아니면 봉급, 즉 월급, 주급, 혹은 일당을 받아야 생활을 할 수 있으니까 결론적으로 말하면 둘 중에 하나를 선택하여 싫든 좋든 살아가야 한다.

사주팔자에서는 이를 재물을 써야 할 사람과 직장생활, 즉 명예를 써야 할 사람으로 구분한다. 여기서 재물을 써야 할 사람은 크고 작든 간에 자영업을 경영하는 사람을 말하며, 명예를 써야 하는 사람은 봉급생활자를 이르는 말이다. 그래서 사주팔자를 보면 그 사람이 자영업을 해야 좋은지 또는 봉급생활을 해야 좋은지를 알 수 있다. 조금 더 전문적으로 말하자면 사주팔자에 재(財)를 써먹어야 좋을지, 아니면 관귀(官鬼), 즉 직장생활을 해야 좋을지를 알 수 있다. 풀어서 말하자면 재(財)를 써야 좋을 팔자라면 자영업, 즉 사업이나 장사를 해야 이(利)로울 것이며, 관귀(官鬼)를 써야 좋을 팔자라면 직업, 즉 급여를 받아 생활하는 것이 유리한 것이다.

그렇다면 사람이 성공했다고 말할 때 그 기준을 어디다 두고 말할 수 있을까? 물론 사람에 따라서 그 기준이 각각 다르겠지만 아마 보편적인 개념으로는 두 가지 관점에서 말하지 않을까? 하나는 그 사람이 돈을 얼마만큼 많이 벌었는가이고 또 하나는 직장에서 얼마만큼 높은 위치에까지 진급했는가를 두고 말할 것이다.

본인이 회사를 경영하든 아니면 회사에 들어가 근무를 하든, 이 둘은 어쩌면 악어와 악어새의 관계처럼 서로 공생을 하는 관계이지만 둘의 위치는 서로 바뀔 수 없듯이 자영업자나 봉급생활자 역시 바뀌어서 생활한다면 크고 작게 이변이 일어난다.

쉽게 말하자면 사업을 할 사주팔자를 가지고 태어난 사람이 봉급생활을 한다면 이 사람은 한 직장에서 오래 근무하지 못하고, 본의가 되었든 타의가 되었든 자주 직장을 그만 두고 옮겨 다니게 된다.

그런데 만약 이 사람이 가족을 부양해야 되는 가장이라면 어떻게 되겠는가? 실직생활이 거듭 될수록 가정형편은 어려워질 것이며 또한 가족 간 불화도 자주 일어날 것은 뻔 한 일이다. 이런 생활이 지속되면 아마 가정 파탄도 일어나고 말 것이다.

자, 그렇다면 봉급생활을 해야 할 사람이 사업을 한다면 어떻게 될까? 이 사람도 사업에 실패하여 재물을 탕진하고, 심해지면 부채도 늘어나게 되고, 자기 가정은 물론 정도가 심해지면 친인척들에게까지도 영향을 끼쳐 피해를 입힐 것이다.

우리는 주위에서 얼마든지 쉽게 이런 사람들을 볼 수 있다. 봉급생활, 즉 회사나 공직에 있을 때는 잘 나가던 사람이 어느 날 직장을 그만 두고 사업을 시작했다가 실패하고 살기가 어려워져 부부가 이혼까지 가는 경우를 말이다.

그러나 봉급생활을 할 때는 별 볼일 없이 하급에서 헤매던 사람이 어느 날 작게 장사를 시작하더니만 돈을 모아 하루하루가 달라지게 돈을 벌어 부자가 되는 사람들을 보았을 것이다. 반대로 장사나 사업을 할 때는 실패하고 힘든 생활을 하다가 사업을 치우고 직장을 구해 가면서부터는 생활에 쫓기지 않고 가정생활이 안정을 되찾는 경우도 보았을 것이다.

물론 사주팔자에 직장생활이나 자영업, 두 가지가 다 잘 맞는 경우도 없지는 않지만 이런 경우는 극히 드문 경우이다.

사주팔자로 보았을 때는 이 두 가지는 극과 극을 이루는 관계이다. 그렇기 때문에 직장생활자는 관귀(官鬼), 즉 명예를 중시하는 것이며, 자영업자는 재(財)를 중요시 하며 또 써먹는 것이다.

그래서 명예를 중요시해야 할 사람이 재, 즉 돈을 탐하면 안 된다. 반대로 재물을 좇아야 할 사람이 명예를 탐해서도 안 된다.

요즘 어떤가? 공직자들이 직위가 높고 낮음을 가리지 않고 금전에 욕심을 부렸다가 한평생 쌓아온 명예를 순식간에 잃고 자기 인생을 망치는 경우를 우리는 보지 않았는가.

그리고 열심히 자영업을 하여 크게 성공한 사람들이 어느 날 갑자기 명예를 좇아 정치판에 끼어들어 그간 쌓았던 재물을 없애고 비실대는 경우를 우리는 뉴스를 통해서 쉽게 보아왔다.

이렇듯 사주에는 그 사람이 사업을 해야 할 팔자인지, 또는 봉급생활을 해야 할 팔자인지를 알 수 있다. 따라서 사주를 통해 그 사람이 사업을 할 때는 무슨 사업을 해야 하는지, 즉 업종은 어떤 업종을 택해야 자기에게 맞는지, 또 직장생활을 하더라도 어떤 분야에 종사해야 할지를 알아야 한다.

보다 전문적으로 말하자면 간단한 일이 아니다. 직장생활, 즉 명예를 좇을 팔자라고 하더라도 거기에는 아주 운이 좋아 지속적으로 승진할 수 있는 팔자와 또는 겨우 봉급생활을 유지하면서 근근이 생활이나 해나가는 팔자 등 천차만별이다. 물론 재를 써먹은 팔자도 마찬가지로 크게 돈을 벌어 재벌이 될 수 있는 팔자에서부터 떠돌이 노점상이나 하여 겨우 연명할 수 있는 사주까지 다양하다.

　우리네 인생살이란 이렇게 다양한 사주팔자를 가지고 태어났기 때문에 사람들은 각자의 팔자에 따라서 살아간다. 그렇기 때문에 자기의 사주팔자를 잘 알고, 자기에게 알맞은 길을 선택하여 준비하고, 대책을 세우고 나아갈 때 그 사람은 후천운, 즉 운명을 바꿀 수 있는 것이다.
　운명을 바꾸길 원한다면 무엇보다도 사주팔자를 잘 판단하고 조언해 줄 수 있는 전문가, 즉 멘토가 필요하다.

사주팔자를 보면 그 사람에게
맞는 업종이나 직업을 알 수 있다

그렇다면 자영업, 즉 사업을 할 사주를 가지고 태어났다고 해서 아무 사업이나 하면 다 잘 될 수 있을까?

그렇지는 않다. 보통은 업종이 수십만 개 정도 된다고 할 정도로 수없이 많다. 그래서 필자는 그렇게 생각하지 않는다. 왜냐하면 같은 업, 즉 식당을 경영한다고 하더라도 식당의 종류가 다양하기 때문이다. 예를 들어 같은 한식집을 운영한다고 하더라도 주 메뉴가 각각 다르고 같은 메뉴라도 운영자의 감각에 따라서 주는 이미지나 맛도 다르다. 그래서 필자는 자영업에 종사하는 수만큼 업종도 다양하다고 보는 것이다.

그러면 자영업을 해야만 좋은 사주팔자를 가지고 태어났다면 어떤 업종을 선택해야 할까? 물론 그 사람의 사주에 맞는 업종을 선택하여야 성공할 수 있다.

흔히 업종에 대해서 깊이 연구하지 않은 상담자는(여기서 상담자는 사주상담을 주로 하는 스님, 무속인, 철학관을 운영하는 사람을 칭함) 상담을 받으러 오는 손님에게 막연히 오행 상으로 당신은 수(水)가 도와주니 물장사를 하라든가, 또는 불이 도와주니 화(火)에 관련된 사업을 하라고 쉽게 말하지만, 이 얼마나 어처구니없는 말인가?

옛날에는 사람이 살아가면서 갖는 업종이 단순해서 그렇게 말할 수 있었다고 하더라도 현대에 와서는 업종이 수십만 개, 아니 자영업에 종사하는 수만큼 업종이 많은 현실에서 어떻게 그렇게 단순하게 물장사, 불과 관련된 사업, 목(木)에 관련된 장사 등으로 표현할 수 있단 말인가. 아마 그 상담자는 상담자로서 자질이 의심스럽다.

최소한 그 많은 업종을 음양오행으로 분류할 수 있고 또 분류하여 내방객의 사주와 그의 수준에 맞는 업종을 선택해 주어야 제대로 된 상담자라 할 수 있을 것이다. 게다가 창업컨설팅을 공부하고 창업상담을 할 수 있는 능력자라면 더할 나위 없을 것이다.

자랑 같지만 사주공부를 하는 사람 중에는 필자처럼 창업컨설팅을 공부하고 창업상담을 해 주는 사람도 흔치 않다고 생각한다.

여기서 우스운 이야기를 하나 하자면, 옛날에는 남산에서 돌을 던지면 김(金), 이(李), 박(朴) 씨가 돌에 맞는다고 했다. 그런데 요즘은 남산에서 돌을 던지면 대학생이 돌에 맞는다고 한다. 이게 무슨 이야기냐면 그만큼 많이 배운 대학 졸업자들의 수가 많다는 말이다. 대학을 졸업했다는 것은 바로 한 분야를 전공했다는 것이다.

그런데 상담을 업으로 하는 상담자들의 현재 실태는 어떠한가? 고객의 수준을 못 따라 가는 상담자들이 대부분이다. 앞으로는 상담자들도 손님의 수준에 맞게 상담을 업으로 하는 전문가로서 모든 책무를 다할 수 있어야 한다. 그렇게 하기 위해서는 그 질을 향상시킬 수 있는 끊임없는 노력을 게을리 해서는 안 되며, 더욱더 열심히 공부를 해야 할 것이다.

변할 수만 있다면 상담을 받으러 오는 손님도 옛날 사고에서 벗어나 많이 변해야겠지만, 무엇보다도 상담을 업으로 하는 상담자들도 세분화하여 각 분야별 전문 상담자가 배출되어야 하고, 고객들 또한 분야별 전문 상담자를 찾아가 자연스럽게 상담을 의뢰하는 시대가 와야 한다.

그러나 아쉽게도 요즘 실태는 어떤가? 상담을 해 주는 상담자나 상담을 받으러 오는 손님 모두 가관이 아니다. 마치 무슨 만병 치료약이라도 되듯이 모든 문제들을 다(여기서는 구체적인 상담 내용은 생략함) 묻고, 대답하고, 해결해 주려고 하니 그저 웃을 수밖에……

다시 본론으로 들어가서 자영업, 즉 사업을 해야만 좋은 사주팔자를 타고 났어도 자기에게 맞는 업종을 택해야 돈을 많이 벌고 성공할 수 있다는 이야기를 했다.

그러면 봉급생활을 할 사주를 갖고 태어난 사람은 어떨까? 물론 봉급생활에도 자기의 능력에 맞는 분야가 있다. 어떤 회사에 다니거나 공직에 근무하든 간에 다 같은 봉급생활자이지만 자기가 맡아 일하고 있는 분야는 각각 다 다르다.

자기가 맡아 일하고 있는 분야가 자기 적성이나 전공 등 사주팔자에 맞아야 자기 능력을 다 발휘할 수 있고, 자기 능력을 발휘할 수 있어야 그 능력을 인정받고, 또 그래야 진급도 빠르며, 남보다 앞서 갈 수 있을 것이다.

그런데 자기에게 맞지 않는 분야나 자기와 전공이 다른 분야에 근무하고 있다고 한 번 생각해 보자. 그렇게 되면 우선 능률도 오르지 않을 뿐더러 출근부터 하기 싫어지고 출근해서도 맡은 일에 짜증이 나 스트레스를 많이 받게 된다. 그렇게 되면 매사 아마 불평불만일 것이며, 근무처를 떠나 퇴근 후에도 즐겁지 않고 짜증스러워 일상생활, 즉 사회에서나 집으로 돌아 와서도 자기도 모르는 사이에 불평과 불만은 지속될 것이다. 더 큰 문제는 이로 인해 주변인들과의 시비와 다툼이 자주 일어날 수도 있다는 점이다.

그래서 요즘은 학교에서도 IQ(Intelligence Quotient : 지능지수)보다는 EQ(Emotional Quotient : 감성지수), 즉 적성을 더 중요시한다.

아무리 큰 꿈과 이상을 가지고 성공을 하려고 노력을 하여도 자기의 사주팔자에 맞지 않으면 그 꿈을 이루기가 어렵고 또 언젠가는 그 꿈을 스스로가 포기하고 말 것이다.

이치적으로 한 번 생각해 보자. 한 가지 일에 여러 사람들이 다 같이 그 일에 도전한다고 생각해 보자.

결과는 어떻게 될까?

그 일이 적성과 자기의 사주팔자에 맞는 사람과 맞지는 않지만 욕심이 나서, 혹은 그냥 해야 해서 마지못해 일하는 사람을 두고 한 번 상상해 보자.

결과는 뻔하다. 그 일이 사주팔자에 맞는 사람은 자기도 모르는 사이에 그 일이 하면 할수록 재미있고 신이 나서 능률도 높게 나타난다. 결론적으로 남보다 앞장서서 나아가기 때문에 목표를 달성하고도 남는다.

반면 자기에게 맞지 않는 사람은 모르긴 몰라도 중도에 포기하거나 그렇지 않으면 먹고 살아가기 위해서 마지못해 그 일을 하고 있을 것이다.

그 차이는 더 이상 말하지 않아도 뻔 한 결론이다.

이렇듯 사주팔자를 알면 자기에게 맞는 일이 무엇인지를 알 수 있다. 부처님께서도 이렇게 말씀하셨다.

"세상 사람들은 제각기 직업을 가지고 살아가는데 어떤 이는 성공하고, 어떤 이는 실패한다. 그 이유는 어리석은 사람은 자기가 할 수 있는 일을 하지 않고 할 수 없는 일을 하려고 애쓴다. 그러나 지혜로운 사람은 자기가 할 수 없는 일은 하지 않고 할 수 있는 일에 온 힘을 바친다."

여기서 지난날 상담자 중에서 자기 길을 잘못 찾아 실패한 사례자 이야기를 하나 하고 넘어가자.

몇 년 전에 서울 종로 5가에서 포교당을 열고 스님들 공부를 가르치면서 상담을 할 때이다.

그때 상담을 했던 그는 대한민국 최고의 명문 중학교와 명문 고등학교를 거쳐서 대한민국에서 수재들만이 들어갈 수 있다는 S대학교 공과대학을 졸업한 수재였다.

그런 그가 한 순간의 잘못된 선택 때문에 어쩌면 인생의 낙오자가 되어 지금도 서울 신림동 고시촌의 한 골방에서 책과 씨름하고 있는 것이다. 어쩌면 이미 자기 삶을 포기하고 있는 것인지도 모른다. 왜냐하면 고시 시험 2차는 고사하고 나이 40이 넘도록 1차 시험도 줄곧 떨어지고 있으니 말이다. 바로 고시생이라는 명분만 내세우고 있는지도 모르는 일이다.

좀 더 자세히 이야기하자면 고3 진학 상담을 할 때 그는 법학과에 진학하여 법관이 되기를 원했지만, 상담교사는 실력이 부족하다고 판단하여 공과대학을 추천했다. 그는 결국 상담교사의 말에 따라 S대학교 공대에 입학하여 공부하고 졸업하였다.

그가 만약 공대를 졸업하고 그런대로 사회생활에 적응을 했더라면 별 문제는 없었을 것이다. 그는 학교를 졸업한 뒤 군에 입대하게 되었고, 군복무를 마치고 제대한 후에도 사법고시에 대한 미련을 버리지 못했다. 그래서 나이 사십이 넘은 지금까지 1차 시험에 줄곧 떨어지면서도 고시촌에서 공부를 하고 있는 실정이다.

결과적으로 말하자면 자기 적성이나 사주팔자를 무시하고 오로지 일류 대학인 S대학교만 고집하다가 어쩌면 자기 인생을 망친 사례라 할 수 있다.

만약 그가 그 당시에 S대학교 법학과에는 실력이 부족하니 과는 그대로 하고 대학교를 바꾸어 K대학교 법학과에 진학했더라면 지금쯤 어떻게 되었을까? 다 지난 이야기지만, 아마 그는 법관이 되어 있을 확률이 더 높다. 이렇듯 운명 상담은 중요한 것이다.

당시 상담을 할 때 그에게 눈높이를 조금 낮추어 지금부터라도 법조계 하급 공무원부터 도전하고 시작해 보는 게 어떻겠냐고 권했지만 지금은 소식이 없으니 그저 궁금할 따름이다.

굳지 이런 이야기를 다시 들추어내는 이유는 지금도 본인의 개성이나 인성, 적성에는 상관하지 않고 학부모나 학교, 또는 진학상담교사가 소위 말하는 일류대학교에만 입학시키려는 과욕을 부리고 있는 경우가 있기 때문이다.

이런 잘못이 계속되면 본인은 물론 그의 가족의 고충은 말할 것도 없이 국가나 사회적으로도 크나큰 손실이 된다.

더욱더 한심스러운 것은 본인조차도 자기가 나아갈 길을 알지 못하고 '일류병'이 들어 있다는 점이다.

참으로 한심스럽고 안타까워 가슴이 답답하다.

만약 그 당시 필자가 학부모나 본인에게 상담을 해 주었더라면 그에게 꼭 S대학교만 고집하지 말고 자기가 전공하고 싶은 학과를 선택하라고 권했을 것인데, 그렇게 되었다면 현재 그의 인생은 아마 많이 달라져 있을 것이다.

이와 같이 상담은 참으로 중요하다.

후천운, 즉 자기의 운명을 개척하고 바꾸어 나아간다는 것은 짐작하
듯 쉽지만은 않은 일이다. 자기가 자기 성격을 알고, 직업 운을 알고,
자기에게 맞는 업종이나 분야를 잘 알고 있다고 하더라도 말이다.

그렇다면 우리는 어떻게 운명을 개척해야 할 것인가?
지금부터 그런 이야기를 해 보려고 한다.

사주팔자를 보면
때를 알 수 있다

사람은 때를 알아야 한다.

여기서 잠깐, 강태공 이야기를 한 번하고 넘어가자. 아마 여러분들도 강태공 하면 잘 알 것이다. 우리가 낚시를 좋아하는 사람을 빗대어 강태공이라고 하지 않는가?

강태공의 본명은 여상(呂尙)이다.

때는 가을이 무르익어 들판에는 황금물결이 넘실거리고 있을 때 주나라 문왕이 그해 농사의 작황(作況)을 둘러보고 민정시찰에, 휴식 겸 사냥도 즐기려고 왕실을 떠나 위수의 남쪽에 도착하였다.

그곳에서 여장을 풀려고 하는데 저 멀리 강 위에서 낚싯대를 드리우고 있는 노사(老師) 한 분이 눈에 들어왔다.

순간 문왕은 자기도 모르게 전율하며 그 노인에게 나아갔다. 그가 바로 흔히 사람들이 강태공이라 부르는 여상(呂尙)이었다.

문왕이 그에게 "어인 일로 이렇게 강변에서 노니십니까?" 하고 물으니, 강태공이 대답하기를 "군자는 뜻을 얻는 것을 즐거워합니다. 지금 내가 이렇게 낚시질하는 것도 다 뜻이 있어서지요" 하고 말했다.

"무슨 뜻이 있으신지요?"

"낚시질에는 세 가지 권도(權道)가 들어 있습니다. 먼저 녹(祿, 월급)으로써 사람을 취하는 것과 같고, 둘째는 나랏일에 목숨을 바치게 하는 것과 같고, 셋째는 능력에 따라 벼슬을 시키는 것과 같습니다. 낚시질이란 이로써 얻음을 구하는 것입니다. 그 뜻이 깊으면 큰 것을 볼 수 있지요."

"그게 무슨 말인지 좀처럼 알아듣기가 어렵구려. 쉽게 설명을 부탁하오."

"먹이를 주어서 고기를 낚는 것은 녹을 주어 사람을 얻는 것과 같은 것이라는 말입니다. 한 번 좋은 미끼를 끼워서 주어 보세요. 크고 살찐 고기가 물릴 것입니다. 이와 마찬가지로 녹을 두텁게 준다면 반드시 목숨을 아끼지 않는 인사가 나오는 법이지요. 마치 좋은 먹이를 주면 살찌고 큰 고기가 물리는 것과 같습니다. 그리고 잡힌 고기도 크고 작음에 따라 그 요리법이 다르게 마련이잖습니까? 인재 등용도 마찬가지지요. 인재의 대소, 즉 됨됨이에 따라 그 쓰이는 곳도 달라집니다. 지금 내가 하고 있는 이 낚시질이 겉으로 보기에는 소일하며 물고기나 낚는 것으로만 보일 것입니다. 그러나 사람들이 나를 어떻게 보든 그것은 나와 상관없는 일이지요. 낚시질을 하는 동안 본인은 여러 생각을 하며 뜻도 품어봅니다. 낚시로써 천하의 큰일을 관찰하는 것이지요.

처음으로 돌아와서 내가 말한 세 가지 방법을 다시 정리해 보죠.

첫째, 보수를 주어서 인재를 구한다.

둘째, 뛰어난 인물에게는 많은 보수를 준다.

셋째, 인재의 크고 작음에 따라 벼슬을 안배한다.

바로 이것입니다."

그래서 문왕이 알아듣고 자기소개를 하고 나서 다시 계속해서 말하기를 권하니,

"근원이 깊으면 물이 흐르고, 물이 흐르면 고기가 사는 것은 그 정(情)입니다. 뿌리가 깊으면 나무가 잘 자라고, 나무가 자라면 열매를 맺는 것도 정입니다. 군자가 뜻이 같으면 친합(親合)하고, 친합하면 일이 생기는 것이 바로 정의 개념입니다."

"낚싯줄이 가늘고 먹이가 밝으면 잔고기가 물리고, 낚싯줄이 굵고 먹이가 좋으면 중치의 먹이가 물리며, 낚싯줄이 굵고 먹이가 크면 큰 고기가 물리는 것이 아니겠습니까? 먹이를 먹게 되니 고기는 낚싯줄에 걸리고, 녹을 먹게 되니 사람은 그 임금께 복종하는 것이지요. 다른 점이 있다면 먹이로써 고기를 잡으면 고기를 죽일 수도 있지만, 녹으로서 사람을 취하면 사람의 힘을 다 하게 할 수 있다는 점입니다."

이렇게 태공은 낚시를 예로 들면서 인재의 등용 문제와 민심을 얻는 것만이 천하를 얻어서 지킬 수 있는 첩경이라고 강조하였다.

이렇듯 태공은 한 시대의 대인(大人)으로서 시대를 꿰뚫어 보는 통찰력과 혜안의 소유자였다.

그렇기 때문에 그는 곧은 낚시에 먹이도 끼우지 않고 세월을 보내면

서 때를 기다렸을 것이다.

결국 문왕은 태공에게 왕의 국사(國師)가 되어 나라의 중대사를 자문해 주기를 간청드렸고, 이에 태공은 몇 번 사양을 하였으나 거듭 문왕이 간청하여 끝내는 천명(天命)으로 알고 받아드렸다.

《소설 주역》에 나오는 몇 구절을 인용하였다.

여기서 우리는 무엇을 배우고 얻을 수 있을까?

하나는 때를 알고, 그 때가 올 때를 기다릴 줄 알아야 된다는 것이다.

또 하나는 인생을 살아가면서, 어떻게 살아 갈 것인가 하는 경영철학을 배워야 한다.

당신이 어떤 사업을 하는 사업가이든, 또는 장사를 하든, 어떤 분야에 종사를 하든 간에 항시 마음에 두고 활용해야 할 것이다.

다시 본론으로 들어가서 이렇듯 우리는 때를 알고 그 때를 기다릴 줄 알아야 한다.

만약 우리가 어떤 사업을 계획하고 일을 시작할 때, 금전(財物)을 탕진할 운(運)에 일을 시작한다면 어떻게 되겠는가? 아마 돈을 없애는 수순이 아닐까?

재물을 탕진할 운에는 참고 견디고, 준비하는 자세로 운이 돌아 올 때를 기다릴 줄 알아야 한다.

그런데 보통 사람들은 어떻게 하는가?

나름대로 계획을 세우고 준비했다가 아직 때가 오지 않은 것을 알지 못하니 그냥 일을 시작한다.

그런데 좋은 운이 들어오는 시기라면 다행이겠지만, 그 반대로 좋은 운이 나가고 손재수가 들어오는 때에 일을 시작했다면 아마 그는 오랫동안 고생하며 잘 먹지도 쓰지도 않고 돈을 모아 시작했던 사업이 힘들게 될 것은 뻔 한 이치이다. 그것뿐인가. 마음고생은 물론 아마 모르기는 몰라도 가정불화도 심할 것이며, 잘못되면 가정 파탄에 채무까지 늘어 날 것이다.

또 이런 경우도 있다. 시작하는 그해에는 그래도 운이 좋아 영업실적이 좋았다면, 이때 성급한 사람들은 보다 빨리 사업을 시작하지 못한 것을 후회하면서 영업확장을 서두를 것이다. 이때 주위에 있는 친인척들은 어떨까? 그가 돈을 끌어 들이면 영업이 잘 되고 있는 것 같으니, 아마 뒷돈을 밀어 줄 것이다.

그런데 그 좋은 운이 오래가지 못하고 짧게 끝이 난다면 어떻게 되겠는가? 본인은 물론이려니와 돈을 빌려준 친인척에게까지 큰 피해가 갈 것이다.

여기서 상담 사례를 하나 이야기하고 넘어가자.

아마 7, 8년 전쯤에 상담했던 오래된 이야기다. 서울 장안동에 사시는 손님 한 분이 찾아와 상담을 했는데, 상담내용은 이러했다.

본인 동생이 사업을 하고 있는데, 동생 사주를 한 번 평해 달라는 것이었다.

그래서 동생 사주를 보고 "사업 운이 좋지 않아 사업보다는 직장생활을 하면서 봉급을 받아 살아가는 것이 좋겠다”라고 말해 주면서 “동생에게 뒷돈을 밀어주지 말라”는 말도 덧붙였다.

그런 뒤 한 2년쯤 지난 어느 날, 그로부터 전화가 왔다.

“한 번 찾아가고 싶은데 절에 계실 거예요?” 하고.

사연인즉 큰 딸이 고등학교를 졸업하고 집안 형편이 어려워 대학교에 진학을 하지 못했다. 본인이 직장에 다니면서 돈을 모아 대학에 가겠다는 의지를 가지고 강남에 있는 모 백화점에서 3년간 열심히 일을 하였고, 거기서 나온 봉급은 어머니에게 맡겼었다.

그 뒤 어언 3년이 지났다. 딸이 이제 학원에도 다니고 공부를 하여 대학에 가겠다며 맡겼던 돈을 달라 하니, 어머니는 그 돈으로 이자를 많이 쳐주겠다는 말을 믿고 동생의 사업자금으로 빌려 주었는데, 동생의 사업이 힘들고 부도가 날 직전이라고 했다.

그로 인해 딸은 밥도 먹지 않고 울고불고 매일같이 투쟁 중이니 어떻게 하는 것이 옳겠냐는 것이다.

아무리 필자가 좋은 말을 해 주어도, 또 어머니께서 그 말을 딸에게 전해 주어도 딸은 믿지 않을 것이니 딸과 같이 한 번 절에 오라고 했다.

이런 경우 지금까지 필자의 상담 경험으로는 본인과 대화를 해야지 다른 제삼자가, 아무리 부모라 할지라도 효력이 없다는 것을 잘 알고 있기 때문이다.

그 뒤 며칠이 지나고 딸과 같이 왔지만, 그 딸은 아무 말도 없었다. 단지 다음에 본인 혼자서 연락하고 찾아오겠다는 말을 남기고 떠나갔다.

며칠이나 지났을까 딸이 혼자서 찾아왔는데 그냥 한나절을 서럽게 우는 것이 아닌가.

그를 설득하여 포기하지 말고 다시 시작하라는 말을 해 주었고, 그는 돌아갔다.

그리고 얼마쯤이나 지났을까 어머니로부터 전화가 왔는데, "스님께서 무슨 말씀을 어떻게 해 주셨는지 모르겠지만 그렇게 애를 태우던 딸이 다시 직장을 구해 출근을 하고 있다"고 전해 왔다.

아무튼 딸의 일은 잘 해결되었지만, 상담을 왔을 때 어머니는 사주의 운세를 믿지 않고 행동하여 그런 일이 벌어져 곤경에 처하고 말았다.

그 뒤 지나간 이야기로 그의 소식을 전해들을 수 있었다. 그의 형제들은 그 수가 많은데, 하나같이 사업하는 동생에게 뒷돈을 대주었으나 사업이 어렵게 되니 형제들이 한결같이 어려움을 당하고 있다고 했다. 심지어 이혼에 이른 자매도 있고, 또한 본인도 별거중이란다. 그저 답답할 뿐이다.

그래서 하는 말이 인간은 한 치 앞도 못 본다는 것이다.

우리는 때를 알아야 한다. 그 때를 기다리며 참고 견딜 줄 알아야 적절한 때가 왔을 때는 시작하고, 확장하고, 그 운을 맞이할 줄도 알게 된다.

한 사람의 사주를 보면 그 사람의 운이 들어오는지 나가는지 때를 알 수 있다.

우리가 후천운, 즉 운명을 개척하고 앞으로 나아가려면,

첫째로, 때를 알고 택일을 잘 하여야 하며,

둘째로, 자기가 갈 곳(방향)을 알아야 하며,

셋째로, 이름이나 상호를 음향오행에 잘 맞게, 그리고 본인의 사주 팔자에 잘 맞게 작명해 주어야 한다.

이 세 가지가 우리가 태어나서 살아가면서 오로지 할 수 있는 일이다.

보다 자세한 이야기는 또 하기로 하고 여기서는 때를 알아야 한다는 이야기를 더 이어가기로 하자.

우리가 때를 알았다면 시작하는 날과 시작하는 시간, 즉 택일을 잘 하여야 한다.

여기서 여러분의 이해를 돕기 위해 여담 하나 하고 넘어가자. 우리가 친구나 친척집을 방문했을 때를 한 번 생각해 봐라.

그 집을 방문한 시간이 마침 그의 가족들이 식사하는 시간이거나 또는 차나 과일을 먹고 있을 때라면, 아마 때를 잘 맞춰 왔다고 하면서 먹을 복이 있다고 할 것이다.

그러나 다 먹고 나서 정리하고 있을 때 그 집에 들어섰다면, "때를 놓쳤군! 조금만 더 빨리 오지 그랬느냐?"고 말할 것이다.

쉽게 재미로 하는 이야기이지만 우리는 생활 속에서도 이렇듯 때를 말하고 사용하고 있다.

이제 좀 더 전문적으로 이야기를 해보자.

우리가 택일을 의뢰하면 보통 날자만 택일해 주는 경우를 본다. 이것은 잘못된 것이다. 여담으로 했던 이야기처럼 시간이 그만큼 중요하기 때문이다.

또 택일을 하러 철학관이나 무속인을 찾아가면 보통은 《생활민력》이나 또는 《바른 택일력》 같은 책자를 가지고 택일을 해 주는데, 그것도 역시 잘못된 것이다. 왜냐하면 그 책자는 개인의 사주팔자를 가지고 그 사람에게 알맞은 택일을 해 주는 게 아니라, 나이만 가지고 남자 몇 살은 어느 날이 복덕(福德) 일이라 좋다 또는 생기(生氣) 일이라 좋다 하는 식이다.

자, 한 번 생각해 보라. 그렇게 하는 것이 옳겠는가?

아니면 한 사람의 생년월일시 사주팔자를 가지고 그 사람에게 맞는 좋은 날을 택일하고, 또 택일한 날의 좋은 시간을 택해 주는 것이 옳겠는가?

그래서 모든 일에는 전문가를 필요로 하는 것이다.

지난해 이와 똑 같은 일이 있었는데 한 번 이야기를 하고 넘어가기로 하자.

그러니까 2010년도에 한 손님이 찾아와 딸의 결혼 택일을 해 달라고 하여 택일을 해 주었다.

그 뒤 며칠이 지나고 나서 다시 찾아와서 한다는 말씀이 다른 곳에서 물어 보았더니 택일이 잘못되었다는 것이다.

그래서 검토를 해 보았는데 잘못이 없었다.

바로 그곳에서는 앞에서 말했듯이 《생활민력》을 보고 택일을 하면서 그 책까지 보여주었다는 것이다.

그래서 그 차이점을 자세히 설명해 주었더니, "뭐~ 저거?" 하면서 죄송하다고 사과를 하는 것이 아닌가.

여기서 결혼 이야기가 나왔으니 때와 관련된 이야기를 하나 더하고 넘어가기로 하자.

앞에서 사업이나 장사를 시작할 때도 때가 있다고 말했다.

마찬가지로 결혼도 해야 할 때와 해서는 안 될 때가 있다.

우리가 매년 맞이한 운을 해운(年運), 또는 유년운(流年運)이라고 말한다. 유년운은 매년 그해마다 운이 다르게 변하여 들어오기 때문이다.

그런데 이 유년운이 만약 이혼할 운이 들어왔는데 그것을 무시하고 결혼을 했다고 생각해 봐라. 어떻게 되겠는가?

유년운은 돌고 돌기 때문에 우리가 살아가다 보면, 언젠가는 또다시 그런 이혼할 운이 들어온다. 그렇지 않아도 부부의 연을 맺고 살아가다 보면 부부간에도 사느니 못 사느니 하고 싸울 때가 있다. 아마 대부분의 부부들이 한 번쯤은 이혼을 생각해 보았을 것이다.

이혼할 운에 결혼한 부부는 유년운이 돌고 돌아 다시 이혼할 운이 들어오면, 그런 해에 이혼한 경우를 많이 보았다. 만약 이혼까지는 가지 않는다고 하더라도 그런 해에 부부싸움을 더 자주하면서 사느니 못

사느니 하고 다툼이 많다.

그래서 결혼할 때도 그 운을 따져 보아야 한다.

택일에 관한 이야기를 하나 더 하고 넘어가자.

장사가 잘 되지 않았는데 택일을 잘하여 고사를 지내고 난 뒤 장사가 잘된 이야기다.

어느 날 오래 전부터 잘 알고 지낸 보살이 찾아왔다. 그 사이 서로 안부를 묻고 나서, 찾아온 사연을 들으니 모텔을 경영하는데 손님이 없다는 것이다.

그래서 재택일(財擇日)을 해 주면서 그날 시간에 맞추어 성심성의껏 고사를 지내게 했다.

아마 보통 역학을 공부하는 사람들은 이런 특수 택일에 대해서는 잘 모른다.

택일에도 12년 만에 한 번 들어오는 택일이 있는가 하면 1년에 한 번 들어오는 택일도 있다.

그래서 그런 귀한 택일을 해 주었는데, 고사를 지낸 뒤 손님이 늘어나고 장사가 잘 되었다.

이왕 때 이야기가 나왔으니 아주 중요한 이야기를 하나 더하고 넘어가자.

우리가 자식을 낳을 때도 낳을 시기가 아주 중요하다.

자식을 어느 해에 낳는가에 따라서 부부가 화합하기도 하지만, 또 부부 사이가 나빠져 이혼까지 하기도 한다.

여러분들은 이 말을 명심하시기 바란다.

실질적으로 부부가 성격 차이로 사네 못사네 하고 싸움을 자주하던 사이가 아이를 낳고 나서 화합하고 화목해지는 부부가 있는가 하면, 반대로 사이가 좋던 부부가 아이를 낳고부터 멀어지고 싸움을 자주하고 심해지면 이혼까지 하는 경우가 있다.

여러분들도 이런 경우를 주위에서 본 일이 있을 것이다.

여기서 전문적인 이야기는 생략하지만, 이런 일들이 다 자식을 낳을 때를 잘 몰라서 일어난 결과이다. 마음에 새기기 바란다.

이렇듯 공부도 무궁무진하여 끝이 없는 것이다.

세월은 흘러가고 인생은 무상하다.

지겨운 장마가 계속되는가 싶더니 다시 한 더위가 찾아오고, 또 어느 날은 갑자기 예고도 없이 전국적으로 전력이 끊겨 한바탕 소동을 치더니만, 이제는 아침저녁으로 싸늘하다.

이렇게 덧없이 흘러가는 세월 따라 오고 보니, 필자의 삶도 한 갑자를 보내고도 몇 세월이 지났다.

누가 그랬던가, "가는 세월은 막을 길이 없다"고.

우리는 이 흘러가는 세월을 알아차리고 살아야 한다.

그런데 어둔한 것이 인간인지라 어찌 흘러가는 세월을 알아차리면서 살아갈 수 있단 말인가?

누가 그랬던가, "가는 세월 막을 장사가 없다"고.

우리는 이 말을 또 명심하고 살아가야 한다. 특히 사업이나 장사를 하는 분들은 좋은 운이 들어와 사업이 잘 될 때가 있으면, 또 그 시절이 지나가고 나면 나쁜 운이 들어와 사업이 힘들어질 때가 있다는 것을 말이다. 이런 운을 빗겨 갈 장사는 없기 때문이다.

여기서 잠깐 필자 이야기를 한 번 하기로 하자.

어느 날 노(老) 스님께서 예고 없이 필자를 한 번 보자고 하시는 게 아닌가.

그래서 찾아가 뵈었더니, 무작정 "제행스님 사주를 한 번 봅시다" 하신다.

"왜 그러십니까?" 하고 반문하니,

"제행스님이 어려운 공부를 그만큼 했으면 이제는 좀 편안해질 때도 되었는데 답답해서 그렇습니다"라고 하신다.

그래서 사주를 불러 주고 나서 한참을 지난 뒤, 사주감정을 하시고 나서 "제행스님 감축드립니다"라고 하시면서 합장을 하시는 게 아니신가.

갑자기 당하는 일에 아무 뜻도 모른 채 따라서 합장을 드리니, 이렇게 살아있는 것을 감축드린다는 말씀이셨다.

그리고 하시는 말씀이 "아무리 큰 불(火)이라도 큰 물(水) 앞에서는 살아날 수 없다"는 것이다.

그래서 이런 대운에 유명을 달리한 사람을 많이 보아 왔다는 말씀이셨다.

덧붙여 하시는 말씀이 "아마 조상님께서 제행스님을 살리시려고 부처님께 인도했고, 또 이렇게 공부만 하게 하신 것 같다. 이제 건강만 잘 챙기십시오. 좋은 날이 오겠습니다"라고 하신다.

아마 납득이 잘 안 되는 분들이 있으리라. 다시 풀어서 알기 쉽게 말한다면 필자의 사주가 큰 불인데, 지난 십 년 대운이 큰 물의 대운이었다.

그 지겨운 십 년 세월이 금년 신묘년으로 다 지나가고 있다.

이 공부만 해온 우리도 어쩔 수 없는 것이 운명이다.

그 어려운 십 년 세월을 오로지 공부만 하고 지냈으니 생활의 어려움이란 이루 다 말로 표현할 수 없다. 이제 마지막 한 해를 보내면서 필자는 지금 자성하는 마음으로 이 책을 쓴다. 새로운 길운(吉運)을 맞이할 준비를 하고 있는 셈이다.

이 책을 읽고 있는 여러분들이 필자를 만나려면, 아마 새로운 길운이 들어오는 내년부터는 예약을 하고 찾아오셔야 대면할 수 있을 것이다. 그냥 우스갯소리로 한 번 해본 말이다. 그렇지만 사실은 지금도 예약위주로 손님을 받는다.

이렇게 또 한 세월이 흘러가고 있다.

이렇듯 우리는 때를 알고, 그 사람 사주에 맞추어 택일을 잘하고 일을 시작하는 것이 바로 후천운(後天運), 즉 운명(運命)을 바꿀 수 있는 아주 중요한 요소이다.

다음으로 우리는 자기가 머무를 곳(방향)을 알아야 한다.

사주팔자를 보면 그 사람에게 맞는 방향을 알 수 있다

속담에도 "누울 자리를 보고 발을 뻗어라"라는 말이 있다.

여기서 먼저 이사 방향을 잘못 가 딸이 빙의되어 고생한 사례를 한 번 이야기하고 넘어가자. 우리가 이사가야 할 방향이 얼마나 중요한지 이해가 될 것이다.

한 십 년쯤 지난 이야기다. 우리 절 신도의 소개로 경기도 안산에서 손님이 찾아 오셨다.

사연인즉 서울 장안동에서 살다가 안산으로 이사를 갔다.

서울에서는 그런대로 남편의 사업도 잘 되어 넓은 평수의 집을 장만하여 안산으로 이사를 했는데. 이사를 한 뒤로 사업도 예전 같지 않고, 문제는 대학교에 다니는 딸의 정신이 이상하다는 것이다.

그런대로 생활도 넉넉하여 딸이 자가용을 가지고 대학에 다니고 있는데 어느 날부터 운전을 하면서 등교하다 보면 뒷좌석에 사람이 타고 있는 것 같은 착각에 빠져 뒷좌석을 돌아다보면 사람이 없다는 것이다.

그러기를 반복하다 그 당시 대학병원에 입원하여 종합검진을 받아보았다. 그렇지만 건강에는 별다른 이상을 발견하지 못하고 입원해 있는데, 지난 일들을 기억해 내지 못하고 있다는 내용이었다.

그래서 그 집 가족들의 그해 유년운을 보니 서쪽 방향은 귀문(鬼門)이 열리는 방향으로 이사를 가서는 안 되는 방향이었다.

그것을 모르는 그들은 서울에서 서쪽 방향인 안산으로 이사를 했던 것이다.

"鬼門方 生前 死後 不居地方(귀문방 생전 사후 불거지방)."

이 무슨 뜻인고 하니 귀문 방향으로는 살아서나 죽어서나 가 있을 곳이 못 된다는 말이다.

그 이후에 퇴마를 하고 안택을 하여 별 탈 없이 지나갔다. 지금은 결혼도 하여 잘 살고 있으며 가끔씩 안부도 전해온다. 물론 결혼 택일도 필자가 해 주었다.

기문학(奇文學)으로 사주를 보면 평생 자기가 머물며 살아가면 좋은 방향과 좋지 않은 방향을 알 수 있다. 그렇지만 우리가 살아가면서 이사를 한다거나 사업 처를 택할 때는 평생 사주로 보는 것이 아니라 그해 유년운(運)으로 방향을 본다.

앞에서 이미 택일할 때를 설명했지만, 방향을 볼 때도 공부가 부족한 역술인들은 역시 《생활민력》이나 《바른 택일력》 등 시중에 나와 있는 책과 나이만 가지고 남녀 성별에 따라서 방향을 택하여 주니, 이 얼마나 어리석은 짓인가?

반드시 본인의 사주를 보고, 그 사람에게 맞는 방향을 택해 주어야 한다.

옛말에 "무식하면 용감하다"고 오히려 그들이 큰 소리를 더 치고 있으니 그저 한심스러운 일이다.

우리가 살아가면서 평상시에도 "이쪽으로 오기를 잘 했군", "어쩐지 이쪽으로 오고 싶더라니" 또는 "이쪽으로 어쩐지 가기가 싫더라니" 하고 말을 하지 않는가?

여러분들은 이런 말들엔 다 무슨 뜻이 담겨 있다고 생각하지 않는가? 하나같이 방향을 잘 택했거나 잘못 택하여 나온 말들이 아닌가.

이렇듯 우리는 일상생활 속에서도 무의식적으로도 방향을 따진다.

이제부터는 여러분들도 이사갈 때나 부동산을 살 때, 또는 사업장을 구할 때 방향을 잘 선택하는 것이 얼마나 중요하며 이 또한 자기 운명을 바꿀 수 있는 중요한 기회가 된다는 것을 잊어서는 안 될 것이다.

이름이나 상호도 본인의 사주와 음양오행 · 음향오행에 맞게 작명하고 불러주어야 복이 들어온다

"좋은 이름은 부르면 부를수록 좋은 기운이 들어오고, 나쁜 이름은 부르면 부를수록 나쁜 기운이 들어온다."

파동 성명학에서는 이렇게 말을 한다. 그래서 좋은 이름은 자주 불러줄수록 좋다는 것이다.

우리의 타고난 사주팔자가 바꿀 수 없는 숙명이라면, 좋은 이름은 많이 불러줄수록 좋은 기운을 발생하게 한다. 그것은 후천운, 즉 운명을 바꿀 수 있게 해 주는 신(神)이 우리 인간에게 부여한 혜택이다.

그래서 본인의 사주팔자와 음양오행 · 음향오행에 잘 맞게 지어진 이름이나 상호는 복을 불러들인다는 것이다.

이름에도 초년 운, 중년 운, 말년 운, 총 운, 부부 운 등이 있다. 이런 운이 다 길(吉)하게 이름이나 상호를 작명하여야 하며, 한자 획수로

따진 음양오행이나 우리말 한글로 불려지는 소리에 따른 음향오행 또
한 길하게 작명을 하여야 한다.

　우리 인간에게는 바꿀 수 없는 사주팔자를 보강해 줄 수 있는 것이
바로 이름이나 상호인 것이다.

　더 많은 말을 하지 않아도 좋은 이름이 좋다는 것은 이미 다 잘 알고
있는 이야기이지만, 대부분의 사람들이 작명에 대한 깊은 상식이 없다
보니 그저 유명하다는 소문만 듣고 작명을 의뢰한다. 그러다 보니 그
렇게 작명해온 이름이 앞에서 말한 여건과 맞지 않은 경우를 가끔 대
하게 된다. 참으로 안타까운 현실이다.

　얼마 전 〈불교방송〉을 듣고 있는데 바로 이런 이야기가 소개되었다.
내용은 한 시청자가 친구의 소개로 서울에서 유명하다는 작명소를 찾
아가 손자의 이름을 작명하였는데, 다음에 알고 보니 자기를 소개해준
그 친구의 손자 이름과 똑같더라는 것이다.
　그래서 다시 찾아가 항의를 하니 두 말없이 작명료를 환불해 주더라
는 내용이 방송을 통해 흘러나왔다.
　참 웃지 못할 한심스러운 일이다. 사실 작명을 하다 보면 이름 두 글
자를 짓는데도 그 사람에게 알맞는 획수를 뽑아내기가 어려울 때도 종
종 있기도 하지만 소개해준 손자와 똑 같은 작명을 했다는 것은 그 작
명가의 인격을 의심하게 하는 내용이었다.

언젠가도 잘 아는 보살로부터 자기 딸 이름을 감정해 달라는 부탁을 받았는데, 그 보살의 말로는 이름만 대면 잘 알만한 철학관에서 작명을 했다면서 많은 작명료를 주었다고 돈의 액수를 강조하였다. 하지만 그 이름을 감정해 보니, 모든 운에 길(吉) 획수가 되게 작명을 하였지만 부부 운은 서로 상충을 하는 것이 아닌가. 특히 그 보살의 딸은 이혼을 한 뒤에 이름이 좋지 않다고 하여 새로 작명을 했는데도 이름에서 부부 운(運)을 이렇게 서로 충되게 작명하였으니 한심스러운 일이다.

이런 일들이 비일비재하니, 그 사람들의 한계라고밖에는 달리 판단할 수가 없다.

그래도 유명세는 좋기는 좋은가 보다.

패일언(敗一言)하고 이름이나 상호는 그만큼 중요하다.

첫 번째로, 사업 운이 좋은데 상호도 좋으면 발전하고,

두 번째로, 사업 운이 좋은데 상호가 나쁘면 수입이 적으며,

세 번째로, 사업 운이 나쁜데 상호가 좋으면 현상유지는 되며,

네 번째로, 사업 운이 나쁜데 상호도 나쁘면 실패한다.

그래서 사업을 시작할 때와 시기도 잘 맞추어야 하지만, 상호를 잘 맞게 작명하여 불러주어야 크게 발전할 수 있는 것이다.

인간들은 자기의 삶과 자기가 처해있는 운명을 개척하고 변화시킬 수 있는 유일한 생명체이다. 고로 인간들이 운명을 개척하고 변화시킬 수 있는 방법은 첫 번째로, 이름과 상호를 모든 이치에 알맞게 작명하

여 불러주는 것이며, 두 번째로, 때를 알고 모든 일, 즉 이사나 사업을 시작하는 일이며, 세 번째로, 자기가 있을 곳을 알고 집이나 사무실 또는 사업 처를 잡는 것이다.

이것이 신(神)이 우리 인간에게 부여한 유일한 혜택이다.

이제 어떻게 하는 것이 올바른 삶의 선택인지를 알았을 것이다. 그렇다면 용기를 내어서 자기의 운명을 바꿀 수 있는 노력을 해보자.

궁합(宮合)은
왜 보는가?

이제 궁합 이야기를 한 번 해보자.

우리가 굳이 사주팔자와 연결시켜 궁합 이야기를 하지 않아도 사회 생활을 하면 각 분야에서 친구 간에, 선후배 간에, 동료 간에, 상사나 아랫사람 사이에, 또는 사제지간이든, 형제 사이든, 이 모든 관계 속에서 성격이나 뜻이 잘 맞으면 의기가 투합되고 의견일치가 잘 되어 모든 일의 진행이 잘된다.

그렇지만 잘 맞지 않으면 어떻게 될까?

싸우고, 다투고, 헤어지고, 만나기도 껄끄럽고, 만나면 싫고 하지 않는가? 이렇듯 궁합 또한 이와 똑같은 이치이다.

그런데 한평생을 같이 맞대고 살아가는 부부생활이 어찌 사회생활과 비교되겠는가?

아마 이쯤 말하면 현명한 독자들은 무슨 말을 하려고 하는지 잘 알 것이다.

지금까지 사주팔자를 보면 한 사람의 운명을 알 수 있다는 이야기를 했다. 이제 사주팔자를 보고 본인과 상대방의 궁합을 맞추어 보는 것이 왜 중요한지 알아보자.

한 사람의 배우자를 만났을 때, 상대와 지난날부터 잘 알고 지내던 사이든 또는 소개로 만났든, 우리는 상대방의 가족관계나 사회적 위치, 대인관계, 성격 등 모든 것을 다 잘 알고 있다고 생각하고 배우자를 선택하고 결혼을 결심한다.

그러나 여러분이 잘 알고 있다는 그 모든 것은 어쩌면 상품으로 치면 밖으로 드러난 겉모양이나 포장에 불과한 것이다.

어찌 그 사람 속 깊이 숨겨진 모든 것을 다 알 수 있단 말인가?

그렇지만 사주팔자를 보면 그 사람의 깊은 뜻도 알 수 있으며, 그 사람의 운명까지도 알 수 있다.

그렇기 때문에 사주팔자를 가지고 궁합을 보는 것이다.

궁합에도 겉궁합이라는 것이 있다. 겉궁합이란 장차 부부가 되어야 할 남자와 여자의 나이, 즉 십이지(十二支) 띠를 가지고 인연의 좋고 나쁨을 판별해 보는 일종의 약식 궁합 판별법이다. 이를 흔히 겉궁합 이라고 말하는데, 이는 올바른 판단 방법이 아니다.

흔히 우리 주변에서는 이 겉궁합을 가지고 궁합이 합이 들어 잘 맞느니 또는 상충(相沖)이나 원진살(怨嗔煞)이 되어 좋지 않다느니 하고 말을 한다. 이것은 잘못된 것이다.

궁합은 속궁합, 즉 사주팔자 전체를 보아서 판단하는 방법이 올바른 방법이다.

그런데 사주에 대한 전문지식이 없는 사람들이 흔히 나이만 가지고 말을 하는 것은 잘못된 방법인 것이다.

여기서 예전에 상담했던 이야기를 하나 하고 넘어가자.

몇 년 전에 지인의 소개로 서울 정릉동에서 아들의 결혼을 위해서 궁합을 보러 어머님께서 찾아 오셨다.

그래서 두 사람의 사주를 풀어보고 궁합을 맞추어 보았는데, 사주도 좋았고, 궁합 또한 좋아서 결혼을 시켜도 좋겠다는 결론을 내려주었다.

그런데 며칠이 지난 후에 그 어머니로부터 전화가 걸려왔다. 내용인 즉 큰스님께 여쭈어 보았는데, 궁합이 좋지 않다는데 왜 궁합이 잘 맞아 결혼을 시켜도 좋겠다고 했느냐는 항변이었다.

바로 나이, 즉 띠만 가지고 띠가 원진살이 되니 궁합이 맞지 않다는 말이 아닌가?

그래서 띠만 가지고 보는 방법은 겉궁합으로 옳게 판단하는 방법이 아니며, 궁합은 당사자 두 사람의 사주팔자를 가지고 보는 방법이 올바른 판단 방법이라고 자세히 설명을 해 주었더니, 잘 몰랐던 내용이라며 죄송해 하면서 전화를 끊는다.

여기서 소승(小僧)은 불자들의 잘못된 사고방식을 한 가지 꼬집고 넘어가야겠다.

흔히 불자들은 모두가 알만한 큰 절에 계시는 스님을 무조건 큰스님으로 받아들이고 있다.

물론 그분들이 다 큰스님인 것만은 틀림없지만, 지금 필자가 하고 싶은 말은 그 스님이 어떤 분야에서 공부를 하셨는가 하는 전공 분야에 따라서 다르다는 점과 또 신도들도 분야에 따라서 질문을 하면서 알고 싶은 궁금증을 풀어 나가는 것이 올바른 방법이라는 점이다.

큰스님이라 하더라도 모든 방면, 모든 분야에서 능통한 만능은 아닌 것이다. 이 기회를 통해서 꼭 이 점만은 집고 넘어가고 싶다.

대학교에서도 전공학과가 있듯이 스님들도 전념하는 분야가 모두 다르다. 스님뿐만 아니라 사회를 살아가는 모든 사람들이 자기의 전문분야가 아니면 해당 전문가를 찾아가 상담을 할 수 있게 해야 할 것이다.

잘 알지도 못한 조그마한 상식을 가지고 그것이 전부인양 말한다면 되겠는가? 상대는 그 말을 믿고 일을 그르칠 수가 있다. 일을 그르치게 되면 훗날 그 책임은 누가 질 것인가?

다 같이 책임감을 가지고 살아가는 마음가짐이 중요하다고 생각한다.

우리가 살아가는 데 있어서도 전문분야가 모두 다르므로 적합한 전문가를 필요로 하는 것이다.

여러분들도 생활 속에서는 다 잘 알아서 하지 않는가? 차량이 고장 나면 차량 정비업소로 가고, 보일러가 고장 나면 보일러 정비업소에 전화하여 신고하지 않는가? 아마 반대로 차가 고장 났는데 보일러 A/S 센터에 전화하는 분은 없을 것이다.

이렇듯 상담도 마찬가지로 전문인을 찾아가 상담을 해야지 주변 사람들의 말을 좇아가서는 안 된다.

아무튼 궁합이 잘 맞으면 살아가면서 서로의 의견이 잘 맞고, 또한 서로의 삶에 도움을 주면서 발전할 수 있다.

끝으로 언젠가 친구들의 모임에 참석하였는데, 그 중 한 친구가 했던 말이 기억에 남아 여기에 소개한다.

'人知未人知心(인지미인지심)' 이란 글귀다.

'사람은 알 수 있으나 사람의 마음은 알 수 없다' 는 그런 뜻이다.

그래서 우리는 사주를 통하여 그 마음을 읽어내는 것이다.

동업(同業) 운을 봐라

우리가 살아가면서 또한 빼놓을 수 없는 것이 동업관계가 아닐까?

형제간에 또는 친구간에, 선후배간에 또는 직장 동료 등 서로간 의기가 투합되면 할 수 있는 것이 동업이다.

그럼 사주팔자에서는 동업 운을 어떻게 보고 판단할까?

동업자와의 관계는 앞에서 설명했던 궁합을 보는 방법과 다를 바 없지만, 동업에 관해서는 더욱더 깊은 판단력이 필요하다.

동업은 모든 면에서 잘 맞는다고만 해서 될 문제는 아니다.

첫 번째로, 본인과 동업자의 사업 운을 보아야 한다.

두 번째로, 본인과 동업자간 서로 같이 동업을 해도 좋은 사주팔자인지를 보아야 한다.

세 번째로, 본인과 동업자간에 사업할 업종이 맞는지도 보아야 한다.

동업은 혼자서 하는 사업이 아니기 때문에 누구 한 사람만 사업 운이 좋다고 해서 되는 것이 아니라 서로 모든 여건이 맞아떨어져야 하기 때문에 더 어렵고 복잡하다.

그렇기 때문에 우리 주위에서 동업하여 성공하기보다는 실패를 하여 그 좋았던 관계마저도 틀어지는 경우가 허다하다.

그만큼 동업은 힘들고 어려운 것이다.

자기는 잘 했지만 상대 때문에 실패했다며 서로 잘못을 상대에게 떠넘기기가 다반사다.

아무튼 여러분들도 만약 동업을 생각한다면 깊은 통찰력으로 잘 판단하길 바란다. 절대 한순간의 즉흥적인 판단으로 이루어질 일이 아니다.

아마 지금까지 이 책을 빼놓지 않고 읽고 있는 독자라면 사주팔자란 무엇인지, 또 어떻게 하면 자기의 운명을 바꾸어 살아갈 수 있을지를 조금은 알 것도 같을 것이다.

그렇지만 운명을 바꾸기란 쉽지 않은 일이기에 우리는 지금도 쉬지 않고 많은 노력을 해야 한다. 인간관계, 특히 동업도 앞에서 언급했던 '人知未人知心'이란 말을 되풀이 하고 싶다. 명심하기 바란다.

우리의 사주팔자는
환경에 따라서 변화한다

마지막으로 중요한 것은 우리의 운명은 환경에 따라서 변화하고 바뀐다는 점이다. 그만큼 환경이 중요하다는 말이다.

첫 번째로, 사주팔자는 자연의 변화, 즉 시간에 따라 변화한다. 계절의 변화를 생각해 보아라. 인간은 그 자연의 변화에 따라서 적응해 가면서 또 변화하면서 살아간다.

아마 여기에는 더 많은 설명이 필요 없으리라 본다.

또한 사계절 가운데 어느 계절에 태어났느냐에 따라서 성격에 많은 영향을 미치며, 직업을 추구하고 택하는 데에도 적지 않은 영향을 끼친다.

두 번째로, 사주팔자는 장소에 따라, 즉 주변 환경에 따라 변화한다.

여러분이 잘 알고 있는 맹모삼천지교(孟母三遷之敎)라는 말이 있다. 맹자 어머님께서 맹자를 가르치기 위해서 이사를 세 번했다는 이야기다. 여기서 더 부연설명을 하지 않아도 맹자가 그 환경에 따라서 어떻게 행동이 변했는지는 익히 잘 알 것이다.

또 이런 경우를 한 번 생각해 보아라. 똑 같은 묘목을 어떤 장소에 옮겨 심느냐에 따라서 그 성장하는 속도가 다르고 크기도 다르다. 성장 후에는 그 쓰임새 또한 다를 것이다.

이렇듯 우리의 사주팔자도 성장하는 장소와 자연환경의 변화에 따라서 크게 지배를 받으며 큰 영향을 미친다.

그래서 어떤 일을 시작할 때는 그해의 운(運), 즉 유년운(流年運)을 더 중요시하는 것이다.

사주팔자에 대하여 보다 더 전문적인 많은 이야기를 하고 싶지만 다음 기회가 주어진다면 그때 전문적인 이야기를 하기로 하고, 다음은 상담을 하면서 기억에 남는 몇 가지 사례를 소개해 본다.

기억에 남는
상담사례

사례 ❶_ 인간이기에 참 어리석을 때도 있다

《소설 주역》에 나오는 이야기를 좀 더 해보기로 하자.

문왕이 여상 강태공을 국사(國師)로 임명하고, 강태공을 얻은 기쁨에 다른 일정도 취소하고 서둘러 입궁을 하고 있을 때였다.

일행이 강변을 빠져 나와 들녘을 지나가는데 한 노파가 보였다. 그 노파는 본디 강태공의 아내였다.

선비인 강태공을 따라 살다가 도저히 배가 고파서 못 살겠다며 도망을 가서 딴 영감과 사는 중이었다.

그렇다고 그의 팔자가 바뀌겠는가?

그 영감 역시 넉넉지 못한 농사꾼인지라 같이 일을 해야 먹고 살아갈 수 있는 처지였다.

그날도 밭에 나와 기장(수수와 비슷한 농작물로 식량으로 사용함)을 훑는 중이었다.

이를 발견한 태공이 문왕에게 양해를 구했다.

"폐하! 황공하옵니다만, 잠시 수레를 멈추어 주셨으면 하옵니다. 잠시 저의 사정이 있어서 그러 하옵니다."

"무슨 일인지 모르겠지만 그럼 그렇게 하도록 하지요."

태공은 수행원 한 사람을 불러 부탁했다.

"저어기서 기장을 훑고 있는 저 노파를 좀 불러다 주시오."

잠시 후 노파가 기장이 약간 담긴 바구니를 옆구리에 낀 채로 다가왔다.

영문도 모르고 따라오는 노파는 자기를 찾는 사람이 혹시 전남편이 아닐까 하는 생각이 들었다.

그런데 이게 웬일인가? 정말로 자기의 전남편 강태공임을 확인하는 순간, 그녀는 고개를 떨어뜨리고 망연자실하였다. 옆구리에 끼고 있던 기장 바구니가 떨어지면서 그 속에 담겼던 기장이 모두 쏟아졌다.

태공은 그러한 노파의 모습을 물끄러미 내려다보았다.

가난해서 못살겠다고 가버린 여자, 물론 자기에게 책임이 없는 것은 아니지만 그렇다고 변절까지 하여 다른 남자와 사는 여자에게 새삼 무엇을 말하랴.

노파 역시 입이 열 개라도 할 말이 없었다. 개가한 여자로서의 수치심, 과거의 자기 남편이라고는 상상도 할 수 없을 만큼 근엄하고 위용에 찬 변신, 처음 보는 어전 행차, 이런저런 것들이 노파의 어안을 벙벙하게 만들었다.

준마가 끄는 수레에 앉은 그 위용, 정말 인생만사 새옹지마(塞翁之馬)요, 금석지감(今昔之感)에 만감이 교차함을 느끼게 했다.

태공은 수행원에게 물을 한 대접 떠오도록 한 뒤, 그 물 대접을 노파에게 주었다.

그러자 왜 그러는지 의아해 하며 엉겁결에 물 사발을 받아 든 노파, 그러나 이내 그 물 사발도 떨어뜨리고 말았다.

"이 보오! 그 물을 다시 주워 담아 보시오."

태공이 마지막 인사로 대신한 말이다. 쏟아진 물을 어찌 쓸어 담을 수 있으랴! 더 이상 긴 얘기를 하지 말라는 태공의 속마음을 읽고 난 노파의 눈앞에는 지나간 날들이 주마등처럼 스쳐 지나갔다.

그 가난했던 시절, 허구한 날 낚시질만 다니는 남편에게 바가지깨나 긁어대다가 결국은 뛰쳐나와 딴살림을 차렸던 그녀였다.

그러나 그 후로도 별로 나아진 게 없이 여전히 고생만 해온 나날들을 생각하니 자신의 팔자가 기구하게만 느껴졌다.

강태공이 국사(國師)로 발탁되어 문왕과 함께 입궁할 때 일어난 일화이다.

그래서 '사주팔자는 도둑질도 못한다' 고 했던가?
아니면 '복이 없으면 주어도 못 찾아 먹는다' 고 했던가?

여러분들은 이 이야기를 읽고 무슨 생각이 나는가?

지난날 상담했던 사례를 쓰려다 강태공의 일화가 생각나 먼저 적
었다.

무덥고 무더웠던 어느 날 신도 한 분이 자기 시누이를 데리고 상담
을 왔다.

그 시누이는 자기 사주와 같이 다른 남자의 사주를 불러주면서 사주
평을 부탁했다.

남자의 사주를 보니 직장 운(運)도 좋지가 않아 한 직장에 정착하지
도 못할 그야말로 아르바이트나 할 그럴 직업 운이었고, 그렇다고 재
물 복이 있는 팔자도 아니었다.

이렇게 말을 해 주니 자기와 궁합은 잘 맞는지 봐달라는 부탁이었다.
그래서 "지금 남편과 자식들에게나 잘해 주세요" 했더니, 더욱더 가관
인 것은 "다른 데 몇 군데 가서 물어 보았는데, 남편과 이혼하고 이 남
자와 재혼해서 살면 다 잘 산다고 하는데 왜 스님만 그렇게 말하느냐?"
는 것이다.

그래서 화가 치밀어 오르는 것을 가까스로 참으며 "당신이 이혼을
하고 재혼을 한다고 해서 당신의 사주팔자가 바뀌겠습니까?" 하고 한
마디 해 주고 돌려보냈다.

가정주부인 그 시누이는 보험회사 영업직으로 활동을 하고 있는 영
업사원으로, 부채도 많이 져 그의 남편이 집을 팔아 변제해 주었다고
한다.

그런데도 정신을 차리지 못하고 외간 남자와 바람이나 피우고, 그것도 모자라서 이제는 이혼까지 할 생각을 하니 참 한심스러운 일이다. 상담을 하다 보면 이와 같은 사례들이 많이 있기에 여기에 소개한 것이다.

강태공의 이야기를 연계해 보니 옛날이나 현대나 고무신을 거꾸로 신은 일들은 똑같은가 보다. 그런다고 해서 사주팔자가 바뀌겠는가?

사례 ❷_ 인간이기에 마음의 가책을 받을 때도 있다

서울 종로 5가에서 포교당을 열고 상담을 할 때 이야기다.

어느 날 사십 대 중반으로 보이는 한 여성이 찾아왔다.

그는 멀리 경기도 오산에서 왔다고 한다. 그는 전직 공무원 출신으로 현재는 한 기업체에 근무하고 있으며, 한 남자의 아내이자 또한 고등학교 3학년생 아들을 두고 있는 엄마이기도 하다.

남편은 현직 교사로 직장생활에는 성실한 편이나 집에 돌아와서는 별로 말이 없는 과묵한 성격의 소유자이다.

상담내용은 이렇다. 찾아온 여성은 직장인으로 사회생활을 하면서 한 남자를 알게 되었고, 그 남자와 서로 좋아하는 사이가 되었다. 그 남자와 같이 있으면 마음이 편안하고 모든 면에서 좋았지만 한편으로는 가족에 대한 죄책감에 시달려야 했다.

그 남자와도 정리하고 가정으로 돌아갈 생각을 여러 번 해 보았지만 그 또한 쉽지 않았다. 그리고 '이제는 남편과 이혼을 하여 남편을 보내

주는 것이 남편을 위해서 자기가 할 수 있는 최선이 아니겠는가?' 하는 고민 끝에 찾아왔던 것이다.

그래서 "한때의 잘못은 누구나 할 수 있는 일입니다. 그렇지만 그 잘 못을 뉘우치고 가정으로 돌아가 가족에게 사죄하는 마음으로 보다 더 잘해 주면서 가족의 마음을 헤아려 주는 것이 이혼을 하고 떠나가는 것보다는 더 올바른 선택이 아니겠습니까?" 하고 말해 주었고, "그렇지 만 만약 죄책감으로 이혼을 하고 떠나가게 된다면 순간은 마음의 정리 가 될지는 모르겠지만, 지나고 나면 더 큰 마음의 아픔이 남을 것입니 다"라고 일러주었다.

또한 "남편과 고등학교 3학년짜리 아들은 어떻게 되겠으며, 남편은 아내에게, 아들은 엄마에게 당한 배신감 때문에 더 큰 상처를 안고 앞 으로 남은 인생을 살아가야 할 것입니다. 지금이라도 늦지 않았으니 남편과 자식이 있는 가정으로 돌아가세요"라고 말해 주었다.

그랬더니 "스님께서는 현재의 남편과 전생에서의 인연관계를 알게 해 주신다니 그 전생을 한 번 보고 싶습니다" 하고 말씀하시는 게 아 닌가.

그래서 "전생 체험은 예약 상담을 합니다. 그러니 시간의 여유를 가 지고 예약을 하십시오" 하니 막무가내로 멀리서 왔으며 또한 다시 시 간을 내어 찾아오기가 힘드니 지금 전생 체험을 할 수 있도록 해 달라 는 것이다.

마침 다른 예약도 없고 하여 그를 깊은 최면으로 유도한 뒤 "현재의 남편과 깊은 인연이 있는 전생으로 가라" 하고 유도를 했다.

그가 보여준 전생과 현생의 인연은 대략 이러하였다.

조선시대를 떠올렸는데, 그 여자는 전생에서는 남자로 거상 집 책임자로 근무하고 있었다.

그런데 그는 그가 근무하고 있는 거상 집 안방마님과 불륜관계로 사랑에 빠져 있었다.

그 두 사람은 주위 사람들의 눈을 피해 밀회를 즐겼지만 마음은 항시 불안했다.

혹시나 자기들의 잘못된 행동이 다른 사람들의 눈에라도 띄게 되어 주인의 귀에라도 들어갈까봐 항시 마음이 조마조마했다.

그래서 결국 두 사람은 같이 도망가기로 약속하고 돈도 많이 챙겨 모았지만 번번이 안방마님은 약속을 어겼고, 그는 더 이상은 불안하여 참고 기다릴 수 없었다.

결국 그는 혼자서 야간도주를 하는 신세가 되었다.

그러나 그는 많은 돈을 가지고 도망을 나왔기 때문에 생활하기에는 큰 불편함이 없었다. 그곳에서 생활 기반을 마련하고 결혼도 하여 살고 있었지만 항시 마음은 그 안방마님을 잊지 못하고 있었고, 지금의 부인과는 아무런 정도 느끼지 못하고 심지어 부인이 옆에 오는 것조차도 싫었다.

최면 속에서 "안방마님을 떠올려 보세요. 그리고 현 생에서 누구와 같습니까?” 하니, 바로 그 안방마님은 “현 생에서 지금 불륜관계에 있는 그 남자이다” 하는 것이 아닌가.

전생에서 정이 없었던 그의 부인은, 현생에서는 지금 그의 남편인 것이다.

최면 속에서 그가 궁금하게 생각하고 있는 앞으로 다가올 미래 체험을 하게하고 나서 그를 깊은 최면 속에서 깨어나게 했다.

깊은 최면 속에서 깨어난 그 여인은 한참 동안을 그대로 누워있으며 아무런 말이 없었다.

시간이 지난 뒤 “이제 전생과 현생에서 불륜으로 맺어진 인연 고리를 가감하게 정리하십시오. 그렇지 못하면 윤회하면서 계속해서 반복될 수도 있습니다”라고 말을 해 주었다.

그리고 그 여인은 떠나갔다.

미래 체험에서 3년 후를 보았을 때, 그 여자는 결혼상담소 직원으로 들어가 열심히 일하고 있었고, 5년 후를 보았을 때는 결혼상담소 소장이 되어 있어 직장생활에 만족하였다. 또한 집도 경기도 오산에서 서울로 이사를 했다.

현실에서 지금은 어떤 생활을 하고 있는지 궁금하다.

이렇게 최면 속에서는 미래 체험을 시켜주지만, 그 뒤 소식을 알 수 없다.

그러나 보통 심리학자들은 "최면 속에서 체험한 대로 살아가는 것 같더라"라고 말씀하시는 분도 있지만, 아직까지 국내에서는 물론 외국에서도 미래 체험에 대한 결과에 대해서 저술한 책을 접해 본 적이 없으니 앞으로의 과제로 남겨두기로 하자.

사례 ❸_ 최면을 통한 꿈의 해석

서울 종로 5가에서 포교당 생활을 정리하고 다시 의정부 비룡정사에서 거주하며 있을 때이다.

하루는 여성 두 분이 찾아와 상담을 했는데, 그 중 한 여성이 며칠 후에 최면 상담을 하기로 예약을 하고 돌아갔다.

며칠 후 예약 시간에 맞추어 찾아온 그녀가 꿈 해몽을 부탁했다.

무슨 꿈을 꾸었느냐는 물음에 그녀는 어젯밤 꿈에 자기 아이 같은데, 자기가 기르지 아니하고 보육원 같은 데 의탁하여 양육하더라는 것이다.

"알았습니다. 어차피 오늘 최면 시술을 하기로 하였으니 그 꿈 해석을 최면 속에서 알아보기로 합시다."

차를 한 잔씩 마시면서 긴장을 풀고 나서 깊은 최면 속으로 유도했다.

최면 속에서 몇 차례의 전생 체험과 미래 체험을 시키고 나서 끝으로 꿈 해몽이 생각나서 물어보았다.

"어젯밤에 꾸었던 꿈을 한 번 떠올려 보십시오."

"꿈이 떠오르는가요?"

“예.”

“이제 제가 열에서 하나까지 숫자를 세어 내려가겠습니다. 마지막 하나를 세게 되면 그 꿈의 의미가 무슨 뜻인지 알 수 있을 것입니다. 자, 편안한 마음으로 들어 보십시오.”

그러고 나서 숫자를 세었다.

“꿈의 의미를 알 수 있으면, 그 꿈이 어떤 꿈인지 한 번 말해 주십시오.”

“그 아이는 지금 제가 알고 지내는 남자와의 사이에서 낳은 아이인 것 같습니다. 그래서 그 아이를 제가 키울 수 없어 보육원에 맡겨 양육하고 있는 것 같습니다.”

최면을 깨운 후 전후 사정을 들어 보았다.

이 책을 읽고 있는 독자들의 이해를 돕기 위해서 좀 더 자세한 내용을 말하자면 이러하다.

지난번 처음 왔을 때 사주상담을 했었는데, 사주에 오명살(汚名殺 : 자기의 명예를 실추시킨다는 살)이 들어 있었다.

그런데 유년운에도 그 오명살이 들어있어, 자세히 추리하여 보니 남자로 인한 오명살이었다.

그래서 남자관계를 조심하라고 말해 주었는데 그렇지 않아도 혼자 된 자기 친구가 있어 아는 남자를 소개해 주었더니, 그 남자가 친구는 싫다고 하면서 자기만 만나자고 귀찮게 한다는 것이다.

최면 속에서 자기가 아는 남자와의 사이에서 출산한 아이라고 했는데, 바로 그 남자의 아이인 것이다.

다시 한 번 더 남자를 조심하라는 당부를 하고 상담을 끝냈다.

이 책을 읽는 독자들은 아마 이쯤 되면 최면에 대해 많은 궁금증을 가질 줄로 믿는다.

사주팔자에 관한 이야기는 끝이 없지만 이번에는 여기서 마무리하고, 다음에 기회가 주어진다면 보다 자세한 최면에 관한 이야기를 하기로 하자.

제4장을
마무리하면서

팔자라는 것은 자기가 만들어 가는 것이지 누가 가져다주는 것이 아니다.

그렇다면 굳은 신념을 가지고 자기 운명을 용감하게 개척해 나가야 한다.

인생은 따지고 보면 기회의 포착이다.

우리가 사주풀이를 하고 점(占)을 치는 이유는 나에게 어떤 기회가 오고 있는지, 그리고 그 기회가 좋은 기회인지 아니면 이미 지나가 버렸는지 등을 알기 위함이다.

성공한 사람들은 제때에 기회를 잘 포착하여 잘 활용한 사람들이다.

그렇지만 그 이전에 더 중요한 것은 자기가 잘 할 수 있는, 자기에게 맞는 일을 찾아내고, 그 일의 가치와 의미를 발견하고, 직장생활이나 또는 자기 사업을 하는 것이 무엇보다 중요하다. 그렇게 하므로 발전할 수 있다. 그래야 그 분야의 전문가가 되고, 주위에서 인정도 받으며, 무한한 자기 발전을 하면서 잘 사는 사람이 된다.

이때 잊지 말아야 할 것은 주위 사람들과 더불어 잘 사는 사람이 되어야 함을 명심해라. 그렇게 해야만 사회도 발전하고 국가도 발전하는 것이다.

그 어느 곳에도 혼자서만 잘 살 수 있는 그런 세상은 없다. 세상사는 더불어 살아가는 것이다.

그러나 세상을 살다 보면 여러 유형의 사람들을 만나게 된다.

어떤 친구는 사업이나 장사를 하게 도와주고도 그 사업이나 장사가 잘 안되게 방해를 하는가 하면, 또 어떤 친구는 그냥 처음부터 무관심한 친구도 있고, 또 어떤 친구는 처음부터 끝까지 도와주는 친구도 있다.

우리는 살아가면서 이렇듯 배신할 수 있는 사람인지, 무관심한 사람인지, 처음부터 끝까지 신의를 지켜 줄 수 있는 사람인지를 알아야 한다.

흔히 우리는 이것을 곤충에 비유하여 개미 같은 사람, 꿀벌 같은 사람, 거미 같은 사람으로 분류하기도 한다.

여러분들도 모두 잘 아는 이야기이지만 개미 같은 사람은 오로지 자기만 열심히 사는 사람을 빗대어 하는 말이며, 꿀벌 같은 사람은 열심히 살면서도 남에게 베풀 줄 아는 사람을 두고 하는 말이며, 거미 같은 사람은 함정을 파놓고 기다렸다가 그 함정에 걸려들면, 즉 남을 이용하고 등쳐먹고 사는 사람을 말한다.

우리는 현대를 살아가면서 우리 주변 사람들이 어떤 유형에 속하는 인간인지를 파악하고 알아야겠지만 보다 더 중요한 것은 본인 스스로가 더불어 살아가는, 나누어 가질 수 있는 사람이 되는 것이 무엇보다 중요하다.

나누어 갖는 삶이 보람된 삶이며, 또한 자기 삶을 충족시키는 결과를 낳는다.

부디 현명한 삶이기를 바란다.

산다는 것은

산다는 것이 무엇일까

살아간다는 것이 어떤 의미가 있

을까

울고, 울고

이렇게 우는 것이

슬퍼서 울기보다는

그냥 눈물이 난다

지난 삶이 허망하고

남은여생이 안개 속에 가려있다

웃고 웃는다

그냥 소리쳐 본다

마냥 실성한 사람처럼

지난날의

사랑 때문에 울고 웃고

친구 때문에 울고 웃고

가족 때문에 울고 웃고

실패해서 웃다가 울고

이루어서 울다가도 웃는다

그냥 눈물이 나와 눈물을 흘리고

그냥 웃음이 나와 미소 짓는다

인생은

이렇듯 지나가는 것을 …….

_필자의 졸작 중에서

글을 맺으며

이제는 마음을 비우고 모든 것을 놓아버리고 싶습니다. 그리고 필자가 가진 것이 있다면 다 두고 가렵니다. 지금까지 살아오면서 잘못된 모든 일들을 깊이 반성하며 뉘우칩니다. 지금 이 책을 읽고 있는 당신이 필자와 인연이 맺어졌고, 또한 지난날부터 인연이 있어왔습니다. 필자의 잘못이 있었다면 하나같이 탐진치(貪瞋癡 : 탐욕과 성냄과 어리석음)로 지은 잘못이오니 섭섭한 마음 모두 다 지우고 떠나보내십시오.

끝으로 우리말 《천수경》 중에서 참회진언을 외우며 마무리합니다.

"아득히 옛날부터 내가 지은 모든 악업 하나같이 탐진치로 말미암아 생기었고, 몸과 입과 뜻을 따라 무명으로 지었기에 제가 지금 진심으로 참회하여 비웁니다.

악업 생애 지은 죄를 지금 모두 참회하고
삼보님께 지은 죄를 지금 모두 참회하고
사람 되어 지은 죄를 지금 모두 참회하고

나라에게 지은 죄를 지금 모두 참회하고

스승님께 지은 죄를 지금 모두 참회하고

부모님께 지은 죄를 지금 모두 참회하고

형제간에 지은 죄를 지금 모두 참회하고

친구간에 지은 죄를 지금 모두 참회하고

이웃간에 지은 죄를 지금 모두 참회하고

이제까지 지은 죄를 지금 모두 참회하며

살생하여 지은 죄를 지금 모두 참회하고

도둑질로 지은 죄를 지금 모두 참회하고

사음으로 지은 죄를 지금 모두 참회하고

거짓으로 지은 죄를 지금 모두 참회하고

틀린 말로 지은 죄를 지금 모두 참회하고

이간질로 지은 죄를 지금 모두 참회하고

악한 말로 지은 죄를 지금 모두 참회하고

욕심으로 지은 죄를 지금 모두 참회하고

성냄으로 지은 죄를 지금 모두 참회하고
어리석어 지은 죄를 지금 모두 참회하고

크고 작게 지은 죄를 모두 참회하옵니다.
깨끗함과 쌓인 죄 이 순간에 없어져서
마른 풀을 태우듯이 남김없이 사라지고
마음에서 일어나는 본래 없는 모든 죄업
이 마음만 없어지면 모든 일이 사라지리
죄와 마음 모두 없어지다."

_우리말 《천수경》 중에서

세월은 흘러가고

세월은 흘러가고
지나온 세월을 생각하면
눈가에는 어느새 눈물이 흘러내립니다

돌이켜 회상해 보면
여기까지 걸어 온 길이 보이지만
우리는 그걸 잊고 살아가고 있습니다

고맙고
감사하고
베풀어 주신 모든 것에 감사합니다.

_필자의 졸작 중에서